MÉMOIRES
SECRETS
POUR SERVIR A L'HISTOIRE
DE LA
RÉPUBLIQUE DES LETTRES
EN FRANCE,
DEPUIS MDCCLXII JUSQU'A NOS JOURS;

OU

JOURNAL
D'UN OBSERVATEUR,

CONTENANT *les Analyses des Pieces de Théatre qui ont paru durant cet intervalle ; les Relations des Affemblées Littéraires ; les notices des Livres nouveaux, clandeftins, prohibés ; les Pieces fugitives, rares ou manufcrites, en profe ou en vers ; les Vaudevilles fur la Cour ; les Anecdotes & Bons Mots ; les Eloges des Savans, des Artiftes, des Hommes de Lettres morts, &c. &c. &c.*

TOME SEIZIEME.

. . . . *huc propius me.*
. . . . *vos ordine adite,*
Hor. L. II. Sat. 3. vs. 81 & 82.

A LONDRES,
CHEZ JOHN ADAMSON.

M. DCC. LXXXI.

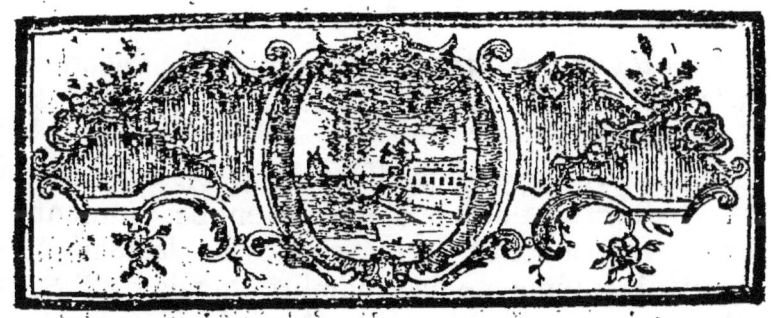

MÉMOIRES

SECRETS

POUR SERVIR A L'HISTOIRE DE LA RÉPUBLIQUE DES LETTRES EN FRANCE, DEPUIS MDCCLXII JUSQU'A NOS JOURS.

22 *Septembre* 1780. Il faut joindre aux *affiches* annoncées, celles de Meaux, de 8 pages in-4°. qui ne paroissent que tous les 16 jours, gros caractere. Elles sont aussi littéraires.

23 *Septembre*. M. l'Abbé Raynal a fait une fortune assez considérable aujourd'hui pour devenir un Mécene. On annonce deux prix extraordinaires à Lyon, dont il a proposé de faire les fonds. L'académie de cette ville en doit accorder un de 600 livres à un *mémoire relatif à son commerce & à ses manufactures;* l'autre plus fort, a pour objet *la découverte de l'Amérique & l'influence que cette découverte a dû avoir sur le moral & sur le phy-*

A ij

fique du genre-humain. Le premier fera décerné à la Saint Louis 1782, le fecond à la Saint Louis 1783.

23 *Sept.* 1780. On affure & il eft affez naturel de croire qu'on s'occupe en ce moment de la réforme des autres parties de la maifon du Roi, même de la chambre ; mais c'eft S. M. qui s'eft chargée elle-même de cette partie : quoiqu'il en foit, fuivant le critique attaché pas à pas à M. Necker & balançant les avantages & les inconvéniens de fes opérations, il eft conftant que :

En 1681, la chambre aux deniers ou dépenfe de la bouche coûtoit au tréfor royal, fuivant les états de M. de Forbonnais : . . . .

	livres.	fols.
. . . .	1,562,956 -	18.
Le comptant du Roi étoit de . . .	2,217,000.	
En 1699, la chambre aux deniers étoit de	2,779,225.	
Et le comptant du Roi de . . .	1,764,414,	
Le prix de denrées a au moins doublé, comme tout le refte.		
Cependant en 1740. la chambre aux deniers coûtoit	2,700,000.	
En 1774 elle n'étoit qu'à	2,206,348.	
Et le comptant eft de	1,200,000.	

Il réfulte de cette comparaifon que, malgré l'énorme différence d'un fiecle & des valeurs, la dépenfe actuelle ordinaire & regardée jufqu'ici comme effentielle pour la dignité royale, étoit moindre en 1780 qu'en 1699.

24 *Septembre.* 1780. On recherche beaucoup une brochure intitulée, *Effai fur le jugement qu'on peut porter fur Voltaire,* &c. depuis qu'elle a été fupprimée par arrêt du confeil du 22 Juillet 1780.

24 *Septembre.* On écrit d'Amiens qu'un M. de Ribeaucourt, âgé de neuf ans, y a obtenu l'*Acceffit* pour le prix de l'école de Chymie. C'eft un enfant que Baillet auroit mis dans fon livre des enfans célebres pour leur favoir.

25 *Septembre.* Pour entendre le dernier jugement concernant Mlle. d'Eon, il faut fe rappeler que Meffieurs de Carcado ne vouloient ni tenir aux Eons, ni figurer dans la généalogie de la chevaliere qui, dès qu'elle fût inftruite de leur répugnance, ne fit aucune difficulté de déclarer qu'elle étoit bien réfolue de faire difparoître de fa généalogie jufqu'à la trace du nom de *Senechal,* lorfqu'elle feroit réimprimée dorénavant de fon aveu. Cette déclaration termina la fentence du 27 Août 1779.

Mlle. d'Eon eft revenue fur cette fentence : 1°. en ce qu'on l'avoit imprimée, quoique l'impreffion n'eût pas été permife dans le prononcé : 2°. en ce qu'on y avoit ajouté les mots *de fon confentement,* qui, quoique prononcés à l'audience, ne fe trouvoient pas dans la minute.

Le 19 Août dernier cette conteftation a fini par un jugement mixte, qui fait défenfes à MM. de Carcado & à l'imprimeur, d'imprimer à l'avenir & faire imprimer aucune fentence ou jugement, fans permiffion de la juftice, & les condamne aux dépens à cet égard ; mais en même tems déclare la chevaliere d'Eon non recevable dans fa demande, à fin de réformation de la fentence du vingt-fept Août 1779, la condamne auffi aux dépens à cet égard, &c. & met fur le furplus les parties hors de cour.

On ne s'eft arrêté fur cette affaire, peu importante en elle-même, qu'à raifon de la Demoifelle d'Eon, qui intéreffe dans toutes fes actions.

26 *Septembre* 1780. Madame la Marquife du Deffant vient de mourir dans un âge très-avancé. Elle étoit aveugle & a vu approcher fa fin avec beaucoup de philofophie ; peu de tems avant, elle fit venir fon cuifinier, elle lui dit qu'elle avoit befoin de monde plus que jamais, qu'il eût à lui faire bonne chere ; & en effet, fes foupers étoient encore plus exquis & plus nombreux que de coutume. Elle étoit fort connue dans la littérature par fes liaifons avec de beaux efprits & fur-tout avec M. de Voltaire, qui lui écrivoit fouvent & lui a adreffé différentes pieces de vers.

27 *Septembre*. *Erixene*, ou *l'Amour enfant*, eft un petit acte, dont le fujet eft tiré du *Paftor fido*. Le poëme a été trouvé dans les papiers d'un homme de lettres très-connu, mort depuis quelques années, fous le titre du *Colin-maillard*. Par le préjugé qui n'admet rien que de grave & noble dans la fcene lyrique, on a retiré ce titre pour y fubftituer l'autre, plus vague. Il manquoit à cette paftorale plufieurs fcenes & quelques vers dans le dialogue ;

elle a été confiée pour la terminer au jeune poëte, auteur de la tragédie lyrique d'*Iphigénie en Tauride*. La musique est de M. Desaugiers. On a donné dimanche la premiere représentation de cet acte, très-foible de toute maniere & qui n'a eu aucun succès.

28 *Sept.* 1780. La Reine auroit désiré, pour mieux s'autoriser à prendre le divertissement dont elle a la passion aujourd'hui, que *Madame* eût joué la comédie avec elle. Cette Princesse, pour se bien remettre avec sa belle-sœur, qui la boudoit depuis le petit différend survenu à l'occasion de Madame de Balby, étoit assez disposée à y consentir; mais *Monsieur* s'y est opposé : ce qui n'a pas rétabli l'union dans l'auguste famille.

On assure que S. M. ne joue pas bien ; ce que personne excepté le Roi, n'a osé lui dire : au contraire, on l'applaudit à tout rompre, on perpétue son illusion & sa passion de paroître sur la scene.

29 *Septembre.* Les éleves de M. le Comte de Thélis, connus sous le nom de *l'Ecole nationale*, continuent leurs travaux avec succès : ils sont campés à Vaugirard. Le mois d'Août dernier ils ont avancé dans la route du côté de Paris, & ont fait 120 toises de chemin dont la dépense ne s'est montée qu'à 813 livres 9 sols 6 deniers. Plusieurs de ces jeunes gens ont déjà pris parti dans les troupes, & l'on ne doute pas qu'ils ne fassent d'excellens soldats. Ce militaire ne pouvant suffire seul à un établissement aussi patriotique, reçoit les bienfaits de ceux qui veulent y contribuer & il paroît que les fonds ne manquent pas.

29 Septembre 1780. On parle beaucoup d'un poëme italien, jufqu'à préfent peu connu, encore moins lu, intitulé *il Malmantile racquiftato*, compofé à l'inverfe de la *Jérufalem délivrée*. Lippi, peintre & poëte, qui en eft l'auteur, n'a rien voulu devoir à l'art ni au choix de l'expreffion. Le fujet eft la conquête d'un vieux château appelé *Malmantile*, qui eft à quelques milles de Florence, & toute l'hiftoire eft racontée avec la plus grande fimplicité. L'auteur n'y a fait qu'inférer quelques épifodes pour éviter la monotonie; la plupart font tirés des contes de Fées, ou d'hiftoires de Vieilles; mais on affure que fous la plume de Lippi, elles acquièrent un piquant & un intérêt, auquel on ne s'attendoit pas. L'ouvrage eft écrit dans une efpece de patois, tel que le peuple le parle à Florence, & femé de proverbes & de dictions pleins de fel & de gaîté. Un M. Guidi, cenfeur royal & très-verfé dans la langue italienne, en a fait une traduction françoife, accompagnée de notes littéraires & grammaticales, qu'on annonce avec beaucoup d'éloges, & qu'on le preffe de faire imprimer, comme attendue avec impatience par tous les amateurs de cette langue.

29 Septembre. La Dame Guedon, fille du Sieur Carlin l'Arlequin, le feul de la troupe italienne qu'on ait confervé, a débuté le famedi 23 dans le rôle d'*Helene* du *Silvain*. La bienveillance du public pour fon pere s'eft manifeftée dès qu'elle a paru. Elle a un chant fort agréable & une jolie voix, mais eft très-neuve au théâtre comme actrice; elle ne s'étoit pas même encore effayée fur la fcene.

30 *Septembre* 1780. Un partifan de l'Abbé de Condillac, dévançant les éloges que doivent en faire à l'académie & le récipiendaire fon fuccef-feur & le directeur de la féance, vient d'en publier un, qui éclaircit la vie & les ouvrages de ce favant peu connu.

Il étoit né en 1725, d'une famille noble de Dauphiné & la petite fortune de fes parens les détermina à lui en chercher une dans l'églife, ainfi qu'à fon frere l'Abbé de Mably; mais fe livrant plus à l'étude qu'à l'intrigue & au manege néceffaire pour réuffir dans cet état, il n'avança point.

Son premier ouvrage fut une *Introduction à la connoiffance de l'efprit humain.* C'eft une expofition des idées de Locke & fur-tout de fa méthode, avec de nouveaux développemens & quelques idées nouvelles.

Il publia enfuite fon *Traité des Syftêmes,* où il prouva que l'édifice des Syftêmes les plus célebres n'étoit fondé que fur une fuppofition, qu'on ne fe donnoit pas la peine d'examiner, ou plus fouvent encore fur quelques équivoques de mots.

Vint fon *Traité des fenfations,* où il examinoit les idées que l'efprit peut devoir à chaque fens en particulier & la maniere dont nos idées naiffent de nos fenfations. Une anecdote à l'egard du plan de cet ouvrage, où l'auteur fuppofe une ftatue, qui acquiert fucceffivement toutes les fenfations différentes & qui s'organife comme nous, eft oubliée par l'hiftorien; c'eft qu'il le devoit à Mlle. Ferant & ne s'en cachoit point.

Parut enfin le *Traité des animaux,* où l'on

trouve une critique févere du fyftéme de M. de Buffon fur la nature des animaux, & de quelques morceaux de fon *Hiftoire naturelle*.

Précepteur de l'Infant Duc de Parme, M. l'Abbé de Condillac compofa pour l'éducation de ce prince une *Grammaire philofophique*, *l'Analyfe des principes de l'art d'écrire*, des *Elémens de Méchanique*, *d'Aftronomie & de Phyfique*, enfin une *Hiftoire ancienne & moderne*. Ce volumineux recueil n'eft pas celui de l'auteur qui ait eu plus de fuccès.

En 1776 il fit imprimer un ouvrage *fur le commerce*, où il traita avec peu d'égards quelques écrivains, dont cependant il empruntoit les idées. Ce livre eft rempli d'erreurs, & l'on voit que le fpéculateur avoit négligé de confulter les gens du métier, qui auroient pu le redreffer.

Son dernier livre a été une *Logique deftinée aux écoles nationales de la Pologne*. On lui reproche d'y avoir parlé au fujet des Géometres de ce qu'il n'entendoit pas.

En général, fes traités, tous d'une métaphyfique profonde, font clairs & faciles à lire. Il eft peu de philofophes de fa claffe où l'on trouve plus de vérités & moins d'erreurs. Il ne lui en coûtoit rien de fe rétracter fur celles - ci.

L'Abbé de Condillac à fa mort préparoit un dictionnaire, où chaque mot eût été fuivi de l'analyfe de l'idée dont il donne le figne ; entreprife dont la vafte exécution avoit effrayé jufqu'à lui tous les philofophes.

1 *Octobre* 1780. Entre les fingularités du château d'Ermenouville, qui continue à être l'objet

des promenades des Parifiens & de leur admiration, le monument élevé à la philofophie eft,
après le tombeau de Jean Jacques, ce qui fixe
le plus l'attention.

C'eft une moitié de temple découvert, conftruit fur le fommet d'une montagne, avec les
fix colonnes de fon périftile.

Dans l'intérieur on lit cette infcription latine :
*Templum inchoatum Philofophiæ nondum per-
fectæ, Michaeli Montagne, qui omnia dixit,
dedicatum, facrum efto.*

Sur chacune des fix colonnes : *Newton, lu-
cem : Defcartes, nil in rebus inâne : G. Penn,
humanitatem : Montefquieu, juftitiam : Jean-
Jacques Rouffeau, naturam : Voltaire, ridi-
culum.*

Au milieu eft une colonne brifée, avec ces
mots : *quis hoc perficiet ?* Au deffus de la porte
on trouve cette dévife : *rerum cognofcere
caufas.*

À mi-côte eft un hermitage, avec fon en-
clos, dans le goût le plus propre au genre,
des nattes & des meubles du bois le plus
commun. La porte eft tournée vers le temple,
avec ces deux vers françois plus plats que
fimples :

> Au Créateur j'éleve mon hommage,
> En l'admirant dans fon plus bel ouvrage.

Vient enfuite le défert, avec cette infcription : *Scriptorum chorus omnis amat nemus &
fugit urbes.*

2 Octobre 1780. Les comédiens François, fâ-
chant que Madame Mignot Duvivier, plus con-

nue encore fous le nom de Madame Denis,
faifoit faire une ftatue de fon oncle Voltaire,
ont écrit une lettre à cette Dame, pour lui
propofer de la placer dans la nouvelle falle
qu'on conftruit pour eux. Ils prétendent que
ce grand homme les regardant de fon vivant
comme fes enfans, doit réfider au milieu de
la 'roupe. Ils prennent de-là occafion de relever les efforts qu'il faifoit pour les tirer de leur
infamie. On y trouve plufieurs anecdotes fur ce
fujet : entr'autres fingularités il avoit demandé
aux fupérieurs que fur l'affiche, au lieu de *comédiens François*, on mit *au théâtre françois
on donnera*, &c.

Par une réponfe du 26 Septembre, Madame
Mignot Duvivier a accédé aux defirs des comédiens.

2 *Octobre* 1780. Le bruit général de Paris eft que
Me. Linguet eft à la Baftille, cependant beaucoup de gens le nient. Ce qu'il y a de fûr,
c'eft qu'il étoit venu à Paris, il y a dix à douze
jours, avec le Sieur Noverre, maître des ballets
de l'opéra. Dès le mardi fuivant la nouvelle
de fa détention fe répandit, en variant fur le
motif. Le jeudi on affura favoir le fait du commiffaire de cette prifon, le Sieur Chenon, qui
l'avoit interrogé. Le Sieur Noverre préfent à
cette affertion offrit de gager cent louis que
c'étoit faux : il dit avoir logé chez lui ce célebre fugitif pendant quelques jours & lui avoir
encore parlé le matin même. Le Sieur le Quefne,
fon correfpondant, déclara que rien n'eft plus
controuvé ; cependant comme Me. Linguet
ne fe montre pas avec la publicité que fa juftification fembleroit exiger, le bruit fe fou-

tient & on parle plus que jamais de cet événement.

3 *Octobre* 1780. Les comédiens Italiens font
aujourd'hui le refuge de tous les auteurs comiques , craignant d'être refufés aux françois , ou
de n'avoir leur tour qu'après des fiecles d'attente. L'efpoir de jouir promtement de leur
réputation les fait paffer par-deffus l'inconvé-
nient du jeu médiocre des acteurs & du peu de
fenfation que produifent fur cette fcene les nouveautés trop multipliées. Quoi qu'il en foit ,
famedi 30 Septembre on y a joué la comédie
des *deux Oncles* en un acte & en vers. C'eft
l'effai d'un jeune homme , dont le talent mérite d'être encouragé. Elle eft remplie de traits
du meilleur comique & fi la plume de l'auteur
n'a pas toujours été dirigée par le goût , du
moins elle a tracé des portraits & des détails
fort naturels & fort piquans. Il eft fâcheux que
la plupart des rôles aient été abandonnés aux
doubles : bien d'autres pieces , inférieures à
celle-ci , n'ont pas éprouvé tant de négligence de la part du Comité. On la dit de M. le
Baron d'Eftate.

4 *Octobre*. Il paroît que l'acte d'*Erixene*
eft une production pofthume de l'abbé de
Voifenon reftée informe & terminée par M.
Guillard. L'on y retrouve encore en quelques
endroits le ftyle fpirituel , mais maniéré du
premier , très déplacé furtout dans une paftorale. Quant au fond , outre la fcene de la
Cieca du colin-maillard dans le *Paftor fido* ,
on peut encore mieux remonter à l'ode d'Ana-
créon fur le même fujet. On reproche au muficien le même défaut qu'au poëte , c'eft d'avoir

mis trop de richeffe dans les accompagnemens; luxe qui n'eft point dans le caractere de naïveté & de fimplicité champêtre de l'ouvrage. Du refte, il n'a pas eu plus de fuccès à la feconde repréfentation.

5 *Octobre* 1780. Les comédiens italiens ont donné avant-hier la *Veuve de Cancale*, parodie de la *Veuve du Malabar*, en cinq actes & en vers. Elle n'a pas réufli. Ce n'eft pas qu'on n'y trouve de tems en tems & principalement dans les premieres fcenes, des allufions très-fines & des tirades fort plaifantes; mais le poëte oubliant les regles du genre dégénère fouvent en pédant; &, au lieu de laiffer reconnoître & fentir au fpectateur la critique, en la mettant en action, la lui indique cruellement & avec une méchanceté platte, qui prouve plus d'acharnement que de goût.

On dit que dans l'origine cette facétie a été faite en profe par un M. Gouillard, Docteur en droit, & mife en vers enfuite par M. Parifot, l'ancien Directeur des éleves de l'opéra.

5 *Octobre*. Extrait d'une lettre de Bordeaux du 30 Octobre. . . . Depuis les lettres de cachet qui ont retenu le Parlement ici, tous les membres ont reçu un ordre de fe rendre au palais le jeudi 21, pour y entendre les volontés du Roi, que leur fignifieroit le Maréchal de Mouchy.

Dans cette féance il a été enrégiftré en conféquence, 1. la prorogation indéfinie du vingtiéme; 2. la déclaration concernant les Préfidiaux & le Grand Confeil; 3. des lettres patentes pour la réception de M. Dupaty en la place de Préfident à mortier, & c'eft le Premier Préfident, son plus grand ennemi, qui s'est trouvé obligé de le recevoir, après avoir déclaré qu'il donneroit plutôt sa démission. Il est vrai que le Parlement n'a pas pu s'assembler depuis ; le Maréchal a fait enrégistrer sur le champ la chambre des vacations & a séparé la compagnie, sans laisser le tems de délibérer.

Ce triomphe de M. Dupaty est en même tems bien humiliant, & doit le bourreler de remords, car il ne peut se dissimuler que tout cela ne soit très-illégal.

6 *Octobre* 1780. C'est au Parlement de Dijon qu'on veut que soit renvoyée la revision du procès du Comte de Lally.

6 *Octobre*. Dernierement la Reine, lasse de jouer la comédie presque sans spectateurs, au moyen du peu d'éclat que doit avoir ce divertissement, a fait entrer les Gardes du corps de service, en exigeant que les Suisses les remplissent dans cet intervalle. Après le spectacle S. M. leur a dit : *Messieurs, j'ai fait ce que j'ai pu pour vous amuser ; j'aurois voulu mieux jouer, afin de vous donner plus de plaisir.*

Les femmes de la Reine sont enchantées de ce goût de leur maîtresse, parce que cela entraîne une dépense d'habillemens & autres suites, qui leur donnent des revenant-bons considérables.

6 *Octobre*. Il paroît une nouvelle lettre contre M. Necker, plus méchante que les précédentes, plus directe, plus personnelle, où l'on suit sa conduite depuis 1758, qu'il étoit commis à 600 livres chez le Banquier Isaac Vernet, jusqu'à ce moment-ci & l'on démas-

que fon hypocrifie foutenue. On l'attaque principalement à l'occafion de la compagnie des
Indes, dont il a été le véritable deftructeur,
en affectant d'en vouloir être le reftaurateur.

C'eft furtout cet écrit qui avoit donné lieu
au bruit de l'exil de M. Cromo. On a remarqué
que M. le Directeur géneral des finances en
avoit été très-affecté.

6 *Octobre* 1780. La détention de M. Linguet
fi longtems problématique n'eft plus enfin dou-
teufe. C'eft le mardi 26 qu'il a été arrêté dans
une voiture, au moment où il alloit dîner à
Fontenay-fous-bois, accompagné du Sieur le
Quefne & d'un autre convive. Un exempt a
monté à la botte du carroffe, a demandé à lui
parler, l'a fait défcendre, & comme le journalifte fe difpofoit à s'enfuir, un autre Exempt
lui a ferré les côtes, vingt Mouches l'ont entouré, & il a été conduit à la Baftille, à la
porte de laquelle il fe trouvoit.

Quant aux motifs, il y en a tant qu'on ne
fait auquel imputer fa captivité; d'autant qu'é-
tant venu plufieurs fois à Paris avec tolérance,
ayant même été chez les miniftres, on ne peut
fe perfuader, honnêtes comme ils font, qu'ils
aient eu la lâcheté de manquer ainfi à leur
paro'e. Il faut donc croire qu'il y ait quelque
nouveau grief. On dit ce fameux prifonnier
transféré à Pierre-en-cife.

7 *Octobre*. Le docteur Deflos, membre
de la faculté de médecine & partifan du docteur
Mefmer, inventeur du fyftéme du Magnétifme
animal, a fait à l'affemblée de ce corps des
propofitions de la part de ce dernier, pour
conftater authentiquement l'efficacité & la fupé-

riorité de fa méthode ; elles ont été rejettées dans l'affemblée du 18 Septembre.

8 *Octobre* 1780. Il paffe pour certain que le Roi vient de payer les dettes du Comte d'Artois , montant à plufieurs millions. En conféquence ce Prince a donné mardi à Bagatelle une fête au Roi revenant de la chaffe , entre hommes feulement , où S. M. a été fort gaie : ils étoient trente convives.

Il paroît que M. Necker , pour fe concilier cette Alteffe Royale , s'eft prété de bonne grace à l'arrangement.

8 *Octobre*. Me. Linguet s'attendoit d'autant moins à fa détention , qu'avant de partir de Bruxelles il avoit écrit au Comte de Vergennes & au Comte de Maurepas , pour leur demander fi les nouveaux ennemis que fon zèle pour la vérité lui avoit pu faire depuis fon dernier féjour en cette capitale , n'auroient pas affez de crédit pour l'empêcher d'y reparoître avec fécurité. Ces miniftres lui avoient répondu refpectivement & favorablement. Il appeloit ces écrits des *Lettres de Sûreté* , & le Sieur Noverre avant de partir , lui ayant témoigné fes inquiétudes à cet égard , Me. Linguet les lui fit lire.

Il faut donc , encore un coup , qu'un nouveau grief ait excité cet orage. On parle beaucoup d'une lettre manufcrite au Maréchal Duc de Duras très - offenfante , qui commence par cette phrafe : *qui êtes-vous pour avoir le droit de m'interroger* , &c. ? Mais comme perfonne ne dit l'avoir lue , & qu'elle ne perce point dans le public , on peut toujours révoquer le fait en doute.

Au reste, le Sieur le Quesne, sans doute endoctriné par son maître, depuis les diverses suspensions, retards, suppressions qu'il a éprouvés, console ceux qui paroissent inquiets de leur argent : il leur répond que Me. Linguet n'écrit point des nouvelles, mais des choses utiles & bonnes pour tous les tems; qu'ainsi l'on peut attendre; qu'il continuera sûrement plutôt ou plûtard, & en conséquence il ne fait aucune difficulté de prendre l'argent des dupes qui viennent lui en apporter encore : il déclare avoir reçu de la sorte plusieurs souscriptions; même depuis les bruits sinistres répandus sur le compte de l'Auteur.

Les premiers jours de sa détention, on rapporte que Me. Linguet ne vouloit pas manger, craignant d'être empoisonné.

9 *Octobre* 1780. Les propositions faites par le docteur Mesmer à la Faculté, ne sentoient nullement le charlatan & semblent fort raisonnables. Il demandoit que sous les auspices du gouvernement on fit choix de 24 malades, dont 12 seroient réservés par la Faculté pour être traités suivant ses méthodes ordinaires & les autres remis entre ses mains & soumis à sa méthode particuliere.

Il excluoit de ce nombre toutes maladies vénériennes & ne faisoit pas d'autres exceptions.

Il proposoit, pour éviter toute discussion & exception, que le choix fût tiré par la voie du sort.

Il demandoit que les personnes préposées par le gouvernement pour assister à chaque examen comparatif des malades & en signer

les procès-verbaux , fuſſent exempts de partialité , ou du moins n'en puſſent être ſoupçon-
nées ; en conſéquence , il deſiroit qu'elles ne
fuſſent priſes dans aucun corps de médecine.

Sa méthode exigeant peu de frais , M. Meſ-
mer ne demandoit aucune récompenſe de ſes
ſoins pour les douze malades ; mais ſeulement
que le gouvernement fît les dépenſes relatives
à leur entretien & qu'ils ne fuſſent pas à ſa
charge.

On ne ſait pourquoi la Faculté s'eſt refuſée
à cette concurrence ; mais afin de donner à ſon
défi toute l'authenticité qu'il mérite , M. Meſ-
mer a rendu ſes propoſitions publiques par la
voie du *Journal de Paris.*

9 *Octobre* 1780. Madame le Paute , femme de
l'artiſte ſi rénommé dans l'horlogerie , n'eſt
pas moins célebre , elle-même par ſes connoiſſances en aſtronomie & l'utilité dont elle eſt à
l'Académie des Sciences en ce genre. Elle a
écrit depuis peu à Madame Necker , pour l'engager à lui faire obtenir de M. l'Adminiſtrateur
général des finances une penſion , qu'elle
croyoit mériter par ſes ſervices & par la ſingu-
larité d'une femme livrée aux hautes ſpécula-
tions. Madame Necker lui a répondu très-hon-
nêtement , mais lui a ajouté que ſon mari avoit
exigé qu'elle ne ſollicitât jamais aucune grace
de ſa tendreſſe pour elle ; qu'au ſurplus , elle
ne doutoit pas qu'en s'adreſſant directement à
lui elle ne réuſſît.

Madame le Paute a donc eu recours à M.
Necker , dont elle a reçu une réponſe non
moins flatteuſe , où il l'aſſure qu'il eſt trop tard
cette année pour faire aucun changement à

l'Etat arrêté ; mais qu'il s'occupera d'elle l'année prochaine ; & que même s'il survient d'ici à là dans son travail avec le Roi quelque changement, il ne la perdra pas de vue.

10 *Octobre* 1780. Rien de plus comique qu'une sortie des Editeurs des *Mémoires Secrets*, sous cette même datte, contre une Imprimerie qui leur feroit sans doute assez d'honneur si son bénéfice ne s'y trouvoit pas bien plus intéressé que le desir de leur faire hommage. Rien de plus plaisant, peut-être, que de voir ces inconnus, se plaindre qu'on les réimprime dans un pays lointain, où les privilèges même, s'il pouvoit en exister pour eux, ne sauroient, quels qu'ils fussent, étendre une main vangeresse.

Ne craignez rien, Messieurs, quand on a promis plus de correction qu'il ne s'en trouve dans votre édition, c'étoit sûrement sans porter aucune atteinte ni aux faits, ni au style, ni aux dattes, objets que nous ne sommes point assez simples pour croire susceptibles de changement, pour ne pas regarder comme sacrés ; nous pouvions & devions, sans doute, sans votre aveu, purifier notre édition de cette quantité immense de fautes Typographiques, qui fourmillent dans notre original, & rendent la lecture si répugnante aux gens de goût ; & si Virgile disoit déja, *Sic vos non vobis*, pourquoi, Messieurs, ne vous laisseroit-on point aujourd'hui l'amusement de le répéter.

Cessez aussi de trembler sur les pertes que pourroit éprouver le public par l'achat de cette édition, parce que, dites-vous, il en sortira bientôt une de votre main, qui contiendra des augmentations essentielles. Eh ! Messieurs, si

l'abeille fait extraire le miel du calice des fleurs-,
pourquoi ne fe trouveroit-il point quelque fré-
lon, qui fut auſſi extraire ces richeſſes nouvelles, & nous donner un manuſcrit qui forme-
roit un, deux, ou trois volumes de fupplément,
s'il le faut.

10 *Octob.*1780.On fe rappelle les tours de force
que faiſoient les gens de lettres à la renaiſſance
de celles-ci, les poëmes entiers, dont chaque
vers commençoit par une même lettre. Un auteur aimable vient de les imiter & de vaincre
une difficulté pareille avec tout le fuccès poſſible.

10 *Octobre.* Un anonyme ayant mis au bas
du portrait de l'impératrice - reine ce vers latin, fuperbe par fa vérité & fa précifion :

Fœmina fronte patet, Vir pectore, Diva decore.

M. de Sancy, garde des livres du cabinet
du roi, fecrétaire général de la librairie, dé-
fefpérant d'en rendre le laconifme, & forcé de
le traduire pour l'intelligence de la reine, a été
obligé de l'affoiblir dans le quatrain fuivant :

> Cette merveille de notre âge,
> A de fon fexe la beauté ;
> Du trône elle a tout le courage.
> Elle a des Dieux la majefté.

10 *Octobre.* Ce qui contribueroit à faire
croire que Me. Linguet eft traité en criminel
d'Etat, c'eft une circonftance qu'on ajoute &
qu'on certifie; favoir, qu'un exempt de police
s'eft rendu fur le champ à Bruxelles, où, avec

l'acquiefcement de l'impératrice-reine, il a dû
faire perquifition dans la maifon de Me. Linguet, y prendre tous fes papiers, y faire appofer les fcellés par la juftice du lieu & les apporter ici. Les détails, les interrogatoires & les
délais que doit entraîner cette procédure minif-
térielle, font regarder comme prématurée fa
translation à Pierre-en-cife, qui pourra dépen-
dre de la vérification des chofes qu'on lui impute.

Une circonftance fort finguliere dans cet événement, c'eft que la police qui agit ordinairement avec tant de myftere, qui n'exerce fes
terribles fonctions que dans la nuit, qui enlève
toujours l'accufé chez lui, avec un tel fecret
que les voifins même font fouvent plufieurs
jours après à l'ignorer encore, ait apporté le
plus grand éclat à l'enlèvement du journalifte,
fait en plein jour, à midi, dans la rue, en préfence des amis de Me. Linguet & d'un peuple
immenfe. On a vérifié que fon laquais & fon
cocher de remife, car il étoit dans fon carroffe,
étoient des efpions & le dernier inftruit de ce
qu'il devoit faire, au lieu d'enfiler droit la porte
Saint-Antoine, s'eft détourné au coude qu'elle
fait & eft allé s'arrêter devant le fiacre où étoient
les deux exempts. Preffé enfuite de continuer
fa route par les convives reftans, il a déclaré
que fa miffion étoit remplie, qu'il n'iroit pas
plus loin : ils ont été forcés de prendre un fiacre.

11 *Octobre* 1780. Tous les muficiens de ce pays-
ci font jaloux de l'honneur que vient de recevoir le fieur Gretry. Son bufte, fculpté par le
fieur Everard, a été placé le 23 Septembre au
théâtre de la ville de Liege, fa patrie. On le
dit parfaitement exécuté d'après le modèle du

fieur Pajon. Il eft du plus beau marbre d'Italie blanc. Le piedeftal eft en partie de marbre noir avec l'infcription :

Gretry Leodius, *fub Confulatu de Vivario & de Foffoal.*

Cet hommage eft le premier de ce genre dont on ait honoré un artifte au moment où la toile levée montra le bufte aux fpectateurs, les acclamations réiterées & les applaudiffemens les plus vifs ont eu lieu.

Entre les deux pieces repréfentées par les comédiens, M. Fabre d'Eglantine a lu un poëme de fa compofition, intitulé *Triomphe de Gretry* : entr'autres beaux vers on y a remarqué celui-ci, fervant d'épigraphe :

Le cri d'un peuple libre eft le cri de la gloire.

12 *Octobre* 1780. Extrait d'une lettre d'Amiens du 7 Octobre..... Il vient de fe former ici en petit un établiffement pareil à celui que M. de la Blancherie avoit inftitué à Paris, c'eft un *Sallon des arts* : il eft fous la protection de la ville, & fe tient dans fon hôtel. Les artiftes & les artifans, en y expofant leurs ouvrages, leurs chef-d'œuvres, placés à côté des productions de leurs émules, reconnoiffent la place qu'ils doivent occuper & le chemin qu'ils ont encore à faire pour arriver à la perfection ; ils l'indiquent aux éleves & font l'éloge de leur maître, M. Sellier, directeur de ce Sallon.

12 *Octobre* 1780. Extrait d'une lettre de Dunkerque du 10 Octobre.... Nous venons de perdre le brave Ducaffon, capitaine du Corfaire *la*

Charlotte, mort en Angleterre de fes bleffures. Il avoit été pris le 15 Septembre & a expiré le 22. Dès le 16 il avoit été mis à terre, mais dans une prifon infâme, où il étoit refté 48 heures, fans qu'on lui donnât autre chofe que de la bierre & du mauvais bouillon de mouton. Transféré en ville, à force d'inftances de deux de fes officiers, un colonel vint le voir & le fit panfer par fon chirurgien. Il étoit trop tard ; la plaie, faute de foins, etoit devenue mortelle. Peu d'heures avant fon trépas, tourmenté des douleurs les plus aiguës & dans le délire, il s'écrioit : ,, courage, amis ; il ne nous pren-,, dront pas ; ils font à nous ; ajuftez vos ca-,, nons.... Malheureux ! lâches ! vous m'aban-,, donnez ! " Le foir même il fut enterré avec les honneurs de la guerre. Telle a été la déplorable fin de ce brave capitaine, qui méritoit d'autant moins d'être inhumainement traité par nos ennemis, que depuis les hoftilités il n'avoit ceffé d'avoir pour eux des procédés de générofité & de bienfaifance.

M. Ducaffon, originaire de Bayonne, n'étoit âgé que de 43 ans & il en avoit paffé vingt prifonnier en Angleterre. Il connoiffoit parfaitement les côtes de ce royaume & parloit diverfes langues étrangeres, particuliérement l'angloife. Cette croifiere étoit déjà la quatrieme. — Dès 1778 le roi l'avoit gratifié d'une épée, pour avoir enlevé le paquebot du Sénégal. Indépendamment des autres prifes qu'il avoit faite dans le cours de trois ans, il s'étoit encore emparé du *Hope*, qui tranfportoit une garnifon à l'isle de Jerfey.

13 *Octobre* 17. . Non-feulement la faculté n'a
point

point accepté le défi que lui portoit le docteur Mesmer, mais a trouvé très-mauvais qu'un de ses membres en fût l'organe & se rendît l'apologiste d'un charlatan : en conséquence il est question de l'interdire.

13 *Octobre* 1780. La rivalité élevée entre les 3 actrices ambitionnant le premier rôle du *bon Seigneur*, n'ayant pu être encore accommodée, le comité du théâtre lyrique s'occupe de l'opéra de *Persée*, remis en musique par M. Philidor & l'on en fait à présent les répétitions.

14 *Octobre*. On avoit été fort surpris de voir l'abbé Aubert, le rédacteur des *petites affiches*, après avoir rendu le compte le plus défavorable de *Nadir* ou *Thamas-Kou i-Kan*, chanter tout-à-coup la palinodie & rejetter sur l'infidélité d'un adjoint & sa partialité & son erreur. On sait aujourd'hui que cette rétractation a été forcée, que M. Dubuisson l'est allé trouver & l'a menacé du traitement le plus dur & le plus injurieux, s'il ne se démentoit. On peut juger par cette anecdote certaine quel fonds il faut faire sur les jugemens des journalistes.

15 *Octobre*. On continue à s'entretenir de Me. Linguet. On se rappelle que le bruit a couru pendant longtems qu'il avoit deux mille écus de pension du ministere. Il est éclairci aujourd'hui que le comte de Vergennes les lui avoit offert en effet, s'il vouloit s'abstenir de parler de nouvelles de guerre & de politique : condition à laquelle il s'est refusé, ces nouvelles étant l'aliment de ses annales. Le sieur Noverre & autres François revenus de Bruxelles avec lui & fêtés par lui, attestent qu'il y tenoit le plus

Tome XVI.   B

grand état ; que ſon journal lui rendoit environ 80,000 livres de rentes, dont il mangeoit ainſi la plus grande partie avec une femme qu'il avoit enlevée & qui tenoit ſa maiſon.

Cette femme étoit l'épouſe d'un homme de province, ayant une manufacture à Nogent-le-Rotrou & des filles déjà très-nubiles. On avoit cru pendant longtems que Me. Linguet en vouloit épouſer une ; mais ce n'étoit qu'une tournure pour abuſer le mari qui, ſous ce prétexte, laiſſoit venir ſa femme à Paris loger chez Me. Linguet. Son évaſion du royaume a fait éclater ſes amours par celle de ſa concubine. Cet adultere public étoit un des griefs de l'archevêque de Malines, lorſqu'il l'a obligé de quitter le château où le journaliſte réſidoit.

Me. Linguet devoit partir le jour même où il a été arrêté, & n'avoit différé qu'aux inſtances du ſieur Memin, marchand de ſoie, qui vouloit lui rendre la fête qu'il en avoit reçue à Bruxelles, & il avoit en effet ordonné à ſa maiſon de Fontenay le dîner le plus ſplendide. Me. Linguet avoit déſiré être en petit comité avec ſes amis & avoit en conſéquence nommé les convives.

Lorſque Me. Linguet fût arrêté & mis dans le fiacre, le ſieur le Queſne y monta & s'entretint avec ſon maître un demi-quart d'heure environ, ſans doute ſur ce qu'il diroit aux ſouſcripteurs qui viendroient le tourmenter.

16 Octobre 1780. Les procès verbaux des differentes ſéances tenues reſpectivement par les nouvelles aſſemblées provinciales, depuis leur établiſſement, ont donné lieu à l'entrepriſe d'un ouvrage important, ayant pour titre : *Loix mu-*

nicipales & économiques du Languedoc, ou recueil des ordonnances, déclarations, lettres patentes, arrêts du conseil du parlement de Tou-
louse & de la cour des aides de Montpellier :
actes, titres & mémoires, concernant la conftitution politique de cette province, fon ad-
minifration municipale & économique, fes
privilèges & ufages particuliers, relativement
à fes impofitions, fes ouvrages publics, fon
agriculture, fon commerce, fes manufactures,
fes loix civiles, &c. &c.

C'eft M. Dillon, archevêque de Narbonne &
primat, & en cette qualité préfident né des
Etats, qui a le premier provoqué cette entreprife. Son adminiftration formera une époque
mémorable dans les annales du Languedoc. Le
deſſéchement des marais, l'ouverture de plufieurs canaux, qui procurent des débouchés à
l'agriculture & au commerce & qui établiront
une communication libre & fûre depuis Lyon
jufqu'à Touloufe ; la multiplication des haras ;
la liberté des manufactures ; les progrès rapides
de l'induftrie & des arts, y confacreront fon
nom à la reconnoiffance des peuples, dont il a
augmenté le bonheur.

Il en a reçu en dernier lieu les témoignages
les plus éclatans, dans tout le cours du voyage
qu'il vient de faire dans les montagnes des Ce-
vennes, du Gevaudan, du Velay & du Vivarais,
pour s'inftruire par lui-même de l'état de ces
différens pays, de leurs befoins & de leurs reffources.

16 Octobre 1780. M. Parifot a refferré fa veuve
du Cancale en trois actes, & au lieu des dure-
tés qu'il difoit à l'auteur de l'ouvrage parodié

B ij

il lui fait aujourd'hui des complimens. La feconde repréfentation de vendredi a eu un plein
fuccès.

17 *Octobre* 1780. On fait que Me. Linguet eft
toujours à la baftille, parce que l'on reçoit non
pas tout-à-fait de fes lettres, mais des fragmens
concernant les articles des chofes qu'il demande
pour fon ufage ou fes befoins au fieur le
Quefne : vraifemblablement il eft même encore
très-indifcret dans ce qu'il écrit de cette prifon, enforte que l'on n'en laiffe paffer que
des extraits & que les originaux ne parviennent
point.

On ajoute que le miniftere de Vienne a bien
confenti à ce qu'on mît les fcellés chez ce François fugitif, avec l'infcription *gouvernement de
France ;* mais qu'il y a eu des difficultés pour la
levée & furtout pour le tranfport : on ne fait
pas fi elles font terminées.

17 *Octobre.* Depuis la réforme de la bouche, l'ufage de nourrir tout le monde à Marly,
ainfi que dans les autres petits voyages, devoit
être aboli; mais la chambre de S. M. ayant repréfenté que la nouvelle maniere de vivre ne
pouvoit avoir lieu à fon égard, en ce qu'elle
feroit, vu l'éloignement des auberges, dans
l'impoffibilité de remplir avec exactitude fon
fervice, il a déjà été dérogé à la loi pour elle.

Du refte, des infpecteurs vifitent les tables
néceffaires avec la plus grande févérité, & en
expulfent & les maîtres & les valets furnumé-
raires qu'ils y trouvent.

18 *Octobre.* Le fieur Parifot, ci-devant directeur des éleves de l'opéra, auteur & acteur,
a un ordre de début pour les Italiens. Lorfqu'il

s'est présenté à l'assemblée pour se faire agréer
dès comédiens, le sieur Michu a témoigné de
l'humeur & s'est écrié ,, je crois qu'on veut nous
,, infecter de tous les farceurs des boulevards."
Le sieur Volange présent, humilié de la réflexion, lui a dit : ,, *Monsieur Michu, si je ne*
,, *respectois votre sexe, vous auriez affaire à*
,, *moi !* ,, & toute la troupe de rire. Il a en
effet la réputation d'un bardache & d'appartenir
au plus vilain B..... de France, à un Juif nommé
Peixotto, très-riche & qui l'entretient comme
sa maitresse.

18 *Octobre* 1780. Le sieur de Beaumarchais, lieutenant-général des bailliage & capitainerie royale
des chasses de la Varenne du Louvre, grande
vénerie & fauconnerie de France, suspendu
encore même depuis la cassation de l'arrêt, en
ce qu'il restoit dans un état de décret d'ajour-
nement personnel, n'ayant pas fait juger le
fond, a cependant pour la premiere fois repris
lundi ses fonctions, sans qu'on sache s'il a
purgé son décret, ce qui est tout-à-fait il-
légal.

19 *Octobre*. M. de Girardin, chevalier de
Saint-Louis, brigadier des armées du roi, si
connu par ses fameux jardins d'Ermenouville &
par l'asyle qu'il a donné à Rousseau vivant &
mort, se distingue aujourd'hui par ses sentimens
patriotiques, & son zele pour la défense de ses
vassaux. C'est ce qu'on voit dans son *mémoire*
en réponse à celui publié par le sieur Jean-Louis
Cancel, receveur des impositions de l'Election
de Senlis. Il s'agit de Vingtiémes, qu'a forcé ar-
bitrairement ce préposé, se prévalant de l'enré-
gistrement de continuation fait en 1772 par le

B iij

tribunal Maupeou, fans y appofer les modifica-
tions que les parlemens avoient toujours eu foin
d'y mettre, & qu'en rentrant, le parlement de
Paris a eu la lâcheté de reconnoître implicite-
ment & tacitement. M. de Girardin s'eleve avec
force contre une innovation auffi arbitraire, auffi
illégale, & invoque la véritable loi. Il eft fâcheux
que tant de zele n'ait pas eu le fuccès qu'il méritoit. On fait, en général, que cet excellent
citoyen a fuccombé à la cour des aides, revenue
fans doute depuis la retraite de M. de Malesherbes à fon génie de fifcalité.

20 *Octobre* 1780. Il ne faut pas confondre M.
Dubuiffon, l'auteur de *Nadir*, avec un autre
Américain du même nom, qui paffé de la Martinique à la Dominique, alors appartenant aux
Anglois, défoloit de-là fes concitoyens & fur-
tout M. le comte de Nauzieres, le commandant
de l'isle, par des feuilles fatyriques en forme de
gazettes, qu'il compofoit & envoyoit périodi-
quement. On dit ce libellifte mort.

20 *Octobre*. L'opéra de province, parodie
d'*Armide*, joué aux Italiens en 1777, & arrêté
durant le cours de fes repréfentations fur les
plaintes du chevalier Gluck, peu ménagé dans
cette fatyre, a été remis avant-hier. Les comédiens ont profité de l'abfence de ce muficien
pour en obtenir la reprife. Cette anecdote ne
continuera pas peu à lui donner une vogue
qu'il ne mérite guere par lui-même.

20 *Octobre*. C'eft le fieur Michu, de la comédie italienne, qui a eu l'honneur de donner
des leçons à la reine pour les opéra-comiques
qu'elle joue fpécialement.

S. M. a l'attention de faire inviter à fon fpectacle l'auteur ou les auteurs des pieces qu'elle joue. Ce qui fait qu'on peut prononcer plus en connoissance de cause sur les talens de cette souveraine, jusqu'à présent très-appréciés par son auguste époux.

21 *Octobre* 1780. Il a été fait le lundi 25 Septembre, à la *Loge de l'amitié* une répétition par des vertuoses & amateurs seulement, du drame lyrique de M. Rochon de Chabannes, intitulé *le bon Seigneur*: presque tous les Franc-maçons de cette loge ont profité de la circonstance pour y assister; ensorte que la résolution des auteurs des paroles & de la musique d'apporter beaucoup de mystere à cet essai n'a pu avoir lieu. Une telle publicité n'a fait qu'augmenter leur triomphe. La répétition dont il s'agit a eu le plus grand succès. Toutes les difficultés sont levées; le rôle de force est donné à Mlle. Duranci; & Mlle. Beaumesnil ayant bien voulu par arrangement céder le sien à Mlle. la Guerre, Mlle. le Vasseur, la seule qui se trouve ainsi avoir à se plaindre d'avoir été jouée, a reçu les excuses du musicien : ensorte que les vraies répétitions doivent commencer dès mercredi, le lendemain de la première représentation de *Persée*.

22 *Octobre*. Rien n'est plus vrai que la faculté, sachant très-mauvais gré au docteur Deslon d'avoir pris la défense du sieur Mesmer, veut l'expulser de son sein : ce qui a déjà eu lieu dans deux assemblées & sera vraisemblablement confirmé dans la troisieme.

23 *Octobre*. M. de Sancy sentant la foiblesse de son quatrain, a voulu le resserrer & a fait ce seul vers pour rendre le latin sur l'impératrice-reine.

Traits de femme, cœur d'homme, air de divinité.

Il est plus précis, mais sans élégance, sans noblesse & paroit trivial.

Ce traducteur, au reste, a découvert que l'auteur du vers latin, mort en 1754, étoit un M. de Laftre, qui, d'avocat au parlement, s'étoit rendu commerçant : son inscription fut trouvée si belle que le graveur Petit la fit ajouter sur sa planche, avec le nom du poëte.

On conçoit que ce vers composé à l'époque dont il s'agit, avoit encore plus de vérité.

23 Octobre 1780. On a parlé tous ces jours-ci de l'élargiffement de Me. Linguet, comme effectué très-clandeftinement, à la charge de sortir fur le champ du royaume ; mais c'est le defir qu'en ont fes amis qui donne lieu à ce bruit. On fait, au contraire, par gens qui s'intéreffent à ce fameux prifonnier, qu'un ministre porté pour lui & qu'on follicite d'agir, a déclaré que le moment n'étoit pas favorable & qu'il falloit attendre. On croit que ce ministre est le prince de Montbarrey.

Il paffe en outre pour constant, qu'on a vendu à Bruxelles les effets de Me. Linguet par autorité de justice, fans doute d'après l'évasion de madame Linguet, c'est-à-dire, de fa concubine, que par honnêteté on y appeloit ainfi : il réfulte de ce fait, que la levée des fcellés est faite ; que les difficultés font arrangées & que vraifemblablement fes papiers font arrivés ici ; ce qui doit occafionner un examen long & une difcuffion détaillée.

24 Octobre. Extrait d'une lettre de Bruxelles du 18 Octobre. Rien de plus vrai que le ministere de France a eu recours à celui de Vienne au sujet de l'enlèvement qu'il vouloit faire faire des papiers de Me. Linguet. Mais il paroît que vous ignorez une anecdote non moins certaine à cet égard, que voici. Le sieur le Quesne, instruit très-promtement de la détention de son maître, puisqu'elle a eu lieu en sa présence, n'a pas perdu la tête, a expédié sur le champ un courier à madame Linguet, c'est-à-dire, à une maîtresse de ce journaliste qui vivoit chez lui & faisoit les honneurs de sa maison. Par ce courier il l'avertissoit du triste événement qui venoit d'arriver & l'engageoit à ne pas perdre un instant pour soustraire tous les papiers du prisonnier. Ce qui a été pratiqué heureusement : on ne sait positivement si elle les a brûlés ou fait passer en lieu sûr. Quoi qu'il en soit, lorsqu'on est venu pour mettre les scellés, on a trouvé la plupart des serrures forcées, parce qu'elle avoit été obligée de se servir d'un serrurier pour ouvrir le secrétaire & autres armoires, dont Me. Linguet avoit emporté les clefs. Deux fois vingt-quatre heures de retard ont produit cet effet salutaire. On croit bien aussi que le comte de Nenin, président du conseil & M. le prince de Staremberg, gouverneur de cette ville, protégeant le journaliste, n'ont pas peu contribué à laisser le tems à madame Linguet de gagner de primauté.

Les habitans de cette ville, en général, sont bien aises que M. Lamau, le lieutenant de police de la ville, ait manqué son coup : ils regardent cette expédition comme une violation du droit de bourgeoisie qu'avoit acquis le François

refugié. Du reste, ils estimoient peu Me. Linguet, & l'adultere public dans lequel il vivoit,
ainsi que son différend avec l'archevêque de Malines, ne leur avoient pas donné bonne opinion ni de ses mœurs ni de sa catholicité ; ce
qui jette bien de l'odieux sur un homme dans
ce pays-ci.....

24 *Octobre* 1780. *Lettre des auteurs des mémoires secrets*, &c. *à l'imprimeur de cet ouvrage.*

Nous ne finirions pas, monsieur, si pour nous
conformer à votre sensibilité, nous répondions
à toutes les injures que vomit contre nous l'a-
mour-propre ulcéré des auteurs & qui réjaillis-
sent en partie sur vous. N'étant pas méritées,
elles ne nous affectent point, & nous vous ex-
hortons à nous imiter. Quant à la déclamation
calomnieuse dont vous nous parlez, & qui se
trouve insérée dans les supplémens satyriques
dont on renforce en Hollande le *Mercure de
France* pour lui donner de la vogue chez l'é-
tranger, nous l'avons prévenue d'avance & l'on
peut lire à cet égard notre avertissement placé
à la tête du neuvieme volume. Nous aurions cependant beau jeu à refuter l'écrivain forcené &
à nous défendre avec ses propres armes, qu'il
nous fournit mal-adroitement encore contre lui-
même ; mais il faudroit disserter, nous pour-
rions ennuyer & c'est ce que nous voulons
éviter.

Ce qui nous console & nous rassure, c'est
que nous n'avons encore entendu personne se
plaindre à juste titre. Nous redoublerons d'attention sur notre choix dans cette foule considérable de gazettes, journaux & feuilles im-

primées ou manufcrites de toutes efpeces, que
nous parcourons & que l'infatiable avidité du
public rend chaque année plus multipliées .&
plus curieufes. Nous nous croyons d'ailleurs
auffi fûrs qu'on peut l'être de nos divers cor-
refpondans, auxquels nous recommandons de
ne recueillir que les faits certains & dignes de
nos lecteurs. Nous n'adoptons pas même indiftinctement ce qu'ils nous envoient & avant de
claffer leurs jugemens ou anecdotes, nous ap-
portons tout l'examen de la critique, toute
l'impartialité de l'hiftorien. Bien éloignés de la
méchanceté noire qu'on nous reproche, nous
briferions notre plume pour ne la reprendre
jamais, fi, contre notre gré, elle avoit bleffé
cruellement quelque victime innocente. Nous
ne nous permettons fur les articles de chronique
fcandaleufe, que ce dont ne pourroit nous refufer l'abfolution à confeffe le Directeur le plus
rigoureux. On fait que les cafuiftes ne regardent comme médifance que les révélations qui
peuvent, par leur publicité, nuire à la réputation du prochain : mais toutes les fois que
les faits font de notoriété publique, ils peuvent
devenir, fans fcrupule, l'aliment des conver-
fations.

Nous ne traduifons en fcene que des perfonnages déja couverts du ridicule, ou qui font
trophée de leurs vices, & en confignant à la
poftérité, pour fon inftruction, leurs folies ou
leurs atrocités, nous ne faifons que fervir leur
defir extrême, ce femble, d'exciter du bruit,
de faire la matiére des entretiens, d'être les
héros du jour, en un mot, de devenir fameux,
n'importe de quelle maniere & à quelque prix

B vj

que ce foit. Au refte , en nous efforçant d'acquérir le talent de nos prédéceffeurs pour lancer le farcafme fur les uns , ou montrer aux autres la haine vigoureufe de l'*Alcefte* de *Moliere* , ceux qui nous liront , remarqueront aifément que nous ne nous paffionnons pas moins , ainfi que ces illuftres Journaliftes , pour le beau , pour les actions honnêtes , pour les hommes vertueux : avec quel enthoufiafme on trouvera célébrés les *Rouffeau* , les *Voltaire* , les *Buffon* , les *Turgot* , les *Malesherbes* , les *Vergennes* ! & ne nous arrêtant qu'à ce qui concerne les mœurs , eft-ce notre faute , fi des perfonnages tels que ces derniers font trop rares ? il faut s'en prendre à la dépravation du fiecle : pourquoi y a-t-il fi peu de bien & tant de mal dans ce monde pervers !

Le reproche vraiment fondé , en apparence , qu'on pourroit nous faire ; c'eft , dans la diftance où nous fommes des lieux , de ne juger des chofes & des hommes que fur parole & d'après le rapport d'autrui : nous croyons ce défavantage à l'égard de nos prédéceffeurs , avec les précautions que nous avons indiquées plus haut, compenfé en partie par l'obfcurité de notre retraite. Nous nous trouvons ainfi dans le point de vue néceffaire pour être impartiaux , pour n'être acceffibles , ni à la féduction , ni aux menaces : l'efpoir ne peut nous ouvrir , ni la crainte nous fermer la bouche.

Nous penfons , Monfieur , par cette explication avoir fuffifamment réfolu vos doutes , & vous pourrez , fi vous voulez , imprimer notre Lettre.

Nous avons l'honneur d'être, &c. Laufanne le 10 Octobre 1780.

25 *Octobre* 1780. Indépendamment du bouleverfement que la conftruction de la nouvelle falle de comédie françoife occafionne dans le quartier où elle s'éleve, il y a des projets d'embelliffement & d'utilité encore plus beaux du côté de Saint Sulpice : 1°. il eft décidé de tranfporter hors de Paris le cimetiere de cette paroiffe, fuivant le réglement général décidé à cet égard : 2°. on doit abattre le féminaire & autres lieux adjacens, pour former la place arrêtée devant le portail de Saint Sulpice : 3°. on doit y bâtir fpécialement un hôtel pour le clergé, un palais où il tiendra deformais fes affemblées. Voilà les points, fur lefquels on eft affez d'accord quant à l'exécution.

On fpécule encore fur un plan plus difpendieux & plus magnifique, donné il y a longtems, celui de prolonger la rue de Tournon jufqu'à la rue de Seine, &, en abattant la portion des quatre nations qui mafque l'extrêmité de celle-ci, de découvrir la riviere & le Louvre, de façon que les deux palais fe regardent.

26 *Octobre.* On affure que c'est un M. Laus de Boiffy, qui a remplacé de toute maniere Dorat chez Madame la Comteffe de Beauharnois : s'il n'eft pas auffi bon poëte, s'il n'a pas les agrémens & les gentilleffes de fon efprit, il a des talens fecrets, qui valent bien les autres auprès du fexe. Cette préférence excite la jaloufie des divers gens de lettres, qui avoient des prétentions, foit fur le cœur de cette dame, foit fur la préfidence de fon bureau de bel efprit, auquel M. le chevalier de Cubieres fem-

bloit avoir plus de droit que tout autre. Il en résulte une guerre d'épigrammes qui amuse le public ; on cite M. Guinguené, comme brillant surtout dans cet assaut de pointes, de sarcasmes, de saillies vives & piquantes.

27 Octobr. 1780. C'est un M. Brebion qui est nommé décidément pour suivre les travaux de l'église de Sainte Geneviéve, depuis la mort de M. Souflot. On a affecté de choisir cet architecte médiocre, pour qu'il ne voulût pas s'évertuer & mêler du sien aux plans de son prédécesseur. Il en aura tous les émolumens, à condition de les suivre strictement, c'est-à-dire, à condition de ne rien faire.

27 Octobre. Une Madame Falconet, ayant exécuté le Buste de la chevaliere d'Eon, M. Blin de Sainmore a fait le quatrain suivant :

Ce marbre, où de d'Eon le buste est retracé,
A deux femmes assure une gloire immortelle ;
Et par elles vaincu, l'autre sexe est forcé
D'envier à la fois l'artiste & le modèle.

27 Octobre. Ces jours derniers on jouoit au Sallon de Marly un petit jeu de société, fait pour occuper beaucoup de monde, qu'on appelle la Peur, & qui amuse assez la Reine. M. le Prince de Montbarrey en étoit : il faut savoir qu'on y meurt & qu'on y revit : les acteurs & surtout les Dames faisant allusion à ces trois mots de Peur, de Mort, de Résurrection & aux circonstances critiques où se trouve ce ministre, le désolerent de tant de mauvaises plaisanteries, qu'il fut obligé de quitter, ne pouvant y tenir. Le public spectateur de cette

hardieffe des courtifans a inféré que fa cataf-
trophe n'étoit pas éloignée.

Il n'eft perfonne, jufqu'aux filles, qui ne
pronoftique la difgrace de M. le Prince de
Montbarrey. Il a pris le parti de rompre avec
Mlle. Renard, cette courtifanne qui faifoit
crier fi fort les militaires & mettoit à l'encan
toutes les graces à la difpofition de fon amant.
Ces jours derniers quelqu'un ayant rencontré
Mlle. Renard en deuil chez M. le Lieutenant
de police, lui a demandé la raifon de cette
décoration lugubre ? Elle a répondu qu'elle
étoit en deuil du Prince de Montbarrey.

27 *Octobre* 1780. Extrait d'une lettre de Straf-
bourg, le 15 Octobre 1780. . . . . Vous êtes
curieux de favoir comment a pris ici le Sr. S***
de J***, affocié de M. Gerard à la place de
Syndic de notre ville. Il étoit d'abord arrivé
avec de grandes prétentions, autorifées par la
lettre du Miniftre, qui lui donnoit le droit de
préfider le corps municipal : comme ce corps
municipal eft compofé en partie de nobleffe
très-haute, ainfi que toute celle d'Allemagne,
il a eu la prudence de fonder le terrein, &
prévoyant qu'il alloit exciter une querelle &
compromettre fon protecteur, ce qu'il étoit
dangereux de faire, furtout dans ce moment
critique, il a eu la fineffe de déclarer qu'il
fe défiftoit de la prérogative qu'on lui ac-
cordoit. Cette modeftie, jointe à l'efprit conciliant qu'il a, à fon art de prendre le génie,
la tournure & les mœurs de fes compa-
triotes, l'a rendu affez agréable. D'ailleurs,
comme il avoit déja paru ici avec la Princeffe
de Montbarrey, qui lui témoignoit une grande

bienveillance, il en a résulté pour lui une sorte de considération extérieure, qui subsistera aussi longtems que sa faveur.

28 *Octobre* 1780. Entre les diverses épigrammes lancées par les deux adversaires dont on a parlé, voici la plus saillante. Elle est de M. Guinguené, & intitulée *Testament de Dorat* :

> Dorat mourant dit à sa belle amie,
> Point ne souffrez, quand je n'y serai plus,
> Auprès de vous quelque brillant génie,
> Aimable, gai, galant, tel que je fus ;
> Vous l'aimériez : car votre sexe oublie,
> Et m'oublier ce seroit perfidie.
> Choisissez donc quelque esprit bien obtus,
> Un pédant froid jouant l'étourderie,
> Un plat rimeur aux sifflets endurci,
> Un sot enfin.... La Belle a pris Boissy.

29 *Octobre*. M. l'abbé Raynal montre une lettre en date du 14 Juin, qu'il a reçue de Philadelphie, où, après un grand éloge de son ouvrage si célebre, M. Jos. Reed qui l'écrit, ajoute : ,, au milieu de la confusion que la ,, guerre entraine dans nos climats, au milieu ,, des soins qu'exige le gouvernement civil ,, après une révolution si importante, nos re- ,, gards se tournent vers vous, Monsieur ; un ,, penchant irrésistible nous force de lire & ,, d'admirer, de respecter & d'aimer l'homme ,, dont le génie vaste saisit, développe & trace ,, avec tant d'énergie les droits du genre hu- ,, main. Je ne puis mieux reconnoître, Mon- ,, sieur, le plaisir que j'ai éprouvé, qu'en vous ,, priant d'accepter deux actes émanés du con-

,, feil fuprême de Philadelphie. En vertu de
,, l'un , déformais la fervitude eft abolie & en-
,, tiérement détruite. L'autre a pour objet la
,, création d'une Univerfité , qui , établie fur
,, les principes du tolérantifme , admet égale-
,, ment toutes les religions chrétiennes que
,, nous voyons fleurir parmi nous , & dans
,, laquelle on cultive les langues , les arts &
,, les fciences , qui font partie effentielle de
,, l'éducation. ,,

29 *Octobre* 1780. Un officier général défirant
être compris dans la promotion des premiers
cordons rouges & craignant de n'en pas être ,
s'étoit fervi de la voie ordinaire & avoit donné
50,000 livres à Mlle. Renard pour être plus
certain de cette grace. Il étoit fur la lifte en
effet ; mais le Roi l'a rayé. Il eft revenu furieux
réclamer fes 50,000 livres. La courtifanne n'a
pas voulu les rendre , difant que toutes les
conditions du marché avoient été remplies ,
qu'elle l'avoit propofé à fon amant , qu'en conféquence il avoit été propofé à S. M. , qu'elle
ne lui avoit pas répondu de la volonté du Monarque.

L'officier général encore plus outré eft allé
lui-même révéler fa turpitude au Comte de
Maurepas , qui en a parlé au Prince de Montbarrey & lui a dit qu'il falloit ou donner fa dé-
miffion , ou renvoyer fa Princeffe. Voilà l'origine de la difgrace de Mlle. Renard , qui eft
même dans une forte d'exil & va voyager. On
la dit à Bruxelles. On affure qu'elle fe faifoit
plus de 100,000 livres de rentes & elle déclare
qu'elle en rendoit encore plus à fon amant.

29 *Octobre*. Extrait d'une lettre de Metz

du 16 Octobre. . . . . En 1779, il y a eu dans la Province des trois Evêchés, 13433 naiſſances, 2773 mariages, 11710 morts.

30 *Octobre* 1780. Vendredi dernier on a enfin donné la premiere repréſentation de *Perſée*. C'eſt M. Marmontel qui a réduit le poëme de cinq acte en trois, &, ſuivant ſon uſage, l'a gâté. Il a voulu en faire une piece réguliere & a totalement dénaturé le ſujet, pas intéreſſant, il eſt vrai, mais noble & pittoreſque, choiſi par Quinault. S'il a imaginé que le cinquieme acte fût un hors-d'œuvre, puiſqu'il l'a entiérement dénaturé, pourquoi a-t-il donc conſervé *Phinée* & ſes menaces & ſes jaloux tranſports ? C'eſt tout au moins un perſonnage inutile, dès qu'il n'eſt plus l'objet de la vengeance éclatante de *Perſée*, ni la victime des terribles regards de *Meduſe*. Suivant les paroles imprimées, il devoit ſe noyer ; mais à la repréſentation il a diſparu & le ſpectateur ne s'eſt pas apperçu qu'il manquât.

Si les détails ou les vers du nouveau lyrique compenſoient au moins ceux de Quinault qu'il a ſupprimés ou traveſtis, alors ſon travail pourroit être de quelque prix ; mais ſa verſification eſt toujours dure, lâche ou diffuſe. Il court ſans ceſſe après une ariette ou un duo. *Perſée* va-t-il combattre *Meduſe*, il l'arrête pour lui faire chanter un air de triomphe. Les Tritons attendent pour enchaîner *Andromede*, que ſa mere ait exhalé ſa fureur dans une longue ariette, & ſe gardent bien d'interrompre les adieux éternels de la Princeſſe. Tout cela n'eſt que riſible. Une faute plus grave, qu'on a laiſſé ſubſiſter dans le poëme & qu'on a eu le bon eſprit de supprimer à la représentation , c'est de faire annoncer par *Orias* l'apparition du monstre , que tout le peuple doit avoir vu , & de faire succéder à cette cruelle nouvelle un divertissement pour la victoire que *Persée* a remportée sur les *Gorgones*. Assurément Quinault n'avoit pas imaginé de faire danser tous ces gens-là pendant ce deuil universel.

Le combat de *Persée* contre le monstre n'a produit qu'un effet ridicule , en ce que ce dernier , bien loin de lutter contre les efforts du héros , a été à peine apperçu de quelques spectateurs ; ce qui a fait dire à de mauvais plaisans qu'ils ne voyoient-là de monstre que les vers de Marmontel.

La base de ce poëme étant le merveilleux , il a fallu suppléer au défaut d'intérêt du sujet par tous les accessoires qui sont du ressort de la musique , de la danse & des décorations. La dernière de celles-ci surtout , qui représente le palais de *Vénus* , & est celle si renommée en diamans des Menus , dont l'opéra peut disposer aujourd'hui , avoit attiré beaucoup de monde , mais n'a produit de loin aucun effet , parce qu'elle n'étoit pas assez éclairée en proportion de la salle.

Quant à la musique , du célebre Philidor , elle a reçu peu d'applaudissemens & n'a excité que des critiques. Elle paroît savante & destinée simplement pour les connoisseurs , plus curieux d'admirer que d'être émus.

31 *Octobre* 1780. On ne sait rien de nouveau sur Me. Linguet , sinon qu'il a la liberté de lire & qu'il a demandé en conséquence qu'on lui envoyât l'Histoire Ecclésiastique de l'abbé de

Fleury. Ses partifans répandent avec affectation
cette nouvelle , pour lui concilier de plus en
plus la bienveillance du clergé , en faifant entendre que le prifonnier s'occupe d'études grâ-
ves & religieufes , & en lui donnant l'efpoir
qu'il compofe quelque bon ouvrage pour la défenfe de cette caufe , qui en a grand befoin.

1 *Novembre* 1780. Les Demoifelles Dumou-
lin & Viriville font deux impures fort infolentes
& fort bêtes. De jeunes gens ont imaginé de
les myftifier ; on leur a fait accroire que le
Grand Seigneur avoit envoyé ici un Boftangi
pour recruter fon ferrail & qu'on les avoit mifes
fur les rangs : on les a ébloui par les promeffes
d'une fortune confidérable , dont elles pourroient jouir après trois ans de féjour à Conf-
tantinople , terme de l'engagement. Elles n'ont
pas manqué d'accepter l'invitation de fe trouver au lieu du rendez-vous & de fubir les épreu-
ves par où elles devoient paffer. Les Sieurs
Muffon & du Gazon , les deux farceurs les
plus renommés de cette capitale , fe font fur-
tout diftingués dans cette fcene comique ; l'un
jouoit le rôle du médecin , l'autre celui de l'ef-
fayeur de fa Hauteffe. On juge où peut aller
une pareille plaifanterie. Les deux courtifannes
fe font prêtées à tout ce qu'on a voulu , &
quand toute la fociété entière en a été raffafiée , on les a reconduites chez elles , toujours
perfuadées de l'heureux fort dont elles alloient
jouir. Elles n'ont été détrompées que le lendemain , où , dès qu'elles ont paru au palais
royal , elles font devenues la rifée de toutes
leurs camarades , enchantées de fe voir ainfi

ébarrassées de ces deux concurrentes, qui
osent plus se montrer.

2 *Novembre* 1780. On peut se rappeler les
fâcheuses aventures que procura l'année der-
ière à M. Caze sa passion aveugle pour Ma-
ame Dugazon de la comédie italienne. Il pa-
oit qu'il n'en est pas guéri. Depuis peu ce jeune
Maître des requêtes étant à ce spectacle, a
ouvé mauvais qu'un M. Dulau, officier aux
ardes, critiquât durement l'actrice dont il s'a-
it & il en est résulté une rixe, dans laquelle
magistrat a reçu un coup d'épée si grave qu'il
fallu le saigner onze fois. Il va mieux, se sou-
enant à peine, &, à l'aide de deux écuyers,
sembloit par sa sortie prématurée se faire un
iomphe de sa blessure dans le public, qui l'en-
uroit en effet comme un héros d'amour fort
re aujourd'hui.

3 *Novembre.* La santé délicate de la Reine
xigeant des ménagemens, a déterminé la Fa-
ulté de conseiller S. M. de s'abstenir de jouer
comédie ; ce qui met en déroute la troupe
oyale. On assure que le Comte d'Artois jouoit
ès-bien, mais à l'égard de la Reine, outre
e qu'on en a dit, on rapporte une ingénuité
'un subalterne qui, assez heureux pour assister
une représentation de cette espece, & inter-
ogé par un de ses camarades sur ce qui en
toit, lui dit en confidence : ,, il faut avouer
, que c'est *royalement mal joué.* ,,

3 *Novembre.* On parle d'une nouvelle divi-
on survenue dans la maison de Condé : on
apporte que le Duc de Bourbon, avant de
aire le voyage de Chantilly avec son pere, a
crit à Madame la Duchesse, qu'elle lui feroit

plaifir & à M. le Prince de Condé de n'en pas
être. On ne dit aucun motif de cette efpece,
d'exil ; mais l'on veut que la Princeffe ait porté
fes plaintes au Duc d'Orléans & au Duc de
Chartres , & qu'elle foit fur le point de fe retirer au palais royal, fi cela ne s'accommode pas.
On croit que Madame de Monaco eft pour
beaucoup dans cette brouillerie.

3 *Novembre* 1780. On ne croit pas que *Perfée*
fe relève : on ne dit pas aujourd'hui plus de
bien de la mufique que des paroles : on reproche au Sieur Philidor d'avoir pillé cinq ou
fix auteurs, de s'être pillé lui-même & de n'a-
voir tiré encore aucun bon parti de tous ces
larcins : en un mot, on ne reconnoît nullement dans cet ouvrage l'auteur du *Carmen
Sæculare.*

4 *Novembre.* Le concert fpirituel du jour,
de Touffaint fut fort intéreffant pour les amateurs & encore plus pour les maîtres de l'art,
qui trouvent dans la profe *des Morts* de M.
Goffec tout ce que l'harmonie a de plus im-
pofant, avec ce que les chants religieux offrent de plus touchant & de plus majeftueux.
Ce *Dies Iræ* n'avoit encore été donné que dans
différentes églifes : ce font les Sieurs le Gros,
Cheron & Madame Saint Haberti qui l'ont
rendu & en ont augmenté le mérite par leur
goût & leur précifion. Ce grand fuccès doit décider M. Goffec à fe renfermer dans un pareil
genre.

L'hiérodrame facré, dont les paroles font de
M. de Voltaire & la mufique de M. Cambini, eft
ce qui a produit le moins de fenfation.

On connoiffoit le talent de M. Sallantin pour

la flûte, mais on ne s'attendoit pas à lui voir
tirer un fi grand parti du haut-bois : il excita
les plus vifs applaudiſſemens; il joua ſon concerto avec tout le goût & toute la grace ima-
ginables. Le ſon de ſon inſtrument eſt pur, ſon
exécution eſt ſûre & facile, & ſi elle avoit été
plus animée, plus variée & plus expreſſive, il
ſe ſeroit placé, dès ſon début, à côté des plus
grands maîtres.

Le jeune Vernier a intereſſé par ſon âge
d'onze ans dans un concerto de violon du Sieur
Jarnowick. Les connoiſſeurs ont admiré & les
différentes poſitions, & l'adreſſe avec laquelle
il ſe tire des difficultés : c'eſt un vrai phéno-
mène.

Voilà les différentes nouveautés qui ont attiré l'affluence à ce ſpectacle, & prouvé le zele
des directeurs pour ſatisfaire le public.

5 *Novembre* 1780. Les comédiens François
ont donné hier la première repréſentation du
Bon ami, comédie nouvelle en un acte & en
proſe. Malgré ſon peu d'étendue, malgré des
traits de tems en tems aſſez gais, des ſcenes
même aſſez plaiſantes, il n'étoit guere poſſible que le public ſupportât juſqu'à la fin ſans
ennui & ſans murmurer une piece dénuée
d'action, de mouvement, dont les perſonnages ſont d'une biſarrerie choquante & ont ſouvent un ton qui n'eſt pas celui de la bonne
compagnie.

Le Sieur Molé, faiſant le rôle du *Bon ami*,
n'a pas peu contribué à ſoutenir l'ouvrage ; dans
un endroit où, dépeignant ſon caractere, il parle
des différens perſonnages qu'il ſait également
remplir, ſoit enjoués, ſoit triſtes, ſoit tendres,

foit féveres, foit étourdis, foit réfléchis, &c.
le Parterre, par une allufion flatteufe à fon talent, l'a applaudi à tout rompre & il étoit aifé
de juger que ces battemens de mains étoient
pour l'acteur feul.

Cette comédie eft d'un M. Grand, docteur
de la faculté de Montpellier, qui n'exerce point
& qui débute ainfi au théâtre.

6 *Novembre* 1780. Les comédiens François
ont aujourd'hui à l'étude une tragédie de
M. Desfontaines, dont le fujet intéreffant eft
la réduction de Paris fous Henri IV.

6 *Novembre.* Les comédiens Italiens, toujours féconds, annoncent pour demain la premiere repréfentation des *Vendangeurs*, divertiffement nouveau en un acte & en vaudevilles.

7 *Novembre.* Depuis quelque tems le gouvernement femble prendre plaifir à fomenter
au fein des compagnies les troubles qu'y exci-
tent des membres turbulens. On a vu ce qui
s'eft paffé à Grenoble, à Bordeaux. On auroit
pu rendre compte de faits femblables arrivés au confeil de Colmar ; aujourd'hui c'eft
le procureur général de la cour des monnoies
qui lutte contre fon corps & en triomphe.

Le Sieur de Gouve, c'eft fon nom, paffe
dans la fociété pour un affez mauvais fujet, &
le defir extrême de fa compagnie de fe purger
d'un pareil membre, femble confirmer l'opinion injurieufe qu'en a le public ; mais, comme tous les roués, il a de l'efprit, des connoiffances, de l'intrigue, il capte la bienveillance des miniftres, & il rend bien à fon corps
les perfécutions que celui-ci lui a fufcitées.

Cette

Cette affaire remonte à 1773, où, sur la dénonciation d'un magistrat, le procureur général fut suspendu de ses fonctions le 19 Juin. Il paroit que l'abbé Terrai le protégeoit fort. Le 4 Septembre cet arrêté fût caffé par un arrêt du Conseil.

Le 10 Janvier 1774, sur de nouvelles imputations très-graves, sur la dénonciation de faits très-scandaleux, parmi lesquels il étoit même question de concussion, le Sieur de Gouve fut interdit pour un an.

Les Sieurs Courte & Bertin, deux conseillers du parti de ce magistrat, furent les seuls qui n'adhérerent pas à la délibération, & en conséquence le 6 Août ils furent exclus des délibérations secrettes de la compagnie.

Tout cela fut caffé encore au conseil des dépêches.

Enfin le 10 Juillet de cette année, pour les cas résultans du procès, il a été ordonné par la cour des monnoies, que Charles Antoine de Gouve seroit tenu de se défaire de son office de procureur-général, &c.

C'est cet arrêt qui a encore été caffé le 18 Septembre, ainsi que tout ce qui a précédé. Le procès a été renvoyé au parlement de Paris, sauf au Procureur-général à former après le jugement sa demande en prise à partie.

8 *Novembre* 1780. On ne sauroit croire quels efforts secrets & de toute espece font mouvoir aujourd'hui les philosophes démasqués par Jean-Jacques Roufseau dans ses mémoires, à dessein de noircir ce grand homme, de le décréditer, de le faire passer pour un menteur, pour un impudent, un plagiaire. Il y a grande apparence que

c'eſt quelque animoſité de la même eſpece qui
pouſſe l'auteur du Journal Encyclopédique à
faire ligue avec eux & à devenir l'organe de
leurs calomnies. Voici une prétendue anecdote
qu'il révele avec beaucoup de modération apparente, mais en même tems de la maniere la plus
injurieuſe à la mémoire du grand homme qu'il
attaque.

,, En 1750, ,, dit-il dans le volume d'Oc-
,, tobre, M. Pierre Rouſſeau reçut de Lyon une
,, Lettre, qui étoit adreſſée tout ſimplement
,, *à M. Rouſſeau, auteur à Paris.* M. Jean-
,, Jacques Rouſſeau n'avoit pas encore cette
,, grande & juſte célébrité dont il a jouï depuis
,, cette époque : M. Pierre Rouſſeau avoit déjà
,, donné des pieces à trois théâtres, & il étoit
,, chargé d'un ouvrage public. Le facteur crut
,, naturellement qu'elle étoit pour celui-ci, qui
,, en recevoit beaucoup. La lettre étoit conçue
,, à-peu-près en ces termes ,, : Monſieur, je
vous ai envoyé la muſique du *Devin de Village*
dont vous ne m'avez pas accuſé la réception :
vous m'avez promis d'autres paroles; je vou-
drois bien les avoir, parce que je vais paſſer
quelque tems à la campagne, où je travail-
lerai, quoique ma ſanté ſoit toujours chance-
lante. ,, Cette lettre étoit ſignée *Grenet* ou
,, *Garnier*, autant que nous pouvons nous en
,, ſouvenir. Nous répondîmes tout de ſuite à
,, ce muſicien que, ſans doute, il s'étoit
,, trompé..... Comme nous ne pouvions pas pré-
,, ſumer que cette lettre dût tirer à conſé-
,, quence, nous négligeâmes de la garder....
,, Quand on donna en 1753 le *Devin de Village*,
,, nous fîmes part de cette anecdote à M.

„ Duclos de l'académie françoife, qui s'étoit
„ déclaré ouvertement l'admirateur de cet in-
„ termede; il parut en défirer quelque preu-
„ ve : nous écrivîmes à Lyon, d'où l'on nous
„ répondit que le muficien dont nous deman-
„ dions des nouvelles étoit mort depuis deux
„ ans „ . . . .

Le journalifte ajoute enfuite, que depuis il
avoit ofé élever des doutes contre la propriété
de Jean-Jacques, quant à la mufique de cet in-
termede; qu'il lui envoya le journal où il l'at-
taquoit; que peu après il s'eft expliqué plus
clairement, à quoi le philofophe n'a répondu
que par le filence..... Il tire enfin un argu-
ment nouveau des morceaux de mufique que
Jean - Jacques Rouffeau a voulu fubftituer depuis aux anciens, & qui ont été trouvés fi
médiocres qu'il a fallu les faire difparoître à
jamais.

9 *Novembre* 1780. M. Arthur Dillon, appelé le *Beau* à la cour, fingulierement protégé
de la Reine, a eu le malheur de fe caffer encore une fois le bras. C'eft le jour de la Saint
Hubert, à la chaffe avec le Roi, que cet accident lui eft arrivé. Si quelque chofe a pu cal-
mer fes douleurs, c'eft le fpectacle de leurs
Majeftés préfentes au panfement, qui a eu lieu
fur le champ, & lui prodigant les plus tendres
foins.

9 *Novembre.* On fe croit tranfporté au milieu des orgies des vendangeurs, on jouit de leur
bonheur, en voyant le divertiffement donné
mardi fous ce titre. L'action n'en eft ni fort re-
cherchée, ni fort compliquée : elle confifte à
faire révoquer à deux Baillis fottement amou-

reux, la défense qu'ils viennent de faire, *de danser davantage, item de boire & de se balancer*. Pour cela, l'un est retenu dans une taverne, d'où il ne sort qu'en voyant *en rond danser les ormes*, & il est le premier à enfreindre la loi. L'autre, qui n'est pas plus sage, se mêle avec les jeunes filles; l'amour qu'il a pour *Lucette*, l'engage à prendre part à leurs jeux. On le place sur la balançoire & on l'enlève à quinze pieds de terre : il n'obtient la permission de descendre, qu'après avoir, de concert avec son imbécille confrere, révoqué sa pancarte ridicule.

La gaieté des couplets, la simplicité, le naturel des personnages, ont fait le succès de ce divertissement, un peu trop long & trop ordurier. Il est étonnant que la police ait toléré la licence de cette farce. Elle est de Mrs. Auguste de Piis & Barré. On ne connoissoit point encore dans la littérature ce dernier, greffier au parlement, & qui, quoiqu'ayant eu part à *Aristote amoureux* & à *Cassandre oculiste*, ne s'étoit pas fait connoître à cause de la gravité de son état.

10 *Novembre* 1780. La Reine a en effet profité de l'absence du Roi, qui est allé chasser à Fontainebleau, pour se rendre à Clayes chez sa favorite, Madame la Duchesse Jules. S. M. a fait vingt lieues ce même jour, car elle ne veut pas découcher. Elle recommencera ce voyage chaque jour jusqu'au retour de Sa Majesté. On ne peut donner à une sujette une marque de confiance & d'attachement plus grand.

10 *Novembre*. On prépare à Brunoy de

grandes fêtes pour le raccommodement de la Reine & de *Madame*.

On a parlé de deux caufes de cette divifion, dont la principale étoit le refus fait par *Madame* de jouer la comédie : on a fu depuis d'autres détails concernant la querelle des deux auguftes belles-fœurs, à laquelle étoit préfent le Comte d'Artois, venu auffi pour déterminer *Madame*. Cette princeffe ayant rejetté bien loin la propofition comme indigne d'elle, la Reine lui avoit répondu : ,, mais, dès que moi, Reine ,, de France, je la joue, vous ne devriez pas ,, avoir de fcrupule. ,, A quoi *Madame* avoit ,, repliqué : ,, mais, fi je ne fuis pas Reine, ,, je fuis du bois dont on les fait. ,, S. M. trouvant ce parallèle mauvais, étoit parti de-là pour faire fentir à fa belle-fœur combien elle regardoit au-deffus de la maifon de Savoye la maifon d'Autriche, qui ne le cédoit, avoit-elle ajouté, pas même à celle de Bourbon. M. le Comte d'Artois refté muet jufqu'alors, avoit pris la parole & dit en riant : ,, juf- ,, qu'ici, Madame, j'ai craint de me mêler ,, de la conteftation, vous croyant fâchée, ,, mais pour le coup je vois bien que vous ,, plaifantez ,,. Sarcafme qui avoit terminé la fcene. Toute cette pique, du genre de celles qu'il eft difficile de ne pas voir élever dans les familles de tems en tems, eft heureufement terminée & n'a influé en rien même fur l'union de la maifon Royale, qui n'en a jamais paru troublée à l'extérieur.

10 *Novembre* 1780. Extrait d'une lettre de Rennes du 2 Novembre..... Les membres des trois ordres, qui compofent l'affemblée de cette

province , ayant reçu les lettres de convoca-
tion qui leur font adreffées , fuivant l'ufage , fe
font affemblés dans leur falle , au couvent des
cordeliers , lundi 30 Octobre vers fix heures du
foir.

MM. l'évêque de Rennes , le Comte de
Boifgelin , & le Sénéchal de Rennes , Préfidens
de l'affemblée , ont nommé la députation ,
compofée dans l'ordre de l'églife , de Meffieurs
les évêques de Quimper & de Treguier , des
abbés de Bon-repos & de Saint Maurice , des
députés des chapitres de Rennes & de Nantes :
dans l'ordre de la nobleffe , de Meffieurs de
Langourla , de la Bedoyere , de Trolong de
Boifguehenneuc , Defgrée du Lou & du Vau-
ferier ; & dans l'ordre du tiers , de MM. le
premier député de Rennes , le fecond député
de Nantes , les députés de Quimper , du Port-
Louis , de Redon & de Moncontour.

MM. les Commiffaires du Roi étant entrés à
fept heures , M. le Marquis d'Aubeterre & M.
le premier préfident du parlement ont fait
chacun un difcours , lefquels ont eu pour objet les befoins de l'Etat occafionnés par la guerre,
& la gloire que s'y eft acquife la nobleffe Bre-
tonne : celui prononcé par M. de Robien , procureur-général Syndic , a été , entr'autres chofes , relatif aux befoins des peuples & aux pri-
vileges de la province.

L'affemblée s'eft féparée , après avoir ordonné , fuivant l'ufage , la meffe du Saint-
Efprit.

Mardi 31 Octobre..... Les trois ordres s'é-
tant raffemblés au théâtre après la meffe du
Saint-Efprit , & Meffieurs les Commiffaires du

Roi entrés, l'Intendant à la fin d'un discours, dans lequel il a indiqué plusieurs objets d'améliorations & d'embellissemens dans la province, a demandé un don gratuit de 1,999,999 livres 19 sols 11 deniers. M. de la Bourdonnaye, procureur général Syndic, a aussi fait un discours, dans lequel il a représenté entr'autres choses, les besoins des peuples, par le défaut de commerce, & de bras pour la culture des terres sur les côtes, depuis les hostilités ; après quoi les États ont délibéré aux chambres & ont accordé le don gratuit demandé.

Ils ont ensuite ordonné le fonds de 6000 livres pour la pauvre noblesse & de 1200 livres pour les pauvres mandians de la ville de Rennes.

Ils ont nommé deux députations pour complimenter Madame la Marquise d'Aubeterre & Madame la Comtesse de Boisgelin.

Après avoir continué les pouvoirs de la commission intermédiaire, ils ont nommé des commissaires pour l'examen de la commission générale & des membres des États, & pour la chiffrature du régistre.

Un membre de l'ordre de la noblesse a demandé, que les États eussent chargé un de leurs procureurs généraux Syndics de leur communiquer les lettres patentes qui constituent la nouvelle formation de la municipalité de Rennes, pour en être délibéré dans l'assemblée. Cette représentation a été suivie d'une charge au procureur général Syndic de se procurer ces lettres patentes & de rendre compte du tout aux États. Après quoi l'assemblée a été remise au jeudi deux Novembre.

11 *Novembre* 1780. Une circonſtance nouvelle concernant Me. Linguet, ſa détention &
les ſuites qu'elles a eues, mais qu'on n'a voulu
rapporter qu'après l'avoir bien conſtatée par des
recherches exactes, c'eſt que depuis le moment
qu'il a été arrêté & pendant environ une quinzaine de jours, le miniſtre des affaires étrangeres, car on ne peut croire que la choſe ait eu
lieu ſans ſon ordre, a cru devoir faire arrêter
& ouvrir les lettres allant à Bruxelles, ou paſſant ſur cette route : quelques-unes ont été re-
tenues & ne ſont parvenues à leur deſtination
qu'enſemble & au bout de pluſieurs ordinaires.
Ce qui fortifie l'opinion de ceux qui croient que
quelque raiſon d'Etat ſeule a déterminé la ca-
taſtrophe de ce fameux journaliſte.

Cette manœuvre n'auroit pas étonné ſur la fin
du regne de Louis XV, où elle avoit ſouvent
lieu & au gré de ceux qui avoient quelque crédit auprès des roués qui étoient alors à la tête
des affaires : au lieu que l'honnêteté du Comte
de Vergennes ne permet pas de douter que cette
infidélité n'ait été néceſſaire en politique.

11 *Novembre.* Il paroît que le grand nombre des ſectaires attachés au parti de Voltaire,
comme leur chef, s'eſt rangé ſous les drapeaux
de M. d'Alembert & le reconnoiſſent pour ſon
ſucceſſeur ; non à raiſon de ſon mérite, mais de
ſes dignités littéraires, de ſon talent pour l'intrigue, de ſa confiſtance, de ſon crédit auprès
des grands & de ſes correſpondances avec différens ſouverains du Nord. Il a trois fois par
ſemaine des aſſemblées ſous le nom de *Conver-
ſations*, & tout ce qu'il y a de plus illuſtre s'y
rend. Il n'eſt pas rare de voir 25 à 30 caroſſes

à fa porte. Jeudi 2 Novembre fon amour-propre reçut une petite mortification en fi bonne compagnie. M. le Comte d'Aranda étoit chez lui ; M. d'Alembert lui demande s'il connoit le nouveau dictionnaire de l'Académie de Madrid ? L'Ambaſſadeur d'Eſpagne répond que non, & paroît douter de fon exiſtence. Le fecrétaire de l'Académie Françoiſe lui dit qu'il l'a reçu de la part de cette compagnie, le fait apporter & le montre à l'aſſemblée. ,, Mais, ,, replique le Seigneur étranger, ,, vous avez donc une let- ,, tre d'envoi ? Non, ,, ajoute M. d'Alembert, ,, c'eſt un tel qui me l'a adreſſé de fa part ,, Il nomme en même tems un nom Eſpagnol : ,, je connois fort cet homme, ,, repart en riant le Comte d'Aranda ; ,, mais ce n'eſt ni un Académicien, ,, ni la compagnie ; c'eſt fon ,, relieur, qui, pour vous engager à dire du ,, bien de l'ouvrage qu'elle n'avoue pas, vous ,, l'aura adreſſé ,, …. Et M. d'Alembert de reſter un peu confus, & les ſpectateurs de rire fous cape.

12 *Novembre* 1780. Il eſt grandement queſtion du mariage de M. André de Murville, jeune poëte déjà connu pour avoir couru dans la lice académique, avec une fille de Mlle. Arnoux : il eſt ſi épris de fa future, d'une figure commune & même laide, qu'il la croit une Vénus & lui a adreſſé le quatrain ſuivant, d'un ridicule rare aux yeux de ceux qui connoiſſent l'héroïne :

Celle dont le portrait ici n'eſt point flatté,
Digne des chants d'Ovide & du pinceau d'Apelle,
N'a rien vu fous les cieux d'égal à fa beauté,
Rien, ſi ce n'eſt l'amour que je reſſens pour elle.

C v

13 *Novemb.* 1780. On a fait fur l'expulfion de M. de Sartine l'épigramme fuivante, très-peu piquante & bonne feulément à conferver comme hiftorique & conftatant l'idée qu'avoit le public de ce miniftre à cette époque :

Sartine, qui longtems nous balaya les rues,
    Et les filles d'honneur perdues,
Les voleurs, les efcrocs & les mauvais fujets,
    Par une audace trop extrême,
Des mers voulût auffi balayer les Anglois;
Mais pour avoir trop cher fait payer fes balais,
    Il s'eft vu balayer lui-même.

13 *Novembre.* Le dernier écrit annoncé contre M. Necker a pour titre ; *lettre à Mr. Necker, directeur général des finances.* Elle eft datée du 14 Septembre & contient 66 pages très-petit in-12°. : mauvais caracteres, mauvais papier, fautes de correction nombreufes, tout indique le myftere avec lequel elle a été imprimée furtivement dans quelque coin du royaume ou du voifinage.

L'auteur fe défigne lui-même, finon comme ayant été en quelque forte le collegue de M. Necker dans l'adminiftration de la compagnie des Indes, comme y tenant de très-près du moins & très-au fait des fecrets d'alors. Il developpe de grandes connoiffances dans le calcul, dans les reviremens de banque, dans les princi- pes du gouvernement. Il s'annonce fur-tout comme très-au fait de la vue, du caractere, de la façon de penfer, des vues, des aftuces du miniftre Genevois & d'après les données qu'il

pofe, il démontre l'impoſſibilité en morale & à
moins d'un prodige qu'un tel perſonnage ait
changé au point d'avoir le déſintéreſſement, le
patriotiſme, l'humanité, la droiture, la candeur qu'il affiche; il met enfin ſon ame à nud
& démaſque ſon hypocriſie. Il témoigne ſon regret d'être forcé à l'*incognito*, & promet de le
quitter dès que M. Necker ne ſera plus en
place.

Après les opérations de M. Necker concernant la Compagnie des Indes, diſcutées dans le
plus grand détail, mais en notes ſeulement, les
deux ſeules qu'il examine ſont l'*édit des hôpitaux* & les *lettres patentes concernant le droit
annuel des offices*. Il ne trouve dans l'un que
l'ignorance la plus profonde des principes élé-
mentaires de l'économie politique & ſa charlatanerie accoutumée un peu plus à découvert,
& dans l'autre, qu'un emprunt uſuraire à 8 pour
cent, un impôt forcé ſur les malheureux titu-
laires & une violation deſpotique des propriétés.
Tout cela eſt traité d'une maniere ſi ſavante &
ſi lumineuſe, qu'elle porte la conviction avec
elle & déſabuſe néceſſairement ceux à qui les
préambules illuſoires de ces deux pieces auroient pu en impoſer.

Le redoutable adverſaire finit cet examen par
plaiſanter M. Necker, & après avoir parlé légé-
rement de l'extrême dureté avec laquelle il s'eſt
ménagé un emprunt de 25 millions à cinq pour
cent ſur les employés des fermes, qu'il a forcés de donner l'année derniere des ſupplémens
de cautionnement en argent, à peine d'être
renvoyés, il lui propoſe un beau coup de filet:
ce ſeroit d'ordonner un appel ſur tous les créan-

ciers de l'Etat d'un dixième de leur capital, à
peine de n'être plus payés ; ce qui, fur deux
milliards de la dette nationale des rentes, lui
fourniroit tout de fuite une reffource de deux
cent millions.

14 *Novembre* 1780. Extrait d'une lettre de
Montpellier du 6 Novembre..... Cette ville
eft la feule de province, je crois, qui ait une
bibliotheque publique. Elle a été fondée par
M. Haguenot, confeiller en la cour des comptes, aides & finances de cette ville & profeffeur en médecine. Elle eft principalement à
l'ufage des étudians en médecine & en chirur-
gie à l'hôpital de Saint Eloy, où elle s'ouvre
aujourd'hui dans un nouvel ordre. Cette bibliotheque doit s'augmenter par la fuite avec des
fonds deftinés à cet objet par le même bienfaiteur.

M. Eufroy, médecin de Cette, & M. Raft,
médecin à Lyon, y ont joint des dons confidérables.

Le bufte de M. Haguenot, avec des infcriptions contenant en abrégé l'hiftoire de fa
vie, eft dans le fond de la nouvelle falle. Les
armes de ce bienfaiteur, accollées à celles de la
ville, font au-deffus de la porte en dedans,
avec ce vers d'Horace :

Quos legeret, tereretque viciffim publicus ufus.

On voit dans la même falle le portrait de M.
Eufroy ; on fe flatte que M. Raft voudra bien
confentir qu'on y place auffi le fien.

Quoique les livres de médecine faffent le fond
de cette bibliotheque, on y a cependant raffem-

blé des ouvrages fur d'autres fciences & fur différentes parties de la littérature.

15 *Novembre* 1780. Malgré le froid accueil
que l'on fait à la refonte du poëme de *Perfée*,
malgré la force avec laquelle on s'eft élevé dans
le plus grand nombre des papiers publics contre
la témérité de M. Marmontel, de profaner par
fes mutilations & interpollations notre prince
des poëtes lyriques, malgré les éloges ironiques
des autres, malgré les calembours de toute efpece, les épigrammes qui l'accablent de toutes
parts, le favetier de l'opéra foutient tout cela
avec une infolence fans exemple ; il répond que
s'il y a de mauvais vers dans *Perfée*, ce font
ceux de Quinault, qu'il a confervés. Entre diverfes plaifanteries qu'occafionne la guerre
qu'on lui fait, voici la plus faillante :

Quinault par la douceur de fes aimables vers,
Sufpendoit le tourment des ombres malheureufes :
Cherchons, pour l'en punir, des peines rigoureufes,
    S'écria le Dieu des Enfers !
Il invente auffitôt le mal le plus horrible,
Dont au Tartare même on fe fut avifé ;
Je veux faire, dit-il, un exemple terrible,
J'ordonne que Quinault foit Marmontélifé.

16 *Novembre.* On trouve dans la derniere
lettre à M. Necker deux anecdotes, dont la ré-
vélation ne lui fera pas plaifir ; l'une annonce
qu'il y a une bouderie entre le Comte de Maurepas & le directeur général des finances à l'occafion de la réforme de la maifon du Roi ; que
ce dernier mettant à fon ordinaire le marché à
la main & ayant menacé le vieux Mentor de pren-

dre des chevaux de poste pour retourner à Geneve, celui-ci l'avoit averti qu'on n'en donnoit
aux étrangers qui avoient administré les finances que sur un ordre exprès du Roi. L'autre plus
atroce, mériteroit d'être prouvée, avant qu'on se
permît de pareilles insinuations ; c'est que M.
Necker a eu d'anciennes liaisons avec le Lord
Stormont, qu'il déclamoit dans le commencement contre la guerre présente, qu'il avoit rendu
de fâcheux pronostics sur ses succès, qu'il avoit
des principes tout-à-fait opposés à ceux du gouvernement à l'occasion du commerce avec les
Américains ; qu'enfin on lui avoit confié sur la
même matiere des projets importans, à l'exécution desquels il avoit refusé son concours
d'argent.

16 *Novembre* 1780. On connoît depuis longtems la Dlle. Michelot de l'opéra, pour appartenir au Duc de Bourbon. Elle vient d'accou-
cher, & il a voulu que l'enfant fût baptisé
sous son nom. Cette nouvelle anecdote éclaircit davantage la rupture entre ce prince & sa
femme.

17 *Novembre*. Il est décidé que la comédie
Italienne aura sa nouvelle salle construite sur
le terrein de l'hôtel de Choiseul. On en a tracé
le plan ces jours-ci : c'est un M. Heurtier, architecte du Roi, qui en est chargé & l'on convient déjà que ce monument sera très-mesquin.
Les comédiens de cette troupe craignant d'être
assimilés aux acteurs des boulevards, n'ont point
voulu avoir d'entrée de ce côté ; ce qui oblige de
masquer la salle par une maison. Il est inconcevable qu'on ait eu égard à une platte délicatesse
comme celle-la.

17 *Novembre* 1780. Depuis que le college royal eft rétabli dans toute fa fplendeur, la rentrée des exercices s'y fait avec beaucoup d'apparat. C'eft le 13 de ce mois qu'elle a eu lieu par une affemblée publique.

M. le Monnier a commencé la féance par un mémoire fur le baromêtre. Il a donné l'hiftoire de la découverte de cet inftrument fi important pour la phyfique, & des regles par lefquelles on l'emploie à la mefure des hauteurs. Il a fait voir l'infuffifance des méthodes que plufieurs phyficiens en ont donné à cet égard, & l'erreur des mefures que l'on avoit fixées en dernier lieu fur la pente de la Seine, en faifant voir, par fes propres obfervations, qu'elle eft réellement telle que M. Picard l'avoit trouvée il y a un fiecle, de 110 pieds jufqu'à la mer.

M. de Vauvilliers a lu une traduction libre, d'après Thucidide, de l'oraifon funebre que Periclès prononça devant les Athéniens, à l'honneur des citoyens morts dans la premiere campagne de la guerre du Peloponnefe ; ce difcours, qui contient auffi l'éloge & la peinture du caractere & des mœurs des Athéniens, a été rendu par l'orateur françois avec une force & une éloquence dignes de l'auteur & du fujet : on y a d'ailleurs trouvé des allufions avec la guerre actuelle, que le public a faifies avec avidité & tranfport.

M. de la Lande a lu l'abrégé d'un grand traité qu'il fait imprimer, fur le flux & le reflux de la mer, qui contient l'hiftoire, la théorie & les obfervations, avec les conféquences qu'on en tire, & la maniere de déduire de l'attraction du foleil & de la lune la hauteur de la mer en tout tems & dans tous les pays de la terre.

M. l'Abbé de Lille a terminé la séance par la lecture d'une Epître de 600 vers, sur la maniere dont on doit peindre en vers la nature & les campagnes ; il a joint à des préceptes pleins de finesse & de goût, le modele de tous les genres de beautés que l'on peut desirer dans de pareilles descriptions ; il a peint avec force les grands phénomenes de la nature ; avec douceur & avec grace les objets agréables ; avec une énergie pleine de sentiment les choses capables d'intéresser le cœur. On a sur-tout admiré la peinture qu'il fait de son retour dans sa patrie, à la fin de sa premiere éducation, & une invocation à Virgile, par laquelle ce beau poëme est terminé. Il n'a cessé d'être interrompu par les acclamations du public.

Le tems a manqué pour la lecture d'un mémoire intéressant de M. Portal sur les causes de l'apoplexie, & pour des mémoires de MM. Bouchaud & Mauduit ; on peut juger par-là de l'activité & de l'émulation qui regne parmi Messieurs les Professeurs Royaux, & des avantages que l'on doit attendre de la restauration de ce bel établissement littéraire.

17 *Novembre* 1780. Dans ce pays-ci un projet n'est pas échoué, qu'il en renaît un autre. Depuis la cessation des assemblées de M. de la Blancherie, quelques savans & gens de lettres ont imaginé de le reprendre sous une forme plus brillante & sous le nom de *Société Apollonienne* : ils prétendent que non-seulement ils rempliront le même plan, mais qu'ils l'étendront beaucoup : ils se réunissent aujourd'hui entr'eux

pour se recorder & c'eft jeudi prochain que la premiere féance publique aura lieu. Ils n'ont pas encore répandu leur *Profpectus* & l'on ne connoît pas au jufte leurs vues.

18 *Novembre* 1780. Extrait d'une lettre de Rennes du 9 Novembre.... Jeudi 2 les préfidens des Ordres chargés d'annoncer l'accord du don gratuit aux commiffaires du roi, ont dit que le marquis d'Aubeterre avoit répondu qu'il feroit valoir auprès de S. M. l'empreffement & le zele des Etats.

Les deux députations chargées de complimenter mefdames la marquife d'Aubeterre & la comteffe de Boisgelin, ont fait part à l'affemblée des témoignages de leurs fenfibilité & remercimens.

Sur la repréfentation de M. de Langourla, les États ont, unanimément, remercié M. l'Evêque de Rennes de l'achat qu'il a fait de fes deniers, de l'ancien hôtel de la Chaffe, pour y établir les pauvres demoifelles nobles de la province. D'après cet arrangement il réfulte quatre places de 10,000 livres chacune à fa nomination & à celle de fes fucceffeurs, dont l'une fera affectée au neuf diocefes indiftinctement, les trois autres à l'évêché de Rennes.

M. de la Chaffe d'Audigné a été également remercié pour la place qu'il a fondée, ainfi que les bienfaiteurs & bienfaitrices dudit hôtel, que leur modeftie empéche de connoitre.

Après la lecture de la tenue derniere on a entendu le rapport des députés en cour, fait par le comte de Boisgelin, en l'abfence de l'Evêque de Léon, tant fur le cahier des remontrances au roi, que fur les mémoires dont ils avoient été chargés.

Vendredi 3 Novembre, à l'ouverture de la féance, un membre de l'ordre de la nobleffe a demandé que, conformément à la délibération du 31 Octobre, le P. G. S. eût rendu compte des lettres patentes qui conftituent la nouvelle formation de la communauté de la ville de Rennes & de fes conclufions. M. de la Bourdonnaye a, en confequence, fait rapport de fon examen & de fes conclufions; furtout quoi, les Ordres fe font retirés aux chambres pour en délibérer, & fe font féparés à deux heures, chambres tenantes.

18 *Novembre* 1780. On parle d'une cinquieme brochure contre M. Necker. Celle-ci eft relative à la difgrace de M. de Sartine, dit-on, dont on l'inculpe,& on y décharge pleinement ce miniftre de fes accufations.

19 *Novembre*. Extrait d'une lettre de Rennes du 11 Novembre.... Les Ordres retournés aux chambres après la meffe, celui du Tiers a envoyé fon avis, portant qu'après avoir examiné les lettres patentes pour la municipalité de la ville de Rennes, l'enrégiftrement qui en a été fait au parlement, & les conclufions du P. G. S. des Etats, il étoit d'avis que cette affaire n'étoit pas de fa compétence.

L'ordre de la nobleffe a été d'avis de faire au roi de très-humbles remontrances, tendantes à fupplier S. M. de rétablir les habitans de Rennes dans le droit de nommer leurs maire, échevins & repréfentans en tous lieux; de permettre que l'affemblée générale, avouée par les habitans, fe réuniffe inceffamment pour y procé-

) der , & que les députés de la ville de Rennes ne puiſſent avoir voix délibérative aux Etats, qu'en repréſentant une procuration réguliere d'une aſſemblée avouée des habitans de ladite ville.

L'ordre de l'égliſe, vu l'importance de cette affaire, qui ne peut être approfondie dans un délai auſſi court, a été d'avis de renvoyer le tout à une commiſſion.

Les ordres étant rentrés au théâtre , les avis ont été énoncés , & l'affaire a été diſcutée dans le plus grand ordre. La nobleſſe étant revenue à l'avis de l'Egliſe , les Etats ont nommé une commiſſion de trois de chaque ordre , pour prendre connoiſſance, tant ſur le fond que ſur la forme , des lettres patentes & concluſions du P. G. S. , enſemble des différens Edits, arrêts & délibérations des Etats relatifs à la municipalité de la ville de Rennes , pour en rendre compte ſous huit jours à l'aſſemblée, remiſe au ſix.

Lundi ſix , après la lecture du régiſtre, les Etats ont renvoyé à la commiſſion de la liſte & du commerce, une requête préſentée par les habitans de la ville & communauté de Dol, ſe plaignant d'avoir été gênés dans leur élection du maire de cette ville pour député aux Etats, & demandant au ſurplus des ſecours pour la ville.

On a entendu la lecture de la liſte de la nobleſſe, compoſée de 470 membres environ , laquelle a été arrêté & ſignée.

On a enſuite entendu la continuation du rapport des députés & P. G. S. en cour, qui, après avoir rendu compte de l'affaire de la députation en cour, & à la chambre , dont le jugement étoit encore en inflance au confeil, & ne doit pas tarder à le rendre, ont donné lecture du mémoire préfenté au roi fur cet objet. Il a mérité les fuffrages de l'affemblée & des remercimens à leurs auteurs, a été dépofé au Greffe & l'impreffion en a été ordonnée. On a également dépofé au Greffe le difcours de l'évêque de Léon, député en cour, au duc de Penthievre, fur l'affaire de la députation en cour & les Etats l'en ont remercié.

19 *Novembre* 1780. M. le duc de la Valliere vient de mourir ; c'étoit un des feigneurs les plus corrompus de la vieille cour, ami du feu roi & voué à toutes fes maîtreffes. Il mérite cependant qu'on conferve fon nom à la poftérité, comme amateur diftingué, comme protecteur des lettres, & même comme faifeur. Il avoit vendu une fois fa bibliotheque très-renommée alors pour les manufcrits. Il s'en étoit compofé une autre d'un nouveau genre, fort précieufe encore : il avoit des tableaux, &, moderne Lucullus, il poffédoit des jardins délicieux, comme ce Romain.

20 *Novembre. L'orme Saint-Gervais, ou lettre d'un domicilié de la rue du monceau Saint-Gervais à Mrs. les curé, marguilliers, principaux habitans de cette paroiffe & à M. le lieutenant-général de police.* L'objet de cette facétie datée de Paris le 20 Mai & qui ne paroit que depuis peu, eft de faire abattre un arbre antique fitué au carrefour Saint-Gervais & mafquant le portail de cette églife, morceau d'architecture renommé. L'amateur, que fon zele excite, lance par occafion divers brocards qui

rendent piquant fon pamphlet, n'ayant, au furplus, que dix pages.

20 *Novembre* 1780. Le fpectacle des variétés
amufantes étant abfolument tombé depuis la
retraite du fieur Volange, & celui-ci, de fon
côté, n'ayant aucun fuccès aux Italiens, il revient à fon premier métier & a recommencé de
jouer hier à fon ancien fpectacle ; mais il eft
à craindre qu'il n'y produife plus la même fenfation.

21 *Novembre*. Ce qu'on avoit prévu à l'é-
gard de Me. Linguet eft arrivé, & le bruit général eft aujourd'hui qu'il eft transféré depuis
mardi 14 de ce mois à Pierre-en-cife. On a voulu
mettre une forte de forme légale à fon procès
& cette prifon femble être le terme de fa con-
damnation. Soit qu'on ait trouvé des papiers,
foit qu'on n'en ait pas trouvé, il y a eu accufa-
tion, production de griefs, interrogatoire, con-
frontation ; &c. mais quels font les chefs de
délit ? Il le fait, fans doute ; & c'eft toujours le
même myftere pour le public. On continue à
dire vaguement que ce font tous fes ouvrages :
cependant quand on fait attention aux deux
lettres miniftérielles dont il étoit pourvu, on eft
toujours obligé de croire qu'il s'eft rendu coupable de quelque crime d'Etat. Sur quoi chacun s'accorde, c'eft que cette tournure annonce
qu'il y a tout à craindre que fa détention ne foit
longue.

21 *Novembre*. Le nouvel écrit contre M.
Necker fait plus de bruit que les précédens, en
ce qu'il femble émané de quelqu'un ayant les
liaifons les plus intimes avec le dernier miniftre difgracié. L'auteur produit des pieces & ré-

vèle des anecdotes qu'il ne peut guere tenir que de lui. Au reste, on n'en juge encore que sur parole.

Ce qu'on sait plus positivement, c'est que M. le directeur général des finances en est très-intrigué ; c'est qu'il est revenu dimanche de Versailles avec beaucoup d'humeur ; c'est qu'il a annoncé à sa femme que pour le coup l'orage grossissoit tellement qu'il doutoit pouvoir y tenir ; c'est que son emprunt, auquel on avoit couru avec empressement, ne va plus que très-lentement ; c'est que M. de Maurepas est contre lui, & lui taille de furieuses croupieres. Au reste, ce seroit dans le moment une catastrophe terrible pour le royaume, & tout l'édifice factice du crédit de la France s'écrouleroit avec lui.

21 *Novembre* 1780. Il y a eu mardi dernier au château d'Alfort, hôtel de l'école Vétérinaire, un concours, qui s'est fait avec le plus grand éclat.

M. Necker, qui a succédé à M. Bertin, fondateur de cette école, y apporte le même zele ; il vient d'y placer M. Chabert, avec le titre de directeur général des écoles vétérinaires du royaume : son directorat s'étend en quelque sorte sur celles des nations étrangeres, toutes fondées sur le modele de celle-ci, & qui la consultent souvent sur leur régime & sur les points importans de doctrine.

M. Necker présidoit lui-même au concours. Il étoit assisté de M. Guerrier de Bezance, maître des requêtes, honoré de ce département, & de plusieurs membres de la société royale de médecine, qui, comme chargée des Epizooties, a un rapport direct avec cette école.

Le concours avoit pour objet la pratique , partie effentielle dans tous les arts & furtout dans l'art vétérinaire.

Les opérations faites par les éleves étoient au nombre de vingt-fix.

Les prix font une médaille attachée par trois brins de chaine , que les éleves ont droit de porter par la fuite.

Il y a eu fix prix diftribués de cette efpece.

22 *Novembre* 1780. Les comédiens Italiens non-feulement ne fe font pas oppofés à ce que le fieur Volange les quittât , mais trop heureux de fe voir promtement débarraffés d'un hiftrion qui les deshonoroit , ils lui ont avancé le paiement de tout ce qui lui feroit dû jufqu'à pâques , terme de fon engagement , en le rendant libre dès ce moment-ci. Il étoit d'abord lié avec Nicolet ; M. le Noir qui favorife les variétés amufantes , s'y eft oppofé. En effet , ce fpectacle abfolument tombé depuis qu'il avoit perdu fon foutient a voulu le ravoir : on lui fait un meilleur fort que ci-devant & Jeannot a recommencé d'y paroître famedi. Ce qu'on ne s'imagineroit pas , c'eft que la foule y eft revenue auffi immenfe que de coutume , & que ne produifant plus aucune fenfation fur le théâtre plus noble qu'il avoit adopté , il a repris tout fon luftre fur les tréteaux , auxquels il eft deftiné par effence.

23 *Novembre.* Un crime unique en phyfique, à raifon de fes circonftances, atteftées par le coupable & par la malheureufe qui en a été la victime , mérite qu'on en faffe la remarque. Un garçon perruquier chez une fille de la rue Jean Saint-Denis , tenté de voler une montre qu'il voyoit , au milieu du coït, a pris un rafoir qu'il

avoit préparé & lui a coupé la gorge : par bonheur, un mouchoir qu'elle avoit autour du col
a empêché que le coup ne fût mortel. Elle en
réchappera. Le fcélérat a été arrêté & eft convenu des faits.

23 *Novemb.* 1780. M. Gilbert eft mort le 16 de
ce mois, âgé de 29 ans & quelque mois. Ce
jeune poëte donnoit les plus grandes efpéran-
ces. Son génie tourné à la fatyre lui avoit fait
beaucoup d'ennemis. Né fans fortune, il cher-
choit à fe faire des protecteurs. Le clergé
l'ayant accueilli à caufe de la guerre qu'il avoit
déclarée au parti des philofophes modernes, il
avoit obtenu plufieurs penfions & en avoit même
une du roi. Il eft rare que les hommes mar-
qués par un talent de cette efpece n'aient pas
quelques écarts dans l'efprit. Celui-ci étoit devenu comme fol : inftruit de la haine que lui
rendoit avec ufure le parti adverfe, & redóutant
la vengeance de quelques grands qu'il avoit
voués trop publiquement à l'exécration des honnêtes gens, fon imagination s'étoit noircie au
point de lui faire croire que l'univers entier
confpiroit contre fa perfonne. Cette terreur in-
furmontable a defféché fa vie & l'a conduit au
tombeau ; mais en revanche il eft mort très-
chrétiennement, les paroles de l'écriture à la
bouche ; ce qui donneroit lieu de préfumer
qu'il étoit créant véritablement. On n'a de
lui que des fatyres & quelques odes; on ignore
s'il laiffe quelqu'ouvrage plus confidérable
ébauché.

24 *Novembre.* On a fait fur M. & madame
Necker le quatrain fuivant, à l'occafion des
Edits de fuppreffion du premier, mettant beau-
coup

coup de monde à la beface, & du zele de la
feconde à purifier, améliorer, bâtir des hôpitaux, pour loger, ce femble, ceux que fon mari
y envoie :

> De ce couple admirez la rare intelligence :
> Dans leur zele, l'une établit
> Partout des hôpitaux en France ;
> L'autre d'habitans les remplit.

25 *Novembre* 1780. Le nouvel écrit contre M.
Necker a pour titre *Seconde fuite des obfervations du Citoyen*, &c. On ne doute pas qu'il
ne vienne de quelque partifan de M. de Sartine,
car il paffe pour conftant que M. le Lieutenant
de police, dont la fonction naturelle feroit d'empêcher la circulation de ce pamphlet, en a envoyé & donné des exemplaires à des magiftrats de confiance ; quant à M. Necker, il l'a
reçu étant à table.

Ce qui contribue encore à fortifier ce foup-
çon, c'est qu'on trouve un fragment de la *Juftification de M. de Sartine* : mé moire fecret &
envoyé au comte de Maurepas p ar ce miniftre,
au moment de fa difgrace. Voici l'étrange anecdote qu'on y lit. La marine, l'année courante
a coûté 110 millions, auxquels elle avoit été
fixée, indépendamment de 16 mill ions d'extraordinaire ; ce qui donne un total de 126 millions. En outre, il a été mis, à *l'infu de M.
Necker*, 17 millions fur la place en papier ;
ce qui l'accroît jufqu'à un capital de 143 millions.

C'est à cette nouvelle que M. Necke ◠ jetta les
hauts cris, fut au roi, dit que l'Etat ne pou-

Tome XVI.   D

voit y tenir, & offrit l'alternative, ou de quitter, ou de renvoyer M. de Sartine : pour que
rien n'embarraffât le roi, il fuggéra tout de fuite
M. le Marquis de Caftries; il favoit que M. de
Maurepas étoit dans fon lit pris de la fievre &
de la goutte : il mit toutes ces circonftances à
profit & l'emporta.

M. de Sartine fe défend fur le filence qu'il a
gardé concernant ces 17 millions : il lui fuffit
qu'il n'ait ordonné aucune dépenfe dans fon département, fans les bons du roi arrêtés au confeil, ou dans des comités particuliers : il auroit été dans le cas de trahir le fecret de l'Etat,
s'il en eût donné avis à M. Necker, étranger,
proteftant, non fermenté nulle part & connu
pour fes liaifons avec le lord Stormont. C'eft
ce reproche de liaifons avec un miniftre ennemi, qui caufe le plus grand étonnement.

26 *Novembre* 1780. Les fêtes de Brunoy ont
eu lieu mercredi & jeudi. Le premier jour s'eft
fait l'inauguration de la falle & le lendemain le
roi & le comte d'Artois y ont affifté. La reine
a affecté ce jour-là de venir à l'opéra, avec
Madame, la comteffe d'Artois & madame Eli-
fabeth.

Il y avoit cependant dans cette fête, cenfée
donnée entre hommes, des femmes, mais fi
fufpectes, que le fieur Chalgrain, l'architecte
du prince & l'auteur de la falle, n'a ofé y mener
fa femme, comme il l'en avoit prévenue. Il lui
a écrit qu'il n'étoit pas poffible qu'elle y affif-
tât, elle & les autres dames qu'elle avoit flat-
tées de ce fpectacle.

27 *Novembre.* M. le comte d'Artois fait
imprimer au Louvre un *Sottifier*, ou recueil

de toutes les pieces grivoifes en profe & en vers, que les amateurs avoient jufqu'ici gardées dans leur porte-feuille. On invite en même tems de fa part les auteurs modernes, qui ont de ces fortes de morceaux non imprimés, de contribuer en les livrant au grand jour aux plaifirs de fon alteffe royale. M. Robé eft follicité de confier fon poëme *de la Vérole*, M. Marmontel fa *Neuvaine*, M. Guichard fes *Contes*, &c. Il ne fera tiré que foixante exemplaires de cette collection, qui n'a point de cenfeur & au bas de laquelle on lit *par ordre*. Il faut qu'on ait furpris la religion du roi, qui ne fe feroit pas prêté à cette impreffion. Il y a apparence qu'un tel recueil qui pourra groffir chaque année, eft pour orner la bibliotheque de *Bagatelle* & en faire la bafe.

On croit que cette collection s'étendra aux pieces fatyriques & politiques concernant les anecdotes de la cour.

27 *Novembre* 1780. M. de Montdenoix, aujour-d'hui intendant de la marine à la Guadeloupe & qui depuis le commencement de la guerre a fait à la Martinique les fonctions d'intendant avec le plus grand zele & la plus rare intelligence, vient d'envoyer à M. le comte de Maurepas une *Médaille Caraïbe*; frappée à Londres en 1773, pour l'isle de Saint-Vincent, dont la poffeffion devient depuis la conquête de cette isle un trophée pour les armes du roi.

Sur cette médaille on voit d'un côté la figure de George III, Roi d'Angleterre; fur le revers, un Caraïbe, dans une pofture humble & foumife, fes armes aux pieds de Minerve, qui lui préfente une branche d'olivier, avec ces mots Anglois *Peace and Prosperity. To Saint Vincent2* 1773.

On vient de répandre en profusion, on ne fait pourquoi , des programmes imprimés de cette médaille , avec ces vers , d'une adulation affez platte & qu'on ne conferve que comme hiftoriques :

> A l'ombre des lauriers de France
> Saint Vincent, grace à nos exploits,
> Goûte le calme & l'abondance
> Qu'on lui promit fous d'autres loix.
> De cet ordre de deftinée
> L'Angleterre eût preffentiment ,
> On s'en convaincra par l'année
> De ce faftueux monument.

27 *Novembre* 1780. *La Réduction de Paris,* piece héroïque nouvelle en trois actes & en profe , de M. Desfontaines, jouée avant-hier à la comédie françoife , n'eft qu'un cadre hiftorique de bons mots, de traits de bonté, de loyauté, d'Henri IV & des divers héros fes compagnons d'armes. Il n'y a aucune intrigue; c'eft un drame à tiroir, un pur fpectacle, qui ne vaut pas le fameux *Siege* de Nicolet & *les quatre fils d'Aymon* d'Audinot.

27 *Novembre*. On parle beaucoup d'un manufcrit cacheté , confié par Rouffeau à M. l'abbé de Condillac. On lit fur l'envelopp: quelques lignes, datées du 1 Janvier 1776 de la main du dernier, où il déclare que la volonté de l'auteur eft que le paquet ne foit ouvert qu'après ce fiecle révolu.

Ce manufcrit, depuis la mort de l'Académi-

cien, a paſſé entre les mains de l'abbé de Rey-
rac & va être remis à l'abbé Mably, frere du
défunt. Il eſt épais tout-au-plus d'un pouce,
de la grandeur du papier à lettres ordinaire :
ainſi l'on ne peut ſoupçonner que ce ſoient les
fameuſes *Confeſſions* de ce ſingulier perſonnage.

Au reſte, Rouſſeau aimait à faire de ces myſ-
teres. Il avoit remis autrefois à Madame de la
Live un pareil dépôt. Cette Dame, dont il avoit
été amoureux fol, s'étant brouillée avec lui,
voulut lui rendre le paquet ; il lui répondit qu'il
lui avoit ôté ſon amour, mais non ſon
eſtime, & qu'elle pouvoit le garder : à la mort
de Rouſſeau, comme il n'a été queſtion en rien
de l'ouverture de ce paquet, devant avoir lieu
à cette époque, & que depuis quinze ans on
n'a pas ſuivi l'anecdote, on ne peut dire ce
qu'il eſt devenu.

27. *Novembre* 1780. Extrait d'une lettre de
Verſailles du 25 Nov. J'ai queſtionné les Bureaux de M. le Garde des ſceaux ; la nouvelle
de l'exil du Parlement de Bordeaux eſt prématurée, mais cela pourra venir & ſa conduite
n'a pas été approuvée ici. On m'a promis de
me faire lire les deux procès-verbaux qui ont
été faits, l'un à la meſſe rouge, l'autre dans
la chambre. En voici quelques particularités.

Il n'a été rien dit ſur l'enrégiſtrement du
vingtiéme. Quant à celui ſur la réception de
M. Dupaty, on a délibéré, ſans prendre un
avis fixe. Le greffier eſt dans l'uſage à la rentrée de nommer les morts, les abſens & les
préſens. En parlant de ces derniers, du nombre deſquels étoit M. Dupaty, il l'a omis : M.

Dupaty a protesté & il n'a été fait aucun cas de ses protestations.

28 *Novembre* 1780. Suivant le rapport de tous ceux qui ont assisté aux fêtes de Brunoy, *Monsieur*, mécontent de n'y point voir venir la Reine, a tenu parole en effet, & il n'y avoit que des filles, sauf deux bourgeoises très-honteuses d'y être, & Madame de Montesson en femme de cour. Entr'autres courtisanes on y remarquoit une Madame de Saint-Alban, maîtresse du Sr. Radix de Sainte-Foy, laquelle *Monsieur* & le Comte d'Artois ont fait beaucoup remarquer au Roi. Les pieces ont répondu à la compagnie. On a d'abord joué *l'Amant statue* du Sieur Desfontaines, comédie si orduriere que les filles même se cachoient de leur éventail : à celle-ci a succédé un proverbe intitulé *à trompeur, trompeur & demi*, où ont brillé les Sieurs Desessarts, Dazincour, Dugazon & Musson, les quatre plus grands farceurs de Paris : enfin on a exécuté *Cassandre astrologue*, du Sieur Auguste de Piis, commandé exprès & d'un genre plus agréable : on doit le donner incessamment aux Italiens. Le tout a été terminé par un ballet. Le Roi, qui aime assez les pieces grivoises, étoit, sans doute, prévenu & a paru s'amuser beaucoup.

La veille on avoit joué la *Réduction de Paris*, qui se donne actuellement aux françois. Telles sont les nouveautés par où l'on a ouvert le théâtre de Brunoy.

29 *Novembre*. Mlle. Moulinghen, actrice des italiens, vient de mourir. C'est une vraie perte pour eux : ses camarades ayant appris cette nouvelle au moment de jouer *les*

Vendangeurs , en ont été ſi affectés , qu'ils n'ont pu y mettre leur gaieté ordinaire & que le public s'en eſt apperçu.

Mlle. Moulinghen , à ce théâtre depuis 1770 , avoit remplacé Mlle. Deſchamps , & , avec une voix plus agréable , avoit plus de jeu , de gaieté , de vérité.

29 *Novembre* 1780. Extrait d'une lettre de Rennes , du 26 Novembre.... L'affaire du Comte Deſgrée a été terminée d'une maniere plus prompte & plus flatteuſe encore qu'il n'auroit oſé l'eſpérer. Son projet étoit , n'étant pas ſatisfait de l'Arrêt du Parlement , de ſe ſoumettre à la déciſion des Etats. En conſéquence , dès l'ouverture il s'eſt préſenté , & le Comte de Boiſgelin qui le favoriſoit dans ſon deſſein , l'a fait nommer de la premiere commiſſion , ainſi que vous l'avez pu voir dans le journal des Etats.

M. de Tremerga , l'adverſaire accoutumé de M. Deſgrée , s'eſt levé & a prétendu qu'avant de paſſer outre , il falloit voir ſi certaines perſonnes n'étoient pas dans le cas d'être rejettées. M. Deſgrée ne lui a pas donné le tems de s'expliquer davantage , il lui a dit qu'il prenoit pour lui ce qu'il venoit d'annoncer , qu'en conſéquence il avoit un Mémoire juſtificatif à lire à l'aſſemblée ; alors on s'eſt écrié preſque unanimément : *point de Mémoire , point de Mémoire* ! le tumulte a été ſi grand , que la ſéance n'a pu ſe terminer autrement.

M. Deſgrée n'a pas manqué d'aller trouver M. le Marquis d'Aubeterre , & de lui rendre compte de tout ce qui s'étoit paſſé , ainſi que de ſon deſir de ne laiſſer aucun louche ſur ſa

conduite : ce Commandant lui a déclaré qu'il
n'avoit aucun ordre de la cour de s'y oppofer,
& qu'il feroit là-deffus tout ce qu'il voudroit.

En conféquence, dès le lendemain l'affaire
a été agitée de nouveau ; les mêmes acclamations *point de Mémoire !* ayant continué, &
M. de Tremerga ne fe défiftant pas de fon oppofition, on a impofé filence, on a mis la matiere en délibération, on a été aux voix, & à
26 près, l'unanimité a été pour regarder M.
Defgrée comme parfaitement innocent ; enforte
que fon Mémoire eft refté inutile.

29 *Novembre* 1780. *La Réduction de Paris
par Henri IV*, le 22 *Mars* 1594, eft un événement très-intéreffant dans notre hiftoire. M.
Desfontaines a cru qu'en le repréfentant fur le
théâtre il pourroit produire le même effet. Il a
eu raifon, quant aux perfonnages qu'il met en
fcene ; la nation aimera toujours à entendre
rappeler les beaux traits qui caractérifent Henri
IV, Crillon & tous ces héros compagnons de
fes victoires. Mais, quant aux qualités qui
conftituent un ouvrage dramatique, il s'eft
trompé & bien trompé. Celui-ci n'eft qu'un
recueil tout fimple de ces mêmes traits, quelquefois défigurés. Par exemple, y a-t-il rien de
plus plat que de prétendre qu'Henri IV n'avoit
pas fait marcher fes troupes un certain jour
à caufe de la pluie ? Quoi qu'il en foit, autant
auroit-il valu lire quelques pages de l'hiftorien
Mathieu, de Dupleix ou des *Economies royales
de Sully*. Envain l'auteur a-t-il cru fuppléer
au défaut d'intrigue & d'action, par des marches, des contremarches, un affaut, un orage
& tous ces grands moyens des petits génies de

nos jours, capables d'amuſer ſeulement les enfans & les badauds ; ſa piece ne pourra jamais
figurer au rang des véritables tragédies, ou
drames héroïques. Elle va pourtant, au moyen
du ſpectacle exécuté par les comédiens françois, cependant pas auſſi bien qu'à l'opéra, à
cauſe du local plus reſſerré.

30. *Novembre* 1780. Les comédiens italiens ont
joué mardi une comédie nouvelle en un acte &
en vers, intitulée *le Somnambule*. C'eſt une
mauvaiſe copie de ce même ſujet traité aux
François. La jeuneſſe & l'inexpérience de l'auteur peuvent faire excuſer les défauts de ſa
production, chargée de détails étrangers, de
longueurs & de lieux communs ; mais rien
n'excuſe les acteurs de n'être pas plus difficiles,
& d'agréer ainſi indiſtinctement tout ce qui ſe
préſente.

Cette piece eſt d'un Baron d'Eſtate, le fils
de cette Madame d'Eſtate, ſi renommée pour
avoir été ſucceſſivement la maîtreſſe de l'Avocat général Seguier & du Fleuri Maubeuge.
On ajoute aujourd'hui qu'il eſt auſſi auteur
des *deux Oncles*, comédie qui promettoit plus
que celle-ci.

1 *Décembre*. Extrait d'une lettre de Verſailles du 28 Novembre.... J'ai lu en effet
les deux procès-verbaux envoyés par M. Dupaty à M. le Garde des ſceaux ; dont l'un
dreſſé à la meſſe rouge & l'autre à la chambre ; ils ſont très-volumineux, & contiennent
dans le plus grand détail toutes les inſultes,
avanies, injures que ce magiſtrat a éprouvées
de la part du premier Préſident, de ſon fils,
de ſon gendre, de tous les partiſans de cette

cabale ; cela fait hauffer les épaules. Cépen-
dant il paroît que ces Meffieurs mettront de
l'eau dans leur vin , car on écrit de Bordeaux
qu'ils vont prendre la voie des remontrances.

M. Dufaur de la Jarte , l'Avocat général ,
interdit par cette Cour à l'occafion de fon difcours en faveur de M. Dupaty , eft auffi pour
beaucoup dans tout cela. Le Parlement ne peut
digérer que la cour lui ait enjoint dans la derniere féance du Maréchal de Mouchy, non-
feulement de lui laiffer continuer fes fonctions ,
mais lui ait appris qu'il n'avoit aucune correction à exercer contr'eux ; que c'étoit à S. M.
qu'il devoit porter fes plaintes , pour qu'elle
les punit , fi elle le jugeoit à propos.

Cette forte de difcipline , que ne connoiffent
point les Parlemens , ne fournira pas un petit
article aux remontrances.

1 *Décembre* 1780. La premiere féance de la
Société Apollonienne , tenue jeudi 23 , étoit
nombreufe & compofée de fpectateurs choifis.
M. de Gebelin l'a ouverte par un difcours *fur
la néceffité où eft l'homme de vivre en fociété* ,
difcours vague & dans lequel on n'a pas trouvé
ce qu'on efpéroit de relatif au projet & aux
vues de ces Meffieurs. Un M. Le Fevre de Villebrune a montré fon érudition par la traduction
d'une ode ou hyme d'Homere : M. l'abbé Rofier, M. de la Dixmerie, M. Fontane & autres
membres de la nouvelle compagnie , ont auffi
lu différens morceaux en profe & en vers. Mais
l'on eft forti de-là fans être plus inftruit de ce
que ces Meffieurs fe propofoient , & fan y remarquer rien autre chofe qu'une réunion très-

rdinaire de gens de lettres faifant admirer leurs
productions à qui veut les entendre.

1 *Décembre* 1780. Il paffe pour conftant non-
feulement que l'enfant de Mlle. Michelot a été
baptifé fous le nom du Duc de Bourbon, mais
tenu par procuration au nom de Mademoifelle
de Condé fa fœur & du Comte d'Artois. On
dit que la Princeffe y a été forcée ; tout cela
n'a pu fe faire fans l'agrément du Roi : ce qui
rend l'événement encore plus incompréhenfible.

Le Roi s'eft fi bien trouvé de la premiere fête
de Brunoy, que S. M. y eft retournée hier.

1 *Décembre*. Il paffe pour conftant que
l'élection des deux nouveaux Académiciens a
dû avoir lieu hier, & que c'eft le Comte de
Treffan & M. le Mierre qui ont été les heureux.

2 *Décembre*. C'eft M. le Mierre qui a été
élu le premier, jeudi, à la place de l'abbé Bat-
teux ; & M. le Comte de Treffan le fecond,
à la place de l'abbé de Condillac. M. de Chamfort, malgré toutes fes intrigues, a été exclus
cette fois, mais a de grandes prétentions pour
la premiere vacance.

2 *Décembre*. L'Académie royale des Infcriptions & belles-lettres, outre le fujet de
prix annoncé pour la Saint Martin 1780, propofe encore pour celui qu'elle diftribuera à
Pâques en 1782, d'examiner *l'Etat des Lettres,
Sciences & Arts, fous les Kalifats de Ha-
roun Arrafchild, & de fon fils Al-Mamoun,
comparé à celui où ils étoient alors dans l'Oc-
cident*. Le prix fera une médaille d'or de 400
livres.

2 *Décembre*. Extrait d'une lettre de Strasbourg du 10 Novembre. . . . M. le Cardinal,

notre Evêque, au retour d'un voyage qu'il a
fait dans fes domaines de l'autre côté du Rhin,
s'eft rendu le 3 à Salsbach, pour voir l'endroit
où Turenne a été tué. Il a acheté cet emplacement. On y conftruira une maifon avec un
jardin. Elle fera toujours habitée par un foldat
in alide françois, du Régiment de *Turenne ;*
& s'il fe trouve dans le corps un Alfacien, il
fera préféré. Cet invalide fera chargé d'accom-
pagner les étrangers. On lui donnera l'hiftoire
du Maréchal & l'on fera traduire en Allemand
les détails de la campagne dans laquelle il a
été tué : on y joindra les cartes les plus exactes
de fes marches, avec l'ordre de bataille du
jour. A l'endroit où Turenne eft tombé, on
formera une enceinte de 39 à 40 pieds de circonférence, fermée par une grille de fer. Il y
aura dans le milieu un piedeftal de quatre pieds,
fur lequel fera élevée à la hauteur de 16, une
pyramide, fymbole de l'immortalité. Les armes
de Turenne feront fufpendues à une branche
de laurier, à l'un des côtés de cette pyramide,
qui fera terminée par une fleur de lys environ-
née d'un cyprès : fur trois des côtés du piédeftal fera écrit que c'eft-là que Turenne a
expiré ; & au quatrieme on remarquera que
l'armée Impériale étoit commandée par Mon-
tecuculli. Des lauriers feront cultivés dans l'ef-
pace entre le piédeftal & la grille, & l'on ne
laiffera croître que des ronces dans l'endroit
où fera placé le boulet, que l'on croit, par
tradition, être celui qui a frappé Turenne.

3 *Décembre* 1780. Il y a à la comédie françoife une Dlle. Contat, jeune & jolie. M. le
Comte d'Artois en eft devenu épris & lui a fait

faire des propofitions. Cette actrice, en répondant avec beaucoup de refpect, a témoigné
qu'elle craignoit l'inconftance de fon Alteffe
royale, que fi Monfeigneur ne fentoit pour
elle qu'un goût paffager, elle le fupplioit de
porter fes vues ailleurs. Le Prince a voulu voir
de près cette finguliere courtifanne : elle lui a
dit la même chofe ; qu'elle ne pouvoit confentir à fon defir, fi ce n'étoit pas pour vivre avec
elle : à quoi le Prince a repliqué qu'*il ne favoit
pas vivre*. Cependant, plus amoureux que jamais, il eft revenu & lui a juré une paffion
durable. Il eft entré en jouiffance ; mais raffa-
fié dès le lendemain, il lui a envoyé cent cin-
quante louis. Elle les a rejettés avec hauteur,
& a prétendu qu'elle avoit eu des amans qui la
mettoient dans le cas de fe paffer d'un tel cadeau.

4 *Décembre* 1780. L'ode ou hymne d'Homere, lue dans l'affemblée publique de la Société Apollonienne, a été trouvée en Ruffie
& eft parvenue en ce pays par la Hollande. Ce
morceau de poéfie roule fur l'enlèvement de
Proferpine & eft parfaitement marqué au coin
du grand poëte auquel on l'attribue. M. le
Fevre de Villebrune, outre fa traduction qu'il
a lue, a donné la filiation de cette découverte, & a commenté tous les endroits qui
méritent de l'être.

M. l'abbé Rofier a lu une differtation fur la
mufique des anciens très-favante.

M. de Fontanes a fait part de la traduction
d'un chant du poëme de Pope fur l'homme,
où l'on a trouvé des morceaux hardis.

Un jeune poëte peu connu, M. de Laleu,

a déclamé un fragment de poéfie noire dans le goût des *Nuits d'Young*. M. Maréchal a égayé cela par des odes galantes & anacréontiques.

M. l'abbé Cordier de St. Firmin a lu un morceau intéreffant tiré de quelque Eloge qu'il compofe fur les facrifices que les gens de lettres & les artiftes font obligés de faire pour parvenir à la gloire.

M. de la Dixmerie a fini par la lecture de quelques fragmens de fon *Eloge de Montaigne* & par des réflexions fur le ftyle.

Il paroît que l'objet de ces Meffieurs feroit de faire un journal compofé des pieces qu'ils liroient & les foufcriptions leur fourniroient des fonds pour d'autres entreprifes qu'ils méditent.

5 *Décembre* 1780. Depuis la difgrace de M. de Sartine, la brochure compofée contre lui, il y a un an, toujours fort rare, s'eft répandue en profufion. Elle a pour titre, *la Caffette verte de M. de Sartine, trouvée chez Mlle. Duthé*, avec cette épigraphe : *ipfe dolos tecti, ambagefque refolvit. Cinquieme édition, revue & corrigée fur celles d'Amfterdam, de Leipfic & de la Haye*, 1779.

Il eft inconcevable qu'il fe trouve des auteurs capables de compromettre leur repos & leur fûreté par des écrits auffi plats. On fuppofe dans celui-ci avoir trouvé le porte-feuille du miniftre chez une courtifanne ; cadre heureux, qui pouvoit prêter à bien des méchancetés, mais dont on n'a tiré aucun parti : nuls faits, nulles anecdotes, un tas d'abfurdités révoltantes : enfin ce pamphlet eft fi déteftable, que la curiofité du lecteur raffafiée avant la fin, ne permet pas d'aller jufqu'au bout & de le lire en entier.

5 *Décembre* 1780. On prétend aujourd'hui que M. le Duc de la Vauguyon, notre Ambaffadeur en Hollande, a découvert que Me. Linguet avoit envoyé des mémoires à différens chefs de cette République, pour leur démontrer que leur intérêt n'étoit pas de s'unir à la France, que ce miniftre en avoit rendu compte à fa cour & que c'eft la caufe véritable & fecrette de la détention du journalifte. Si l'anecdote paroît difficile à croire, par le peu de motifs qu'on doit lui fuppofer de s'être compromis à ce point dans une querelle où il n'avoit aucune raifon de le faire; (car on ne dit point que ce foit à l'inftigation d'aucune puiffance; il paroîtroit au contraire, que c'eft par une fimple effufion de cœur, ou peut-être confulté fur cet objet) elle acquiert plus de vraifemblance par la conduite du gouvernement à fon égard; ce qui a toujours fait croire aux bons politiques que fes feuilles introduites & tolérées en France jufqu'à la derniere inclufivement, ne pouvoient lui avoir attiré un traitement auffi violent. Le Duc de Duras fur-tout perfifte à nier y avoir eu aucune part.

Quoi qu'il en foit, on regarde toujours comme certain que ce célebre prifonnier eft transféré, fans qu'on fache pofitivement où. Le prince de Montbarrey, protecteur de Me. Linguet & des Bourgeault, a annoncé la tranflation à ces derniers, mais fans autre défignation du lieu, fur lequel il a gardé le fecret.

6 *Décembre*. MM. de Piis & Barré ont

fait jouer avant-hier par les italiens *le Préjugé de la sympathie* , ou *Cassandre astrologue* , comédie-parade en un acte & vaudevilles. Cette facétie, au gré des auteurs très-mal exécutée à Brunoy , y avoit cependant plu, & quoiqu'elle ne l'ait pas mieux été ici, elle n'a pas été moins bien accueillie. Quelques gens difficiles se plaignent seulement du genre trop poliçon ; ils prétendent qu'on n'aura plus besoin des treteaux des boulevards, & que, malgré leur délicatesse, Messieurs les comédiens italiens remplacent à merveille les spectacles forains, d'autant mieux que Mrs. de Piis & Barré, encouragés par quatre succès de cette espece depuis six mois, annoncent qu'ils ont leur porte-feuille bien fourni de semblables nouveautés. Ce que confirme leur couplet de la fin, redemandé par le parterre :

> Le vaudeville a regné sur la scene,
> Mais la musique improuvant ses ébats,
> A haute voix , un jour en souveraine
> Lui dit tout net de lui céder le pas.
> > Mais si la gaieté la raméne ,
> > Messieurs , servez-lui d'avocats ;
> > Qu'il puisse , deux fois par semaine,
> > Rentrer sans peine.
> > Dans ses états.

Cassandre astrologue tire lui-même son horoscope, & trouve que ses jours dépendent des destinées d'*un inconnu, borgne & bossu*. L'amant d'*Isabelle* sa pupille, *Léandre*, profite de son erreur pour la lui enlever ; il se déguise en bossu, & vient le consulter, afin de savoir s'il fortira vainqueur d'un combat que l'amour le force d'entreprendre. L'aftrologue, perfuadé que c'eft-là l'homme au fort duquel le fien eft lié, fait tout fon poffible pour l'empêcher d'aller au rendez-vous, parce qu'en ces fortes d'affaires, *on y va deux & l'on n'en revient qu'un.* Ses efforts font inutiles. Un inftant après, on ramene le prétendu boffu bleffé, qui, défefperé de la perte de fa maîtreffe, veut abfolument mourir. *Caffandre* craignant pour la vie de celui auquel fa planete l'affujettit, lui propofe, afin qu'il renonce à fon funefte projet, la main de la charmante *Ifabelle*; ce qui eft accepté & forme le dénouement. La crédulité du vieillard fournit dans cette farce nombre de fcenes plus plaifantes les unes que les autres.

7 *Décembre* 1780. On veut aujourd'hui que Me. Linguet foit aux ifles Sainte Marguerite.

8 *Décembre.* Le fils du favant Capperonnier, qui commençoit à marcher déjà fur les traces de fon pere, vient de périr au début de fa carriere de la façon la plus finiftre. Il avoit un goût fingulier pour aller fur l'eau, pour pêcher, nager & autres exercices que fournit cet élément. Pour s'y livrer plus à l'aife, il s'étoit fait recevoir maître pêcheur; ce qui lui donnoit le droit d'avoir une gondole fur la riviere, dont il étoit vice-amiral, M. le Duc de Chartres étant l'amiral. Dimanche donnant une fête pour célébrer le retour d'un de leurs amis, dix jeunes gens, lui compris, avoient choifi le moulin de Javelle pour le lieu de la fcene, & ils s'y étoient rendus dans la gandole de M. Capperonnier.

On ne fut pas d'accord sur le retour. Trois voulurent revenir absolument à pied, sept seulement s'embarquerent : ils avoient loué un cheval pour faire remonter mieux la riviere à la gondole. Le cordage amarré au mât de 15 pieds de haut casse & le bâtiment chavire. Deux jeunes gens cassent avec leur tête le vitrage de la gondole, s'attachent au mât & se sauvent ; mais les cinq autres ont été noyés, du nombre est M. Capperonnier. Le plus âgé de ces malheureux n'avoit pas vingt-deux ans.

10 *Décembre* 1780. La *seconde suite des observations du citoyen* a pour premier objet de refuter un écrit, ayant pour titre *réponse à la lettre de M. Turgot à M. N.*....

Cette derniere de 22 pages est attribuée à un nommé Rilliet. Ils sont deux de ce nom, tous deux intimes amis du directeur général des finances.

Rilliet Saussure est l'auteur des fameuses *lettres sur l'emprunt & l'impôt*. C'est lui qui en 1778 adressa de Geneve aux administrateurs de la caisse d'escompte, le plan des *billets de caisse*, puis de conversion future de ces billets en contrats de prêt & d'hypotheque sur tous les fonds du royaume. Il ajouta ensuite de nouveaux développemens dans les lettres qu'il écrivit à Rilliet surnommé *Mâchoire*, pour le distinguer, en date du 9 Septembre suivant & à M. Necker le 18 dudit.

Cet ami, le conseil, l'ame & l'apologiste de M. Necker, assez familier avec lui pour le tutoyer, vient d'éprouver un traitement cruel : il a été traduit devant les magistrats de Geneve, fa patrie, & jugé fucceffivement par le tribunal des vingt-cinq & celui des deux cent. Il a été déclaré *calomniateur*, *infame*, exclus de toute charge, dégradé du titre de citoyen, condamné à 70,000 livres de dommages & intérêts envers la partie civile, 20,000 livres d'aumône aux hôpitaux & à fix mois de prifon.

D'un autre côté, Rilliet Machoire, banquier à Paris, convaincu récemment, à la face de fes confreres de Paris & de Madrid, d'infidélités dans les traités & les engagemens de commerce les plus facrés, eft menacé de fuites fâcheufes pour fon crédit & fa perfonne.

Tels font les deux hommes foupçonnés auteurs de la brochure défenfive du directeur général des finances.

10 *Décembre* 1780. M. Lieutaud, le premier médecin du Roi, vient de mourir fubitement ; enforte que M. de Laffonne, fon furvivancier, va entrer en poffeffion. La morgue & le fafte de celui-ci vont merveilleufement contrafter avec la bonhommie & la fimplicité du défunt. La fociété royale de médecine a treffailli de joie de cet événement, qui va lui donner plus de confiftance & de faveur.

11 *Décembre* 1780. Les papiers publics ont parlé plufieurs fois de l'armement entrepris par meffieurs le Sefne & compagnie, à Nantes d'abord, tranfporté enfuite à Granville & de fix frégates réduit à deux ; il ne va point encore, & pour dernier véhicule ils ont imaginé de le rendre plus fameux, en donnant à la premiere frégate de 44 canons un nom célebre, celui de la chevaliere d'Eon. En conféquence ils ont écrit le premier de ce mois à cette héroïne,

pour lui demander ſon agrément ; & le deux
elle leur a répondu par une lettre ſinguliere,
comme tout ce qui ſort d'elle. On y lit entr'autres choſes cette phraſe unique :

,, Mon ſeul regret dans l'occaſion préſente
,, eſt de n'être ni compagne, ni témoin de
,, vos exploits ; mais ſi mon eſtime particu-
,, liere peut accroître votre zele, les étin-
,, celles de mes yeux & le feu de mon cœur
,, doivent naturellement ſe communiquer à
,, celui de vos canons, à la premiere occaſion
,, de gloire ,,.

11 *Décembre* 1780. Comme beaucoup de gens
ſe récrient contre la nomination du Comte de
Treſſan à une des places vacantes de l'académie françoiſe, ſes partiſans raſſemblent ſes titres littéraires & en font l'énumération. On
vante d'abord ſes *Réflexions ſommaires ſur l'eſprit ;* ouvrage fait pour l'éducation des enfans
auxquels il eſt adreſſé ; les *diſcours académi-
ques*, l'*éloge de Maupertuis*, le *portrait hiſtorique du Roi de Pologne* & les pieces qui
l'accompagnent & qu'ils appellent charmantes,
quoique très-ennuyeuſes. Enfin on cite les extraits *piquans*, dont il a enrichi la bibliotheque des romans, *Triſtan de Léonis*, *Urſino le
Navarin*, *le petit Jehan de Saintré*, &c. la
traduction libre de l'*Amadis de Gaule*, l'extrait
de l'*Orlando inamorato* & la traduction *élégante* qu'il vient de publier de 46 chants de
l'*Arioſte*. Il faut convenir que toutes ces productions, malgré les éloges qu'on leur donne,
ne ſont marquées qu'au coin de la médio-
crité.

Du reſte, M. le Comte de Treſſan eſt depuis

1750 des Académies royales des Sciences de Paris, de Londres, de Berlin & d'Edimbourg : il avoit dû cette diftinction à un mémoire ingénieux & profond fur l'*électricité*, *confidérée comme agent univerfel*, compofé en 1749 & qui n'a jamais été imprimé.

12 *Décembre* 1780. Le fecond article dont on traite dans la *fuite des obfervations du citoyen*, roule fur l'écrit ayant pour titre *à* M. *Necker*, *directeur général des finances*. On a déjà parlé de ce dernier. Sous prétexte de le refuter, on appuie fur des anecdotes injurieufes où du moins défagréables au directeur général des finances & à fa femme.

Quant au mari, on raconte comment fils d'un régent d'éloquence au college de Geneve, ayant fait de bonnes études il vint à Paris être commis du banquier Saladin, & en 1758 fut admis chez M. Théluffon avec un intérêt dans fa banque.

—Madame Necker, *Curchaud* en fon nom, eft fille d'un miniftre de village, qui lui donna une excellente éducation. Elle fut deftinée par la République de Geneve à l'inftruction de la jeuneffe.

Madame d'Anville, paffant par Geneve, la connut, la goûta, l'amena à Paris ; elle devint gouvernante des enfans de la fœur de M. Théluffon ; on la maria à M. Necker. On fuit après la progreffion de la fortune de celui-ci, & en rappelant les reproches que lui fait à cet égard l'auteur du libelle, on les aggrave, fous prétexte de le difculper. Ce qu'il y a de plus nouveau dans cette digreffion, c'eft le récit de la maniere dont il eft parvenu au timon des

finances, en affurant qu'il trouveroit le moyen
de les régir fans augmenter les charges du peuple; on le compare plaifamment à quelqu'un
de ces opérateurs ou arracheurs de dents, qui,
pour étouffer les cris du patient qu'il preffe
& tenaille en place publique, crie à tue-tête:
*fans douleurs, fans douleurs, Meffieurs, fans
douleurs :* celui de M. Necker eft : *fans impôt,
Meffieurs, fans impôt.*

. On affure cependant que les impôts en 1780
font plus confidérables qu'en 1762 ; que fans
édits enrégiftrés & par de fimples lettres minifte-
rielles aux Intendans, il a augmenté les recettes
générales de plus de quinze millions : que ce
n'eft qu'après cette extenfion forcée qu'il a envoyé à la cour des aides la déclaration hypocrite qui n'en a impofé qu'aux fots ; qu'enfin
même depuis peu, ayant eu recours à fon ancienne pratique, il a encore augmenté l'impôt
de fix à fept millions, en recommandant le
tacet aux receveurs généraux de fa nouvelle
fabrique.

12 *Décembre* 1780. Lundi 27 Novembre, à la
rentrée du parlement M. l'avocat général Seguier
pour texte du difcours d'ufage a pris *les devoirs
de l'avocat.* Il les a confidérés fous trois af-
pects, à l'égard des magiftrats, à l'égard de fes
parties, à l'égard de lui-même. La fermentation qui a éclaté l'année dernière entre l'ordre
& la magiftrature, a fourni matiere au brillant
orateur d'exercer fa cenfure, quoiqu'avec beaucoup de ménagement & d'adreffe; il n'a pas
manqué de ramener Me. Linguet fur la fcene,
mais fans le nommer, d'une maniere très-in-
directe, très-détournée & avec la délicateffe

qu'exigeoit la circonstance de la détention de cet infortuné.

12 *Décembre* 1780. On peut se rappeler la réclamation d'une portion des membres du parlement de Pau supprimés au rétablissement de cette cour. Ils n'ont cessé depuis cette époque d'avoir des membres à la suite de la cour, dans l'espoir de profiter de la premiere circonstance favorable qu'ils pourroient trouver. Tout récemment ils en ont envoyé d'autres pour relever les derniers. Les députés arrivés se sont présentés à M. le Garde des sceaux, qui, en leur déclarant l'impossibilité d'obtenir collectivement ce qu'ils sollicitoient, leur a annoncé en même tems que la cour étoit disposée à leur accorder individuellement tous les dédommagemens, toutes les graces, dont chacun seroit susceptible. A quoi ils ont répondu que chacun en particulier réclamoit son état. Le chef de la justice leur a repliqué, qu'il avoit pris les ordres du Roi à leur égard, & que S. M. leur défendoit de revenir sur ce point & de lui en parler.

Ces députés n'ont tenu compte des dites défenses, & dès le lendemain, en se conciliant le capitaine des gardes, ils ont remis un mémoire sur leur affaire à Louis XVI, comme il alloit à la messe. Ils ne se sont pas flattés que cette démarche eût aucun succès, ils se sont bien doutés que le mémoire seroit renvoyé au garde des sceaux & resteroit sans réponse ; mais ils ont bravé toutes les suites fâcheuses dont il les avoit menacés, & leur démarche, en effet, n'en a pas eu jusques à présent. Ils regardent leur écrit comme une simple protestation, qui empêche de proscrire leur retour, & l'exemple des magistrats actuels de Pau rémontés sur leurs sieges après dix ans, les console & les soutient dans l'espoir d'une pareille révolution.

13 *Décembre* 1780. L'auteur de *Nadir* ou *Thamas-Kouli-Kan*, M. Dubuisson, après une épitre dédicatoire à son pere, a fait imprimer à la tête de sa tragédie une préface encore plus singuliere, par les faits & les idées qu'elle contient, que par son style.

Il nous apprend d'abord qu'il est auteur des *Nouvelles Considérations sur Saint Domingue* & d'une *lettre à M. L****, & il convient avec modestie que ces deux productions sont restées absolument ignorées. Il ne parle point de la gazette qu'il composoit à la Dominique contre les chefs & habitans de la Martinique, dont on l'avoit d'abord disculpé, en supposant un autre Dubuisson mort, mais que beaucoup de gens qui l'ont vu dans le tems assurent être le le même Dubuisson d'aujourd'hui, & ce que porteroit à croire le génie satyrique perçant dans cette préface.

Il tourne en ridicule ensuite le *Bureau de Législation Dramatique*, & convient n'avoir pas voulu se montrer à ce tribunal & faire corps avec lui.

Il apprend comment les chefs de ce bureau croyant travailler pour leur compte, avoient obtenu la suppression par arrêt du conseil du tableau des pieces reçues ; comment, voyant ensuite qu'ils ne trouveroient pas leur avantage, ainsi qu'ils l'avoient esperé, ils ont sollicité depuis le rétablissement de ce tableau.

M.

M. Dubuiſſon fait plus ici , il prend fait &
cauſe pour les comédiens contre ſes confreres
& déteſte l'intérêt ſordide qui les anime. Il nous
apprend que Voltaire n'eût que 3600 livres pour
les vingt repréſentations de *Mérope ;* que Piron
ſe contenta de 3000 livres pour ſa *Metromanie ,*
& Crébillon de 1440 livres pour *Electre ;* tandis
que le Sr. de Beaumarchais a déjà retiré 11229
livres pour ſa méchante farce du *Barbier de
Seville.*

Il ſort de cette digreſſion , il vient à la juſti-
fication d'avoir paſſé ſur le corps des autres
auteurs dramatiques. Son *Thamas-Kouli-Kan ,*
la derniere piece ſur le premier tableau , au
moyen de la relute ordonnée , à laquelle il
s'empreſſa de ſe ſoumettre , devint la premiere ; cependant la délicateſſe des comédiens
répugnoit encore à ſatisfaire ſon deſir de pa-
roitre ſur la ſcene. Pour la vaincre il leur
offrit en pur don ſa tragédie , à condition qu'ils
la joueroient ſans délai *comme piece de leur
fond.*

Il vante la réponſe à ce ſujet du Sr. Molé
au nom de ſes camarades , qui manifeſte le dé-
intéreſſement le plus noble , la reconnoiſſance
la plus vive , mais en même tems l'attachement
inviolable au droit d'ancienneté des auteurs ,
même dans un moment où ils auroient pu le
méconnoitre. Il objecta la néceſſité de ſon départ urgent pour l'Amérique , cette conſidéra-
tion ne le toucha pas davantage.

Enfin le Sr. Brizard , pourvu d'un congé de
quatre mois & néceſſaire pour jouer les dix
tragédies qui précédoient celle de M. Dubuiſſon,
lui fournit un moyen légitime de paſſer pour

épuiſer cependant tous les procédés de l'honnêteté, il écrivit une lettre circulaire à ſes anciens, la comédie ſomma de relire ; perſonne ne répondant, ne réclamant, ne ſatisfaiſant aux injonctions de l'auteur & des comédiens, ſa piece fut miſe à l'étude.

Alors M. de Sauvigny, le premier dans l'ordre du tableau, vint, accompagné des commiſſaires du bureau de légiſlation dramatique, & forma oppoſition à la repréſentation de *Nadir*, ſous prétexte que le Sr. Brizard devant revenir ſous peu de jours, il alloit diſtribuer les rôles de ſa *Gabrielle d'Eſtrées*. M. Dubuiſſon offrit de retirer ſa piece dès que cette *Gabrielle* ſeroit prête à être jouée. M. de Sauvigny refuſa l'accomodement : mais ce dernier n'ayant pas relu, les comédiens paſſerent outre, & après une délibération, par laquelle ils renonçoient ſpécialement au don qu'il avoit voulu leur faire, & l'appeloient à part d'auteur, & s'être réſervé ſeulement d'interrompre la piece dès qu'une autre ſeroit prête, *Nadir* fût joué trois jours avant le retour du Sieur Brizard.

13 *Décembre* 1780. Madame de la Borde, de Viſmes en ſon nom, ſœur de l'Ex-directeur de l'opéra & femme de l'ancien valet-de-chambre du Roi, a plu tellement à la Reine que, non contente de ſe l'être attachée comme lectrice, elle a fait créer en ſa faveur une charge de *dame du lit*, dont les fonctions ſont d'ouvrir & de fermer les rideaux de S. M. & de coucher au pied de ſon lit, quand elle jugera à propos. Cette Dame, qui eſt inſtruite, a beaucoup d'eſprit &, ſans être jolie, a une figure

piquante, donne de la jaloufie à la Ducheffe de Polignac, qui craint d'être fupplantée par elle dans les bonnes graces de fa maîtreffe.

On remarque à cette occafion l'inconféquence ordinaire de notre gouvernement, qui, tandis qu'il fupprime par économie des charges anciennes & utiles, en laiffe créer d'inutiles & onéreufes.

14 Décembre 1780. L'académie royale de mufique doit donner enfin demain la premiere repréfentation du *Bon Seigneur*, ou plutôt du *Seigneur Bienfaifant*, opera compofé des actes du *Preffoir*, ou des *Fêtes de l'Automne*, de *l'Incendie & du Bal*. Il y a eu hier une répétition, où le fecond acte a produit le plus grand effet; on a trouvé des chofes agréables dans les deux autres, mais comme ils ont été très-mal exécutés, fans accord, fans enfemble, il faut voir comment ils prendront aujourd'hui.

14 Décembre. Parallele de Madame la Ducheffe de Brancas & de Madame la Ducheffe le Coffé, fait à Contrexeville par Mr. de Ceruty.

> Lorfque de Dieu la main féconde
> Tira l'univers du cahos,
> Il prefcrivit pour regle au monde
> Le mouvement & le repos;
> Coffé, Brancas, par caractere,
> Offrent ce contrafte frappant;
> L'une eft le repos de la terre,
> Et l'autre en eft le mouvement.

Coffé ne peut tenir en place,
Et Brancas ne peut en changer:
L'une voudroit franchir l'espace.
Et l'autre voudroit l'abréger:
Toutes deux font ici fortune,
Tour à tour on cherche à les voir;
On aime à courir après l'une,
Près de l'autre on aime à s'asseoir.

Coffé rappelle ces Génies,
Ces Sylphes, amis des humains,
Faisant des courses infinies,
Versant les biens à pleines mains,
Veillant de loin sur l'indigence,
Et la ranimant d'un coup d'œil;
Brancas nous peint la providence
Faisant du bien de son fauteuil.

Coffé peut être un peu trop vive,
Dévote un jour en un moment;
Brancas quelquefois trop tardive
Voudroit retenir chaque instant
A qui des deux donner la palme?
Cela mérite attention:
L'une est un sage dans le calme
Et l'autre un sage en action.

15 *Décembre* 1780. Le célebre éditeur de
Pline & de Tacite, qui tout récemment a publié encore une nouvelle édition du poëme des
jardins du P. Rapin, à laquelle il a ajouté une

differtation hiftorique fur les jardins, écrite
du plus beau ftyle en latin, M. l'Abbé Brotier,
vient d'être élu membre de l'académie des
belles-lettres. On peut dire que c'eft cette
compagnie qui l'a recherché; elle l'a difpenfé
des follicitations, des vifites & de tout le
cérémonial préalable d'ufage & même de ri-
gueur. On fait que c'étoit en outre un des
Jéfuites les plus zélés & les plus attachés à fon
ordre.

15 *Décembre* 1780. La cabale a été fi forte
hier à la premiere repréfentation du *Seigneur
Bienfaifant*, que n'ayant pu réfifter à l'impreffion du fecond acte, dont les tableaux terribles & touchans ne permettent pas à la critique de fe faire entendre, elle s'en eft dédom-
magée au dernier acte & a redoublé de fureur,
au point de fiffler le Sr. Laïs, chantant une
ariette de bravoure, applaudie avec un tranfport
continu aux repétitions, & de chercher à le trou-
bler & l'interrompre. Cet acharnement a rendu
fort équivoque le fuccès de l'ouvrage, qui avoit
bien pris jufques-là.

16 *Décembre*. On cite ici des détails de la
mort de l'Impératrice-Reine, fuivant lefquels
elle a terminé fa carriere avec la même gloire,
la même fermeté qu'elle l'avoit commencée. ----
Condamnée par la faculté, elle a interrogé fon
médecin de confiance fur le tems qui lui ref-
toit à vivre ? Celui-ci avoit peine à s'expliquer;
mais elle l'a preffé fucceffivement, en lui demandant fi cela iroit à quinze jours, à huit
jours ? Enforte qu'il a déclaré à S. M. Impériale qu'il ne croyoit pas qu'elle pût exifter
plus de quatre : alors elle a pris fon parti, elle

a fait venir l'Empereur, qui s'eft trouvé ma
„ Pour lui donner le tems de fe remettre „
a-t-elle dit, „ je continuerai aujourd'hui tou
„ les actes de fouveraineté; je ferai les figna
„ tures, tiendrai le confeil, &c. „ Le ler
demain & les jours fuivans, fon augufte fi
revenu à lui a écrit fous fa dictée des lettre
à tous fes enfans, entr'autres une à la Rein
de France, qu'on exalte comme un chef-d'œu
vre de fageffe, de politique & d'éloquence ma
ternelle.

. 16 *Décembre* 1780. L'emprunt des neuf mil
lions de piaftres fait par l'Efpagne, & dans lequ
plufieurs maifons de banque s'étoient intére
fées pour environ huit millions de livres, e
l'objet du troifieme article de la *feconde fui
des Obfervations du citoyen.* On y confirme d
qu'on a dit déjà de la jaloufie de la maifon ***
fecondée par M. Necker, fon commenditaire
& de la maniere dont il avoit cherché à décre
diter ces maifons, ainfi que du mauvais effe
qui en avoit réfulté. Ce qu'on trouve de nou
veau ici, c'eft la lettre écrite par MM. Cotti
fils & Jauge le 19 Septembre à fes correfpon
dans & autres, pour leur révéler les manœuvre
odieufes pratiquées contr'eux & leur projet d'e
attaquer criminellement les auteurs, lorfqu'il
auront affemblé les pieces néceffaires au foutie
du procès.

Enfin le renvoi de M. de Sartine fournit ma
tiere au dernier point de difcuffion. Voici le
propres paroles rapportées, comme extraites d
la *Réponfe juftificative* de ce miniftre.

.... „ Mon défefpoir n'eft pas tant d'avoi
„ perdu ma place, que des motifs affreux qu

,, l'on fuppofe à ma difgrace. On prétend (&
,, c'eft tout Paris d'après les propos du con-
,, trôle général) que j'ai 800,000 livres de
,, rentes & que de mon autorité privée j'ai été
,, affez criminel pour excéder de dix-fept
,, millions dans mes dépenfes les ordres de
,, fa majefté.

,, Je n'ai pas 20,000 livres de rentes : fi l'on
,, peut m'en trouver davantage, je l'abandonne
,, aux hôpitaux. Quant au fecond crime, je ne
,, demande pour mémoire juftificatif que la re-
,, préfentation des ordres fignés par le roi dans
,, des confeils ou des comités, tenus en pré-
,, fence des principaux miniftres, dont le ré-
,, fultat étoit le fecret de l'Etat. Si j'en euffe
,, laiffé entrevoir un mot à M. Necker, étran-
,, ger, lié depuis longtems avec Mylord Stor-
,, mond, affermenté nulle part, reconnu dans
,, aucune cour, un château-fort étoit le jufte
,, prix de mon indifcrétion. ''

17 Décembre 1780. L'enfant du duc de Bourbon, tenu au nom de mademoifelle de Condé
& du prince de Soubife, & non du comte
d'Artois, ainfi qu'on l'avoit dit d'abord, vient
de mourir ; ce qui afflige fort la demoifelle
Michelot.

Du refte, on fuit la féparation du prince avec
madame la ducheffe de Bourbon & elle doit
avoir lieu inceffamment ; il paroît que le roi y
a donné fon agrément.

Les bons citoyens gémiffent fur tant d'indécences & de défordres ; ils efperent toujours
qu'au moins S. M. ne fe fentira pas de la cor-
ruption qui gagne fi ouvertement la cour. On
efpere qu'elle ne reparoîtra point à des fêtes or-

durières, telles que celles qui ont eu lieu à Brunoy, dont on continue à s'entretenir & dont on ne peut revenir encore. On cite à cette occafion une nouvelle anecdote; c'eft que les comédiens rougiffant eux-mêmes des rôles qu'on leur faifoit jouer, ont déclaré qu'ils n'oferoient jamais le faire fans les ordres du monarque, ou du moins fans une autorifation par écrit de *Monfieur*.

17 *Décembre* 1780. On cite un mot fin du duc de Nivernois, à l'occafion de l'élection à l'académie au comte de Treffan. Ce dernier avoit fait anciennement une épigramme contre le premier, il craignoit qu'il n'en gardât du reffentiment & ne lui donnât fon exclufion; mais ayant fçu, au contraire, que ce Seigneur avoit voté pour lui, le comte dans l'effufion de fa reconnoiffance eft allé le remercier. A la fin de la vifite, M. de Nivernois, en le reconduifant lui dit : ,, Monfieur le comte, vous voyez qu'en ,, vieilliffant on perd la mémoire. ''

17 *Décembre*. Le cimetiere des innocens eft enfin fermé du 1er. de ce mois. On ne fauroit croire combien d'obftacles il a fallu vaincre pour obtenir qu'on ceffât d'infecter ainfi le centre de la capitale par une putridité continuellement renouvellée. C'eft un arrêt du parlement qui a ordonné cette clôture.

Cet emplacement avoit été concédé par Philippe le Bel pour la fépulture des morts de la grande paroiffe, devenue depuis celle de Saint-Germain l'Auxerrois : il étoit fitué hors de l'enceinte de la ville & fort vafte alors, vu le petit nombre des habitans. La population ayant augmenté, le nombre des fépultures s'étoit accru en proportion & quantité de paroiffes portoient leurs cadavres en ce même lieu. L'infection ré-pandue aux environs excita les plaintes du quar-tier en 1724, en 1725 & en 1737. Le parlement commit les chymiftes Lemery & Geoffroy, pour fixer l'opinion de la cour fur l'infalubrité de l'air : ils ne remédierent que momentanément au mal, & les réclamations recommencerent en 1746 & 1755. Comme il n'eft pas d'abfurdité qui n'ait des partifans, on ofoit foutenir que c'étoit un air plus vital qu'un autre, & l'on ap-puyoit ce paradoxe du fentiment du fameux des Molins, médecin clinique, mais mauvais chy-mifte & phyficien.

M. le lieutenant de police defirant fignaler fa magiftrature par la fuppreffion des cimetieres & furtout de celui-ci, a fait faire de nouvelles expériences pour conftater l'infalubrité de l'air de ce quartier, que M. Cadet de Vaux & M. l'abbé Fontane, célebre phyficien du grand duc de Tofcane, ont reconnu être le plus méphi-tique de Paris. L'accident dont on a parlé, arrivé au mois de Juin dernier, n'a pu que confirmer leur décifion ; & cependant, malgré tant d'avertiffemens, il a fallu encore fix mois avant d'obtenir le concours de l'autorité fpirituelle.

18 *Décembre* 1780. M. Blondeau, auteur du *Journal de Marine*, a introduit en cette par-tie l'ufage d'un baromètre nautique, qu'il a ex-trémement perfectionné. Les propriétés de cet inftrument, détaillées dans fon ouvrage, font furtout d'annoncer plus de 24 heures d'avance la tempête & les coups de vent, foit à la mer, foit dans le port ; ce dont on connoit quelle

E v

doit être l'utilité pour ceux qui l'obfervent bien. Tout récemment le coup de vent du 8 au 9 Octobre & de toute la journée du 9, a été extrêmement funefte aux bâtimens navigans dans le golfe de Gafcogne : fi ces bâtimens en euffent eu à leur bord & qu'ils l'euffent confulté, ils auroient évité leur malheur, foit en ne fortant pas du port, comme plufieurs ont fait, foit en cherchant un afyle dans un de ceux qui étoient à leur portée.

Malheureufement ces baromètres jufques ici fabriqués en verre, ont été dérangés ou détruits trop facilement; M. Blondeau en a imaginé de fer, qu'on conftruit actuellement & qui feront certainement à la mer du fervice le plus fûr.

18 *Décembre* 1780. Jeudi les comédiens françois ont donné la premiere repréfentation de *Clémentine & Deformes*, drame nouveau en cinq actes & en profe. Comme il y avoit peu de monde, que les partifans de l'auteur étoient maîtres du champ de bataille, & que les acteurs animés du zele de la confraternité fe font furpaffés dans leur jeu, cette piece a eu le plus grand fuccès : on a demandé fucceffivement l'auteur le fieur Monvel, ainfi que le fieur Molé, qui a le plus contribué à fon triomphe, & le parterre a recommencé à leur égard la fcene qu'on a vue il y a quelques années : avec la même modeftie, ils fe font renvoyés réciproquement les éloges qu'on leur prodiguoit.

Du refte, c'eft un drame, plus chargé d'horreurs qu'aucun de ceux qu'on a exécutés jufqu'à préfent. C'eft Grandiffon qui en a fourni le fujet : c'eft un fils qui vole fon pere fur le théâtre aux yeux des spectateurs ; ce dont il résulte une accusation qui n'est éclaircie qu'au dénouement, & fait souffrir horriblement le spectateur durant cet intervalle.

Tout cela prouve combien nos auteurs dramatiques ont perdu de vue le but de leur art, & le précepte d'Horace adopté par Boileau, qu'il est des objets que l'honnêteté publique proscrit du théâtre & qu'on peut tout au plus offrir à l'oreille, mais qu'il faut reculer des yeux.

18 *Décembre* 1780. Les Italiens ont encore donné samedi une nouveauté, *Pygmalion*, comédie en un acte mêlée d'ariettes. M. Durozoi, l'auteur de cet ouvrage, dont le sujet a été déjà tant rebattu & sur la scene françoise & sur la scene lyrique, ayant voulu s'écarter de la route ordinaire, est devenu plus amphigourique que jamais & y a jetté une obscurité que n'a pu éclaircir le spectateur. Il faut convenir qu'il est difficile de faire rien de plus mauvais & de plus ennuyeux. M. Bonesi qui, au refus de plusieurs musiciens n'ayant pas voulu s'associer à la chûte de l'auteur des paroles, a composé les ariettes, n'a pu savoir ce qu'on pensoit de sa composition, tant le tumulte du parterre a été grand. On le dit jeune & il faut attendre un second essai pour le juger.

18 *Décembre*. Le maréchal de Brissac vient de mourir âgé de 83 ans. C'étoit un Preux de de l'ancienne chevalerie. Ses moindres actions étoient marquées à un coin romanesque. Il avoit dans ses phrases & son style une tournure pittoresque & originale, qui jettoit un intérêt piquant dans tout ce qu'il disoit & faisoit. Ses

E vj

baſſeſſes, lors du parlement Maupeou, font
ſeule tache imprimée ſur ſa vie.

18 Décembre 1780. *Ermenouville, ou lett*
écrite par une jeune dame de Paris, à ſon retoi
d'Ermenouville, à l'une de ſes amies à la car
pagne, en date du 10 Mai 1780. Ce pamphl
très-court eſt une critique aſſez vive du lieu
du maître. On trouve que le premier n'eſt qu'ur
petite copie du parc du Lord Cobham en Ai
gleterre & que le ſecond n'eſt qu'un fol ſai
vage, groſſier & ſans goût, un ſinge de la ph
loſophie, à qui elle a tourné la tête. Il appeli
ce déſordre affecté :

> L'aimable nature,
> Dont la douce ſimplicité
> Eſt une touchante peinture
> D'une tranquille liberté.

C'eſt le ſtyle d'une des inſcriptions qu'on
rencontre partout & qui commence par ces ver
pompeux :

> Diſparoiſſez, jardins ſuperbes,
> Où tout eſt victime de l'art,
> Où le ſable couvrant les herbes
> Attriſte partout le regard.

A la place de ces belles ſentences la dame
critique prétend qu'on pourroit écrire : ,, Tout
,, eſt ici victime de l'art dans le genre du ca-
,, hos, & ce cahos artificieux y attriſte encore
,, bien davantage le regard que dans tous les
,, lieux brutes & incultes, où l'on a laiſſé
,, bonnement ſubſiſter l'ouvrage de la nature.

19 *Décembre* 1780. Il court un bruit finiftre, malheureufement trop accrédité, fur le compte de Me. Linguet ; c'eft qu'il a été pendu au lieu de fa translation. Ce fupplice infligé fans aucune formalité légale, fait frémir d'indignation & ne peut fe croire fous le regne d'un roi qui vient d'abolir dans fes Etats les derniers veftiges de la fervitude.

19 *Décembre. Les Caudataires.* Ce pamphlet eft une lettre d'un pauvre chevalier de Saint-Louis à monfeigneur le Maréchal prince de Soubife, chevalier du même ordre, fur l'aviliffement de l'ordre. On obferve d'abord que cette lettre avoit été compofée avant que ce grand Seigneur eût accepté la grande croix.

L'auteur s'éleve contre l'ufage injurieux établi par les cardinaux de prendre des chevaliers de Saint-Louis pour fe faire porter la queue. Ce n'eft pas dans cet efprit que Louis XIV inftitua l'ordre de Saint-Louis, il n'y admit pas même fes gardes du corps. --- Aujourd'hui on donne la croix à des gendarmes, à des fergens d'infanterie, à des officiers de police, à des efpeces de toutes les claffes.

C'eft contre de tels abus que le chevalier, vengeur de fon ordre, voudroit qu'on préfentât un mémoire au roi.

19 *Décembre.* Le beau fujet propofé par l'académie de Châlons : ,, les moyens de dé- ,, truire la mendicité, en rendant les mendians ,, utiles à l'Etat, fans les rendre malheureux, '' a excité le zele de plufieurs écrivains, entr'autres de M. Lambin de Saint-Felix, qui a fait un ouvrage intitulé *Effai fur la mendicité.* C'eft un mémoire plus étendu que ne le comporte

une diſſertation ſimple, telle que la demandoit la compagnie dont on a parlé ; dans lequel il expoſe l'origine, les cauſes & les excès de la mendicité ; il recherche les moyens qu'ont employés les peuples anciens & modernes pour la détruire : il conſidere nos différens réglemens ſur cet objet eſſentiel de l'adminiſtration & en quoi nos légiſlateurs ont manqué leur but.

L'auteur ſe propoſe enſuite d'établir les moyens les plus ſûrs pour détruire entiérement & pour toujours la mendicité dans le royaume, en rendant les mendians utiles, ſans les rendre mal-heureux. Il indique des reſſources ſuffiſantes ſur cet objet, ſans qu'il en coûte rien ni au roi, ni à l'Etat, ni au peuple ; enſemble comment les hôpitaux étant peu onéreux à l'Etat, il pourroit en tirer tous les avantages poſſibles. On ne con-çoit pas pourquoi cette production patriotique n'a pu trouver grace en France, comment l'au-teur a été obligé d'uſer des reſſources de l'impreſ-ſion clandeſtine & étrangere.

20 Décembre 1780. Le Seigneur Bienfaiſant, quoique d'un genre déjà traité pluſieurs fois ſur la ſcene lyrique, offre cependant d'heureuſes innovations. On n'avoit que la paſtorale & la comédie dans cette claſſe des opéra-ballet. M. Rochon de Chabannes a tenté d'y introduire le drame, c'eſt-à-dire, une fable naturelle, inté-reſſante, qui ne nous occupe que des peines & des malheurs de nos ſemblables. Il a été plus hardi encore, il a oſé en retrancher l'amour, preſque toujours fade à ce théâtre ; enſuite il a trouvé le ſecret d'égayer ſa piece par des fêtes & des divertiſſemens tenant à l'action & en dé-coulant : enfin il a lié trois actions différentes,

ce qui étoit fans exemple : les poëmes de cette efpece n'ayant jamais été une intrigue fuivie & fe partageant toujours en trois petits fujets , n'ayant aucun rapport entr'eux.

Dans le premier acte le Seigneur bienfaifant réconcilie un villageois avec fon pere : dans le fecond , il quitte la nôce de fa fille pour-voler au fecours de ces malheureux incendiés ; au troifieme il répare par fes largeffes les pertes qu'ils ont fouffertes.

Le poëte , ayant des payfans pour principaux acteurs , a placé la fcene en Béarn & l'a reculée à l'époque de Henri IV , parce que le cofthume de ce fiecle lui a paru plus théâtral & plus annobli. Il a choifi la faifon de la vendange , ce qui amene , dès le commencement du fpectacle , des divertiffemens & de la gaieté. Les effets funeftes & trop fréquens dans les villages du tonnerre , lui fourniffent des tableaux terribles & touchans qui fuccèdent , & les nôces de la fille du feigneur ramenent la joie , les plaifirs & la danfe , qui terminent cet opéra-ballet extrêmement varié , où l'on paffe avec les nuances convenables du trifte au gracieux , du plaifant au févere , contraftes néceffaires & que les auteurs travaillans pour le grand maître , le chevalier Glück , ont rarement eu l'adreffe de lui fournir.

Le retranchement de l'arriere qui avoit occafionné tant de brouhahas, la fuppreffion de l'acte du bal , préfenté déformais comme la fuite feulement du fecond acte , le rôle du Bailli très-mal exécuté la premiere fois par le fieur Durand & beaucoup mieux par le fieur Laïs qui le remplaçoit , ont ôté toute prife à la critique :

le Seigneur bienfaifant a eu un fuccès complet hier. On a mieux fenti les beautés de la mufique, pleine d'énergie & d'onction fucceffivement, & l'envie a frémi de voir impuiffans les efforts des cabales des Glückiftes, Picciniftes, Bouffoniftes, des comediens italiens même réunis, de n'avoir pu empêcher de reparoître la mufique françoife, c'eft-à-dire, une mufique aifée, gracieufe & chantante.

20 *Décembre* 1780. Tous les efforts du duc d'Orléans prenant fait & caufe pour fa fille, n'ont pu empêcher la féparation ou plutôt la répudiation de madame la ducheffe de Bourbon. Son mari a écrit à ce fujet une lettre au roi, qui a révolté tous ceux qui en ont eu connoiffance, & le duc d'Orléans, pour en faire fentir encore mieux l'infamie, a levé l'extrait baptiftaire de l'enfant de Mlle. Michelot & l'a porté à S. M. Mais le prince de Condé étant venu à l'appui par une lettre à S. M. en forme de mémoire, elle s'eft portée à une féparation inévitable. On rend la dot de 200,000 livres de rentes. Elle aura d'ailleurs fa penfion de 50,000 livres des princeffes du fang, & Louis XVI a exigé que le prince de Condé, qui ne vouloit rien donner à fa bru, y ajouteroit 25,000 livres de rentes ; qu'on lui fourniroit en outre de l'argenterie, des meubles, des chevaux, des équipages une premiere fois pour fe monter fuivant fon rang ; & l'état de maifon qu'elle tiendra ne fera pas confidérable, puifqu'elle loue l'hôtel d'un fimple fermier général, M. de la Reyniere.

20 *Décembre*. C'eft M. Suard qui, en fa qualité de cenfeur des fpectacles, a approuvé la tragédie de *Nadir* à l'impreffion. Le bureau de

de législation dramatique, traité de la façon la plus méprifante dans cette diatribe, s'eft affemblé, a trouvé mauvais qu'un confrere, un membre de l'académie françoife eût paffé tant d'indécences, & en conféquence a arrêté à la pluralité des voix d'écrire au miniftre pour s'en plaindre, & de lui adreffer un mémoire pour demander qu'on ôtât à M. Suard une place qu'il rempliffoit fi mal. Heureufement ce cenfeur eft très-protégé de M. Necker, qui a paré le coup & l'a empêché de fuccomber. Nouvelle mortification, qui a fait connoître à ce bureau combien peu il avoit de confiftance.

Il vient encore mieux de l'apprendre par le réglement entre les auteurs & les comédiens, qui a été rendu par le Confeil & lu dimanche à une affemblée tenue chez le Sr. de Beaumarchais. Les poëtes dramatiques y gagnent quelque chofe du côté de l'intérét, qui leur tenoit fi fort à cœur, mais fuccombent, à ce qu'on affure, fur la plupart des autres points.

21 *Décembre* 1780. Aujourd'hui, pour diftinguer M. de Tolozan, l'Intendant du commerce, de fes freres, depuis la nouvelle commiffion qu'il a obtenue au tribunal des Maréchaux de France pour remplacer M. de Cotte, Maître des Requétes, Rapporteur des affaires concernant le point d'honneur, on l'appelle Tolozan *point d'honneur :* & malheureufement ce mauvais quolibet, adopté par fes confreres & par le public, devient contre ce magiftrat une épigramme fanglante & trop vraie.

21 *Décembre.* Les nouvelles finiftres fur le compte de Me. Linguet fe foutiennent. Ce dont on ne peut plus douter, c'eft fa mort, foit na-

turelle, foit volontaire, foit par la main du bourreau ; & ce qui fait craindre ce dernier genre, c'eft l'ambiguïté dont M. le Noir s'eft expliqué avec quelqu'un qui lui en parloit : *il n'y a plus de nouvelles à demander*, a-t-il répondu, *il ne dira plus de mal de perfonne.*

C'eft aujourd'hui de Mémoires envoyés à l'Empereur dont on l'accufe ; pour faire fa cour à ce Souverain, dans les Etats duquel il réfidoit, il lui auroit donné des inftructions fur la Lorraine & fur la maniere d'en rentrer en poffeffion : mais tout cela eft fort incertain, furtout que ce foit par le Roi de Pruffe que la correfpondance ait été révélée.

22 *Décembre* 1780. Extrait d'une lettre de Bruxelles du 15 Décembre. . . . On connoît en effet ici la brochure dont vous parlez ; elle eft intitulée *le procès des trois Rois plaidé au Tribunal des Puiffances de l'Europe.* Elle paroît en Allemagne depuis le mois de Juin : il eft vraifemblable qu'elle y a été imprimée très-furtivement : elle ne perce que depuis peu, du moins à ma connoiffance. C'eft tout ce que la licence la plus effrénée peut enfanter de plus coupable. Cela coûte encore deux ducats en Hollande.

23 *Décembre.* M. le Maréchal de Briffac a confervé jufqu'à la fin fon caractere de Paladin. Quand le curé de St. Sulpice eft venu pour lui annoncer fa fin prochaine, il l'a accueilli avec fermeté, il lui a déclaré qu'il n'avoit point peur de la mort qu'il avoit affrontée en vingt occafions, qu'il avoit toujours aimé fon Roi & fon Dieu, & qu'il alloit rendre à celui-ci ce qu'il lui devoit.

Ayant ordonné que fon corps fût transféré à Brissac , il a dit à un valet-de-chambre de confiance ; ,, ah çà , c'est toi qui viendras avec ,, moi , qui conduiras mon corbillard ; mais ,, tu es un ivrogne : je te prie de m'arrêter & ,, de me faire féjourner le moins que tu pourras ,, au cabaret fur la route. ,,

23 *Décembre* 1780. On lit dans une gazette en langue italienne , composée à Florence & en daté du 14 Novembre , la traduction d'une prétendue lettre que Me. Linguet auroit écrite de la Bastille , le 7 Novembre , à un de fes amis à Bruxelles. Quoique cette piece foit dans la maniere de l'Orateur , on a tout lieu de préfumer qu'elle est factice. Le gazetier d'abord dit qu'elle a fait grand bruit à Paris , où elle n'est connue que par cette feuille étrangere ; enfuite il n'est pas probable qu'on l'eût laissé passer à caufe de la déclamation qui y regne contre le féjour où il est , contre fon traitement & les horreurs qu'il éprouve , & fi le prifonnier avoit eu le fecret de l'envoyer à l'infçu de fes Argus , il en auroit profité pour mieux employer cette ressource. Car fa lettre est absolument vague , n'articule aucun des griefs qu'on lui impute , & l'on n'est pas plus instruit après l'avoir lue qu'auparavant. En général , il attribue fa détention à fes ennemis; il fe repofe fur fon innocence , fur fon zele pour la vérité , pour la justice , pour fon Roi , & il efpere triompher des cruelles perfécutions qu'il éprouve.

24 *Décembre*. Mrs. le Sefne & compagnie , non contens d'avoir obtenu de Mlle. d'Eon la permission de donner fon nom à la principale frégate qu'ils font construire à Cher-

bourg , lui ont écrit une nouvelle lettre pour lui foumettre le choix du capitaine , dés officiers & volontaires qui monteront cette frégate , pour lui expofer l'état de leur armement & les vues qu'ils fe propofent , pour déterminer furtout s'il eft plus avantageux aux intéreffés que les frégates compofant l'armement en queftion bornent leurs opérations à la courfe accidentelle , à des ftations défignées comme les meilleures , ou qu'elles portent ou convoyent des marchandifes & comeftibles à nos colonies de l'Amérique & de l'Inde.

Comme Meffieurs le Sefne & compagnie ont fenti le ridicule de foumettre à la chevaliere des décifions hors de fa portée , n'ayant jamais fait le fervice de mer , ils lui fuggerent de fe concilier avec ceux dont elle adoptera les lumieres , entr'autres avec M. Drouet , député de la chambre du commerce de Nantes. On juge aifément que toute cette correfpondance a pour objet d'une part , de donner de la publicité à l'armement & de la fingularité capable d'exciter le zèle des actionnaires & de fatisfaire leur impatience ; de l'autre , de flatter la vanité du héros femelle.

24 *Décembre* 1780. Dans le courant de l'année 1779 il y a eu dans la Généralité de Paris 43236 naiffances , mariages 10606 , morts 35762.

25 *Décembre.* Comme il faut rapporter également ce qui eft à charge & à décharge , après avoir cité tout ce qui tend à inculper M. Dubuiffon de lâcheté , de fauffeté & de baffeffe , il faut y joindre ce que fa préface préfente de favorable à fa caufe. Il eft d'abord fort étrange que ce même Sauvigny , fi acharné à empêcher

de jouer *Nadir*, ait été le premier à mettre
fur la voie M. Dubuiffon & lui ait fuggéré la
tournure à prendre pour éluder le rang de fes
anciens: Il lui dit qu'il y a fix ou fept ans environ, pendant un congé de le Kain, qu'il avoit
fait placer *Roméo & Juliette* de M. Ducis
vingt-deux jours après fa réception, parce que
toutes les tragédies qui le précédoient, avoient
befoin de cet acteur & que la fienne étoit la
feule qui pût s'en paffer. En conféquence M.
Dubuiffon écrivit à fes confreres la lettre circulaire fuivante.

,, L'honnêteté des procédés devant particu-
,, lierement diftinguer un homme de lettres,
,, je me crois obligé, avant de fuivre quelques
,, projets que l'abfence du Sieur Brizard m'a
,, fait naître, de vous demander fi vous avez
,, befoin de cet acteur pour jouer dans votre
,, tragédie : les comédiens vont être dans le
,, cas de chercher fur leur tableau une piece
,, qu'ils puiffent mettre pendant le congé de
,, cet acteur, qui durera jufqu'au premier de
,, Septembre. Quoi que l'été foit peu favora-
,, ble, furtout pour une piece d'un auffi foible
,, mérite que *Thamas-Kouli-Kan*, le peu de
,, féjour que j'ai à faire en France me détermi-
,, neroit à en hafarder la repréfentation, fi au-
,, cune de celles qui ont été reçues avant moi
,, ne pouvoit fe montrer fans le Sieur Brizard.
,, J'attends l'honneur de votre réponfe pofitive
,, & j'ai celui, &c. „

Un feul auteur lui répondit avec l'honnêteté
qu'il avoit lieu d'attendre de tous : les autres
tergiverferent, ou ne répondirent pas du tout.
Quelques-uns firent femblant de vouloir donner

leurs rôles à des doublans , plutôt que de le laisser passer : ces mauvaises intentions dispenserent M. Dubuisson d'user de plus de ménagement , & il profita des circonstances & de la bonne volonté des comédiens. Cependant, pour lever toute difficulté, au moment de l'opposition du Sieur de Sauvigny , il offrit de s'engager par écrit à retirer *Nadir* , au milieu du cours de ses représentations, dès que la *Gabrielle* seroit prête à être jouée. On le refusa & l'on mit en usage tous les moyens possibles pour faire perdre aux comédiens une étude de six semaines.

25 *Décembre* 1780. La place vacante de M. de Montbarrey & la multitude de concurrens qu'on nommoit , ont donné lieu à des couplets , où l'on peint chacun d'eux d'une façon aussi vraie que maligne, dit-on ; ils sont encore fort rares.

26 *Décembre*. La guerre élevée entre M. Marmontel & l'abbé Arnaud devient plus vive de jour en jour , & ce n'est pas un spectacle peu satisfaisant pour les ennemis du parti philosophique de voir ces deux coryphées se déchirer pour un aussi mince sujet avec un acharnement digne des siecles barbares de la Littérature. Voici encore une épigramme du dernier contre l'autre , bien tapée , mais très-grossiere. L'opéra de *Persée* y a fourni matiere :

De l'ordure des vieux poëtes
Virgile a tiré perles nettes ;
De Marmontel, ce gros lourdaut,
Bien différente est l'aventure ;
Car sur les perles de Quinault
Le vilain a fait son ordure.

26 *Décembre* 1780. Les appointemens fommaires dont on a parlé précédemment, & qui
avoient excité une vive réclamation des Enquê-
tes & des Requêtes, ainfi que la Lettre qui
fembloit avoir contenu le Garde des fceaux &
MM. de Grand'chambre, ont enfin lieu & le
12 de ce mois la Grand'chambre & Tournelle
affemblées ont enrégiftré des Lettres-patentes
concernant les appels des caufes à l'audience
de la Grand'chambre. Il en réfulte des épices
de huit écus pour le Rapporteur & d'un écu
pour le Préfident. Or les écus du palais, fuivant le vieux ftyle, font de quatre livres:
ainfi voilà les parties grêvées de 36 livres de
fraix de plus.

Meffieurs ont fi bien fenti l'indécence de ce
nouveau réglement, que malgré la néceffité
qu'il y auroit de le publier, ils ont défendu à
l'imprimeur de le faire crier & de le vendre, &
qu'il en a été diftribué feulement un exemplaire à chaque Procureur.

C'eft un cri général contre les avides Cham-
briers & contre M. de Miromefnil, qui a eu la
foibleffe d'acquiefcer à leur cupidité.

Ce qui prouve l'abus de cette forme de pro-
céder, c'eft qu'il eft dit fpécialement dans les
Lettres-patentes, article XVIII : ,, n'enten-
,, dons par ces préfentes, autorifer l'ufage des
,, appointemens fommaires dans aucuns de nos
,, tribunaux, & voulons qu'il n'ait lieu qu'à
,, la Grand'chambre, &c. ,, de notre dite Cour
,, de Parlement feulement.

27 *Décembre*. Les envieux du fuccès de
Meffieurs Rochon de Chabannes & Floquet
n'ont pas manqué de chercher à décrier leur

ouvrage par des farcafmes & des plaifanteries ;
voici un couplet de chanfon , d'autant plus
malin qu'il femble d'abord fort innocent ; *fur
l'air :* du haut en bas.

De l'opéra
Le comité toujours honnête
A l'opéra
Aujourd'hui, Meffieurs, donnera
A quarante-huit fols par tête
Bon vin, grand feu, beau bal & fête.

28 *Décembre* 1780. Les faillites récentes de
quelques financiers & furtout celle du Sieur Rolland , Receveur des Tailles ; ont occafionné
des conflits entre la chambre des comptes & la
cour des aides , qui ont obligé ces deux compagnies de recourir au fouverain & d'établir
leurs prétentions dans des Mémoires refpectifs.
On ne connoît encore que ceux de la chambre
des comptes , qui confiftent 1°. dans un Mémoire , où elle établit la néceffité du concours
des premiers juges , notamment en ce qui concerne fes fonctions.

Cet in-4°. volumineux de 376 pages eft déja
ancien & daté du 16 Septembre 1779. Suivant
un extrait des régiftres, le 16 Février de cette
année, les bureaux affemblés, un des Meffieurs
a dit que conformément à l'arrêt de la chambre
du 18 Décembre dernier, il avoit fait imprimer
ce mémoire, qu'il lui en préfentoit un exemplaire & attendoit fes ordres fur le furplus de
l'édition. Sur quoi, la matiere mife en délibération, ordonné que ledit exemplaire fera dépofé

pofé au greffe pour y fervir de renfeignement
& que l'édition fera apportée dans les dépôts
de la chambre, pour en être fait tel ufage que
de raifon.

2°. *Sommaire* pour la chambre des comptes
fur les conflits élevés par la cour des aides.
Celui-ci de 22 pages in-4°. feulement, porte au
bas, *par ordre de Meffieurs les Commiffaires
nommés pour fuivre les conflits élevés par la
Cour des aides*, ce vendredi 23 Juin 1780.

3°. *Source de tous les conflits élevés par la
Cour des aides : moyen jufte & facile de les
faire ceffer*. Ecrit de 6 pages in-4°. & foufcrit
de même & de la même date.

28 *Décembre* 1780. M. de Janffen, Baronnet
de la Grande-Bretagne, mort à Chaillot le 2 de
ce mois, eft une perte véritable pour les amateurs des jardins & de l'agriculture. Ce refpec-
table vieillard étoit en outre doué de toutes les
qualités les plus éminentes de l'efprit & du
cœur. C'étoit un philofophe qui avoit paffé
toute fa vie à s'inftruire & à penfer. L'étude
de l'hiftoire, de la géographie, des mœurs des
nations, de leurs intérêts refpectifs l'occupoit
fans relâche. Les lettres grecques, latines, an-
gloifes & françoifes lui étoient familieres.

La botanique faifoit fes plus cheres délices.
On doit le regarder en France comme le fondateur de cette nouvelle colonie d'arbres &
d'arbuftes exotiques qui peuplent nos jardins.
Les fiens de Chaillot renferment la collection
la plus nombreufe & la plus variée qui foit dans
le royaume de cette efpece, ainfi que des arbres
& plantes indigènes. On admiroit entr'autres

Tome XVI.   F

chofes chez lui un faule de Babylone de 84
pieds de circonférence.

C'eft lui qui, fans ceffe occupé de l'humanité & du bien général, eft le premier qui ait
ouvert l'avis fublime de refpecter Cook & fes
vaiffeaux.

Il étoit fort charitable, mais en homme éclairé; il n'alimentoit ni le vice, ni l'oifiveté; il
avoit le tact de diftinguer ceux dont l'infortune
mérite une véritable commifération.

Enfin il a vêcu & il eft mort comme un fage;
fa fin a été le foir d'un beau jour.

29 *Décembre* 1780. La cour des aides eft établie pour faire percevoir les impofitions, pour
empêcher que le peuple ne fraude le fermier,
& que le fermier ne vexe le peuple; la chambre des comptes enfuite pour faire verfer avec
fidélité & exactitude la totalité des impôts
dans les coffres du Roi. Ainfi leurs fonctions
font naturellement très-diftinctes. Cependant
la première cour ayant reçu l'attribution de
quelques parties qui appartiennent par effence
à la feconde feule, elle s'en prévaut. Ces attri-
butions étoient fondées fur ce qu'autrefois la
chambre des comptes n'avoit pas de gradués
dans fon fein: aujourd'hui, qu'il faut l'être
pour être admis dans cette compagnie, elle
réclame fes anciens droits, notamment la jurifdiction criminelle fur les comptables & le concours des officiers des élections dans les provinces; autrement fa jurifdiction feroit illu-
foire. Il paroît que jufqu'à préfent la chambre
des comptes a éprouvé des défagrémens au
Confeil, & qu'il y a des arrêts rendus qui lui
font peu favorables, mais non en définitif.

29 *Décembre* 1780. Les comédiens italiens doivent donner aujourd'hui la premiere repréfentation du *Charbonnier* ou *le Dormeur éveillé*, comédie nouvelle en quatre actes de M. Quetant.

30 *Décembre.* L'*Oratorio* de M. Goffec fur la Nativité de N. S. a été le morceau capital des deux derniers concerts fpirituels du 24 & du 25, & il a produit, à l'ordinaire, la plus vive fenfation. Meffieurs Perignon & Guenin, deux violons, ont été fort goûtés au concert du famedi principalement, pour leur bel accord. Celui du lendemain a été remarquable par le jeu de MM. Duport & Capron, toujours plus admiré, plus il eft entendu. Le concerto de harpe de Mlle. Duverger a fait grand plaifir, furtout dans l'air de la fin, qu'elle a exécuté avec beaucoup d'art. Madame St. Huberti a auffi contribué à rendre ce concert piquant par le fuperbe air italien de M. Gluck, qu'elle chante fi fupérieurement & qu'on applaudit toujours avec tranfport.

30 *Décembre.* C'eft M. l'abbé Boulogne qui a obtenu le prix de cent louis d'or propofé à un fecond concours pour l'éloge de feu M. le Dauphin. Les Juges étoient Mrs. Chevreuil, Affeline, Royou, Geoffroy, Grofier, Pey, Gérard & Godefcard.

30 *Décembre.* Extrait d'une lettre de Sens du 15 Décembre.... Le 6 de ce mois les comédiens affociés actuellement en cette ville ont donné une nouveauté tragique, intitulée *l'Héroïfme Senonois*, ou *le fiege de Sens, fous Jules-Céfar*, drame héroïque en trois actes & en profe. C'eft le Sieur d'Eftival, l'un des pre-

miers acteurs de la troupe, qui en eſt l'auteur.

La piece a eu beaucoup de ſuccès; ce qu'il faut principalement attribuer au choix du ſujet. L'action ſe paſſe l'an 701 de la fondation de Rome, 52 ans avant l'Ere Chrétienne, & la ſixieme année du ſéjour de Jules-Céſar dans les Gaules. Le poëte a arrangé la fable de la maniere la plus intéreſſante & la plus glorieuſe pour nous; il nous a trop flattés pour que nous puiſſions le juger.

30 *Décembre* 1780. Extrait d'une Lettre de Rennes du 26 Décembre.... Suivant le relevé de la Généralité de Bretagne, il y a eu en 1779, naiſſances 89841, mariages 24784, morts 132275.

Extrait d'une lettre de Caën du 8 Décembre.... Suivant le relevé de cette Généralité, il y a eu en 1779, naiſſances 24773, mariages 6702, morts 25044.

31 *Décembre*. L'opéra vient de perdre Mlle. Durancy. On attribue ſa mort aux efforts incroyables qu'elle a faits dans le rôle de *Méduſe* de l'opéra de *Perſée* : elle ſortoit d'une criſe qui ne lui permettoit pas ce travail extraordinaire, & elle eſt bientôt retombée dans un état fâcheux, dont on n'a pu la tirer. Elle a expiré jeudi dernier. Son talent réel dans le genre de la déclamation, auquel elle s'étoit exercée à la comédie françoiſe, ſuppléoit chez elle à la figure & à l'organe, que la nature lui avoit donnés très-déſagréables.

31 *Décembre*. Le Capitaine King, qui a ramené en Angleterre les débris de la petite eſcadre du Capitaine Cook, rapporte qu'ayant ouvert des barrils doublés de feuilles d'étain,

après avoir été un longtems à la mer, on avoit trouvé le bifcuit & les farines qu'on y avoit entaffés, entiérement exempts d'infectes & de moififfure & parfaitement bien confervés, à l'exception d'un feul, dont l'étain étoit fondu en plufieurs endroits.

Cette expérience, qui peut être fort utile, avoit été faite par le capitaine Cook d'après l'idée de M. Franklin, qui ayant obfervé que le thé apporté de la Chine dans des boîtes de ce métal n'éprouvoit aucune altération, avoit imaginé d'adopter cet ufage plus en grand, afin de conferver longtems des fubftances, en les défendant de la communication extérieure de l'air.

31 *Décembre* 1780. On ne connoît encore que trois couplets de ceux annoncés roulant fur des objets différens. Le premier eft relatif à l'arrivée du fils de M. de Rochambeau; évenement qui n'a pas répondu à l'attente où l'on étoit, lorfqu'on l'apprit à Paris, s'imaginant qu'il s'agiffoit de quelque chofe d'important :

Sur l'air, *Lampons, camarades, lampons.*

> Le Roi dit à Rochambeau
> Qu'apportez-vous de nouveau ?
> Sire, dit-il à l'oreille,
> Papa fe porte à merveille...
> C'eft bon, c'eft bon....

Le fecond eft fur la nomination de M. de Ségur, à fon choix fuggéré par M. Necker & à la nullité du perfonnage, conforme aux inten-

tions & à l'efprit de domination du Directeur
général des finances.

Sur l'air : *du libera de la Bourbonnoife.*

Ségur eft un pauvre homme,
Voilà juftement comme
Il a reçu la pomme. j. j. j. &c.
Le Maître de la banque
Voyant qu'un bras lui manque,
Auffitôt vous lui flanque
Ce Miniftere-ci. j. j. j. &c.

Enfin, le troifieme roule fur M. d'Adhémar,
parvenu de l'état le plus fimple à faire bruit
& à être cité comme concurrent au miniftre de
la guerre. Le couplet ayant été envoyé à la
Reine, il s'eft juftifié de la maniere fuivante.
Il eft convenu n'être qu'un pauvre gentilhom-
me, mais fe prétendant iffu de l'illuftre famille
dont il porte le nom, & conféquemment n'é-
tant pas en effet homme qualifié dans fon origine, quoique du bois dont on les fait ; du
refte, n'ayant point eu de bien, avoir été
obligé de fe foutenir par des moyens de complaifance, de dévouement, d'adreffe, quoique
toujours honnêtes, il a ajouté qu'on lui faifoit
beaucoup d'honneur en le qualifiant de major,
puifqu'il n'avoit jamais été qu'Aide-major ; enfin
il a prétendu que fon dernier titre de *Colin*
étoit celui qui lui faifoit le plus d'honneur,
parce qu'il avoit contribué aux amufemens de
S. M. en jouant la comédie avec elle. Tout ce
commentaire va jetter un grand jour fur la
chanfon.

Sur l'air *de la Bourbonnoise*.

Pour le bien de la guerre
Il est question de faire
Ministre & Secrétaire
Un Marquis de hasard,
Chevalier d'industrie
Colin de Comédie :
C'est Monsieur d'Adhémar.

31 *Décembre* 1780. *Le Dormeur éveillé*, autrefois en trois actes & mis depuis en quatre, est à-peu-près le sujet d'une piece Italienne qu'on a vû très-souvent sur ce théâtre sous le titre d'*Arlequin toûjours Arlequin*. Il auroit fallu, pour rajeunir ce fond trop connu, des détails au moins nouveaux, des accessoires agréables, un dialogue piquant, & malheureusement le public n'y a rien trouvé de tout cela.

31 *Décembre*. La chambre des comptes, dans sa contestation avec la cour des aides, a gagné le provisoire au conseil & c'est elle qui jugera criminellement le Sieur Rolland.

ADDITIONS

AUX

PREMIERS VOLUMES DE CETTE COLLECTION.

TOME PREMIER.

A la page 19. *Le 10 Janvier 1762.* L'Abbé de la Porte a le privilege du choix des *Mercures*, qu'avoient eu succeſſivement différens auteurs & que poſſédoit derniérement M. de Baſtide. Ce travail conſiſte à extraire les volumes innombrables dont eſt compoſé ce Journal depuis ſon origine. Il eſt à ſouhaiter qu'un troiſieme rédacteur vienne élaguer ce nouvel ouvrage, déjà très-volumineux & très-peu choiſi.

10 *Janvier.* L'Académie Françoiſe s'eſt rendue aujourd'hui à Verſailles, pour y préſenter au Roi une nouvelle édition de ſon dictionnaire, à laquelle elle travailloit depuis vingt-deux ans.

11 *Janvier.* On a donné aujourd'hui à la comédie Italienne la *parodie d'Armide* en cinq actes, mêlés d'ariettes, vaudevilles, &c. Tout cela étoit miſérable ; cet ouvrage eſt du Sieur Laujon, un des petits poëtes de la cour.

A la page 20. *Le 15 Janvier.* Nous avons lu le *Mercure* du mois, qui continue à être auſſi inſipide qu'il l'étoit. C'eſt toujours M. de

la Place qui en eſt titulaire : les abbés le
Blanc & de la Garde ſont ſes acolytes : les pen-
ſionnaires & les coopérateurs ne ceſſent d'enrichir cet ouvrage de leurs productions. Malgré la réunion de tant d'hommes de lettres,
ce journal, ſans doute, mauvais par eſſen-
ce, ſe décrédite de jour en jour, & ne peut
fournir aux charges auquel il eſt impoſé.

A la page 25. *Le* 21 *Janv.* 1762. Enfin on vient
d'enrichir la *Pucelle* de M. de Voltaire des ornemens qui lui manquoient. Un graveur intré-
pide publie 27 eſtampes concernant ce poëme.
Ce ſont, en général, des caricatures piquantes & qui s'allient très-bien à l'ouvrage. Elles
offrent aux yeux avec vérité les peintures laſ-
cives ou groteſques du poëte : c'eſt ainſi que,
tandis que l'auteur cherche à rendre à ſon
héroïne l'honnêteté dont on lui reproche de
l'avoir dépouillée, un plaiſant la proſtitue de
plus en plus & la met hors d'état de paroître
jamais aux yeux du lecteur pudibond.

A la page 26. *Le* 23 *Janvier. L'écueil du
Sage* va ſon train. M. de Voltaire, toujours
diſpoſé à recevoir les conſeils du public, avoit
différentes leçons toutes prêtes pour varier le
dénouement ; on l'a rendu moins ridicule &
moins abſurde, mais on ne peut ſauver les
étranges diſparates qui ſe remarqueront toujours dans cette comédie, & qui font préſumer
aux connoiſſeurs que ce ſont différens lam-
beaux détachés que l'auteur a voulu coudre
enſemble & qui ne cadrent point.

A la page *id. Le* 25 *Janvier.* Le Sieur
Freron commence à r'ouvrir ſon *Année Littéraire* 1762, quoique 1761 ne ſoit pas finie ;

E 7

il en refte encore deux feuilles qu'il cherche ,
fuivant fon ufage, à rendre piquantes pour
amorcer les foufcripteurs : nous ne nous apper-
cevons pourtant pas que la premiere de cette
nouvelle année foit fort friande.

A la page 29. *Le* 30 *Janvier* 1762. On annonce
dans un avertiffement que l'abbé de la Porte
doit travailler aux *Annales typographiques* ,
ce qui confirme de plus en plus le défœuvre-
ment de cet abbé & l'abandon forcé qu'il a fait
de fes feuilles.

A la page 37. *Le* 2 *Février*. On a remis aujourd'hui au concert fpirituel *les Titans* , dialogue françois de l'abbé de Voifenon ; la mufique eft de Mondonville. Elle a été fortifiée &
fait un plus grand effet qu'à l'ordinaire.

A la page 38. *Le* 6 *Février*. On avoit annoncé pour aujourd'hui la neuvieme repréfentation de *l'écueil du Sage* ; mais cette piece
ayant été défertée le lundi & le mercredi ,
les comédiens n'ont pas jugé à propos de rif-
quer le même malheur , & ils ont fubftitué
Zaïre : on a donné pour prétexte l'indifpofition
de Molé.

A la page 39. *Le* 8 *Février*. Les comédiens
François ont remis aujourd'hui *Rome fauvée* ;
ils cherchent à dédommager ainfi M. de Voltaire
de la chûte de *l'écueil du Sage* & à lui faire
oublier cette mortification.

A la page 40. *Le* 10 *Février*. Comme
il paroît que *l'écueil du Sage* ne reparoîtra plus ,
que tous les changemens, corrections, varian-
tes en font fixés , nous allons en rendre compte
fuccinctement.

Le fujet de cette comédie eft fondé, dit-on,

fur un événement du tems de François I. Les
Seigneurs des fiefs avoient alors fur leurs vaffaux
un droit que l'on appeloit de *marquette*, de
prélibation.

Les deux premiers actes fe paffent entre *Mathurin*, gros fermier qui veut épouser *Acanthe*,
jeune perfonne du même endroit : celle-ci qui
fait la dédaigneufe & qui a puifé dans le commerce de deux Dames du voifinage, (*Dorimene
& Laure*) dans la lecture des romans & furtout
dans les yeux de fon Seigneur, une averfion pour
tout ce qui porte l'empreinte du village ; *Colette*,
autre payfanne du même lieu, qui s'oppofe à
cette union en vertu des promeffes qu'elle a reçues de *Mathurin* ; le Bailli & les parens prétendus d'*Acanthe* ; tous gens attachés à un
Marquis, dont ils font les vaffaux. Le mariage
fe diffère jufqu'au retour de Monfeigneur, qui
doit arriver dans le jour & jouir de fon droit,
qui confifte à entretenir un quart-heure tête à
tête la fiancée, à la queftionner, à lui donner
des leçons de vertu & de fageffe.

Au troifieme acte interviennent deux nouveaux perfonnages ; le *Marquis*, & fon coufin
le *Chevalier* ; ils arrivent du fiege de Metz :
Germance, (c'eft le nom du Chevalier) précede
l'autre ; il apprend le mariage & projette d'enlever la fiancée. Enfin paroît Monfeigneur, &
à fon arrivée la fcene, qui jufques-là avoit
été gaie, gaillarde, bouffonne, fe monte fur
le plus haut ton du cothurne ; c'eft de la morale la plus pompeufe & la plus fublime, c'eft
Platon, c'eft Socrate, c'eft la fageffe humani-
fée qui parle. Le *Marquis* projette de fe retirer du tumulte du grand monde, d'époufer

F vj

Dorimene & de vivre tranquillement avec elle dans fes terres. Le *Chevalier* fe raille avec tous les airs, toute la fatuité du petit-maître le plus frivole. Les habitans du bourg, le Bailli à leur tête, interrompent ce dialogue & viennent complimenter leur Seigneur ; il apprend le mariage dont il eſt queſtion & donne le quartd'heure d'audience à la fiancée, fuivant fon droit. Celle-ci commence par lui préfenter un paquet de la part de fon pere *Dignan*. Le Marquis le regarde comme un mémoire concernant fes forêts & ne l'ouvre pas. *Acanthe* lui avoue fa répugnance à recevoir la main de *Mathurin* ; elle plaide fa caufe avec tant de nobleſſe, tant de fentimens, qu'elle fait germer l'amour dans le cœur de Monfeigneur : il fe trouble & le quart-d'heure eſt plus qu'écoulé avant qu'il ait rien décidé fur le fort de fa vaſſale.

Il commence le quatrieme acte par un monologue, où il fe rend compte du tumulte de fon cœur ; il ne veut pas que ce foit de l'amour : il apprend dans ce moment qu'*Acanthe* eſt enlevée ; il foupçonne le Chevalier, & ne peut fe diſſimuler le fpafme cruel où le jette cette nouvelle. Le père putatif de la jeune perfonne arrive, lui fait lire les papiers que fa fille a remis au Marquis ; celui-ci découvre qu'elle eſt fille de *Laure*, compagne de *Dorimene*. Survient *Dorimene*, elle lui apprend que le Chevalier a conduit *Acanthe* chez elle, que ce raviſſeur eſt frere de la jeune perfonne : dans cet intervalle, elle eſt rendue à fes prétendus parens.

Le Chevalier a été pénétré de remords, à la

vue de la dignité, de la modeftie, de la fermeté avec lefquelles *Acanthe* a repouffé fon offenfe ; il avoue fon crime au Marquis : il apprend qu'elle eft fa fœur. Succeffivement on découvre que le pere du Marquis a fait caffer le mariage de celui du Chevalier avec *Laure*. Monfeigneur en conféquence veut réparer ces différens torts, il marie *Dorimene* avec *Germance* & il époufe *Acanthe*.

Cette piece, d'un tiffu tout-à-fait romanefque, eft pleine de chofes qui péchent contre la vraifemblance. Comment fe fait-il qu'on ait élevé dans la lecture des romans & dans la molle éducation d'une Demoifelle, une fille qu'on a deftinée au village dès fon enfance & qu'on veut marier à un ruftre ? Comment a-t-elle pu concevoir de l'amour pour fon Seigneur, qu'elle n'a vu qu'une fois très-légerement, qui eft abfent depuis long-tems & de qui rien ne la rapproche ? Comment peut-il être queftion d'hymen dans l'abfence de Mgr. lorfqu'il eft néceffaire qu'il jouiffe de fon droit authentique, immuable, imprefcriptible ? Comment *Germance* forme-t-il le projet infenfé & abfurde d'enlever une fille qu'il ne connoît pas fur le fimple oui-dire de fon mariage ? Comment veut-il la conduire dans un château, où il y a deux Dames ? Comment le Marquis attend-il fon arrivée chez lui, pour débiter une morale qu'il a eu tout le tems de développer dans un voyage fort long & fort ennuyeux ? Comment l'envie de fe marier lui vient-elle tout-à-coup ? Comment n'ouvre-t-il pas le papier que lui préfente la fiancée ? Comment fuppofe-t-il que c'eft un mémoire de fes forêts dans un mo-

ment femblable ? Comment devient-il amoureux dans un quart-d'heure ? A propos de quoi
foupçonne-t-il le Chevalier d'un enlèvement
aufli promt qu'abfurde de fa part ? Comment
Laure eft-elle avec *Dorimene*, fans que le
Marquis la connoiffe, fans qu'il fache que fon
pere a fait caffer le mariage de cette Dame ?
Comment *Dorimene* l'ayant recueillie, n'a-t-
elle pas eu le même foin de la fille, en coû-
toit-il plus ? On ne finiroit pas, fi l'on détail-
loit tout ce qui choque la croyance du fpectateur....... Du refte, nous regardons comme
une fcene du plus agréable comique celle de
l'interrogatoire de *Colette* par le Bailli, mais
nous voudrions qu'elle fût placée fur un théâtre
de la foire..... Nous trouvons plus digne de
la décence du brodequin celle du tête à tête
du Marquis avec la jeune perfonne. Mais au
lieu de concevoir une paffion purement tendre & refpectueufe, ce qui eft abfurde, il eut
fallu qu'il eût été tenté de s'émanciper, de
venir à ces libertés que fe croit permifes un
grand Seigneur vis-à-vis de fa vaffale ; auquel
cas cette fcene n'auroit point été dépareillée
d'avec la première, dont nous venons de parler, & n'eut pu convenir qu'au même endroit:
le titre de la piece eut été rempli de la forte. Le
dialogue entre le Chevalier & le Marquis eft de
toute beauté, pour la vérité des caracteres,
pour leur contrafte frappant : mais comment le
concilier avec ce qui précede ? Il ne pouvoit
trouver place dans un drame auffi grivois,
auffi graveleux. Nous admirons la belle morale que débite Monfeigneur. M. de Voltaire
fait parler l'humanité avec une onction qui

ne va qu'à lui ; il n'eſt point de prédicateur auſſi inſinuant, auſſi pénétrant, & à moins que d'avoir devers ſoi des preuves du contraire, on doit le regarder comme le plus honnête homme, le plus compatiſſant, le plus vertueux qu'il y ait.

A la page 49. *Le 21 Février* 1762. Le Sr. Fréron vient enfin de terminer ſon *Année lit-téraire* de 1761. La police l'a long-tems arrêté ; il ſe plaint amèrement qu'on lui ait coupé bras & jambes. Son intention étoit, ſuivant ſon uſage, de finir par quelques feuilles bien ſatyriques, bien mordantes, bien ſcandaleuſes, afin de ſe concilier la malignité des ſouſcrip-teurs. MM. Marmontel & de Voltaire ſont les ſeuls contre leſquels on lui ait permis de s'eſ-crimer, encore a-t-on bien tempéré l'amertume de ſa plume.

A la page 49. *Le 23 Février.* M. l'abbé de la Porte finit ſon *Obſervateur* par une eſpece de teſtament littéraire. Il nous veut toujours faire entendre, qu'il a des occupations plus grâ-ves ; il avoue qu'il a travaillé pour lui, & non pour le public ; il donne en paſſant le coup de patte à Fréron, & il ſe félicite quant à lui d'a-voir analyſé 3000 ouvrages & critiqué 2000 au-teurs ſans opprobre. Il recommande la lecture du Journal Encyclopédique, qui dédommagera de ſa perte. Cet ouvrage périodique joint, dit-il, la ſolidité des grands journaux à l'agrément des petites feuilles.

A la page 50. *Le 27 Février.* Le public s'é-toit flatté de voir jouer inceſſamment cet hiver une troiſieme piece de M. de Voltaire, *Olym-pie*, tragédie ; mais un ſchiſme s'eſt élevé entre

Mlle. Dumefnil & Mlle. Clairon. Celles-ci ne
voulant pas jouer le fecond rôle, M..d'Argen-
tal : ami de l'auteur & fon agent littéraire) a été
obligé de retirer cet ouvrage.

A la page 55. *Le 11 Mars 1762.* La comédie françoife abonde en pieces nouvelles. M. de Chabannon a la modeftie de ne vouloir paffer qu'à
fon rang : en conféquence la premiere tragédie
qu'on nous promet eft un *Zaruckma* , d'un
nommé Cordier , comédien de province ; enfuite une comédie en cinq actes de M. Paliffot :
on prétend que cette piece-ci fixera le fort du
dernier auteur ; que bien des gens élevent &
dépriment fuivant leurs préjugés différens.

A la page *idem. Le 12 Mars.* Les feuilles périodiques étant une mine très-lucrative fe mul-
tiplient à l'infini. En voici une nouvelle, qui
paroîtra le 15 de ce mois. Elle eft intitulée *le
négociant, feuille périodique fur le commerce.*
Cet ouvrage n'eft rien moins que littéraire, en
conféquence nous n'entrerons dans aucun détail. Il fe publiera tous les lundis.

A la page 55. *Le 14 Mars. Le difcoureur,*
ouvrage périodique, commencé dans ce mois-ci,
paroîtra réguliérement tous les mardis & famedis.
C'eft un homme qui laiffe errer fa plume fur
toutes fortes de fujets. Il voudroit imiter le
Spectateur Anglois. Il dit que s'il lui arrive
de raifonner, ce fera de la profe qu'il aura faite
fans le favoir, & en cela il s'éloigne beaucoup
de fon modele. Cet ouvrage aura 100 n°. d'environ 8 pages & coûtera 24 livres.

A la page 56. *Le 17 Mars.* On a donné aujourd'hui la premiere repréfentation de *Zaruckma,* tragédie du fieur Cordier, acteur de pro-

vince. La mauvaise opinion qu'on en avoit, lui a valu un succès assez considérable. C'est une piece d'une intrigue très-pénible, dans le goût d'*Héraclius*. Le moderne auteur paroit avoir cherché à se bâtir, comme Corneille, un laby-rinthe immense ; mais il n'en sort pas à beau-coup près avec l'adresse, l'agilité de son dé-vancier. Le dénouement est misérable. Nous en parlerons plus au long une seconde fois.

Le sieur Paulin a très-mal joué son rôle. Le Kain avoit l'air d'un énergumène. Mlle. Clai-ron a mis dans le sien une maniere qui lui ap-partient & a été fort applaudie.

A la page 57. *Le 20 Mars* 1762. On a donné au-jourd'hui la seconde représentation de *Zaruck-ma*, qui a eu le même succès ; on a demandé l'auteur pour la seconde fois. On s'attendoit à quelques changemens, surtout au dénouement ; il n'y en a pas eu un seul. On assure même que l'auteur ayant voulu cette fois en faire quelques-uns, les avoit fait tout de travers, d'où certaines gens présument qu'il pourroit bien ne pas être le pere véritable de cet ouvrage.

A la page *idem*. *Le 22 Mars.* *Zorac* est un usurpateur du trône d'Arabie ; il a conservé de la famille de son prédécesseur une fille qu'il éleve à sa cour sans qu'elle se connoisse ; il a pris la même précaution à l'égard de son propre fils. Son dessein a été de mettre l'un à l'abri des révolutions & de réserver l'autre pour as-surer mieux le trône à celui-là qu'il veut lui faire épouser. En conséquence il les a fait élever ensemble & ils sont amoureux l'un de l'autre. Le jour est venu où il va déclarer qui est l'hé-ritier de sa couronne & à quel hymen il le des

tine. *Saëd*, le roi légitime, se trouve incognito
à cette cour ; il a erré longtems dans des dé-
serts & par une suite d'événemens extraordinaires il est devenu le prisonnier de *Siameck* ;
c'est le nom du fils de *Zorac*. Il a engagé ce
jeune guerrier à conspirer contre son propre
pere, son maître & son bienfaiteur, sans qu'il
connoisse même le vieillard pour *Saëd*. Ce jour-
là on fait sortir de prison, à la recommanda-
tion de *Siameck*, un certain *Assan*, officier de
l'ancien roi. La premiere rencontre qu'il fait,
c'est celle de son maître (premiere reconnoissance) Il faut observer que *Zaruckma* (c'est
le nom de la fille de *Saëd*) trempe aussi dans
la conspiration ; c'est elle qui en est l'ame &
qui doit dicter les sermens à faire par les conjurés.

Le second acte roule sur les irrésolutions de
Siameck, qui commence à sentir quelques remords. *Saëd* en est effrayé & n'ose encore se
déclarer, il espere que *Zaruckma* aura plus
d'empire sur son amant : celui-ci a reçu ordre
de *Zorac* de conduire *Zaruckma* devant lui.
Le tyran doit déclarer à cette princesse de quel
sang elle est née, & il a laissé entrevoir qu'il la
destinoit pour épouse à son fils : de-là les anxiétés
de *Siameck*, il craint que sa maîtresse ne préfere
l'héritier du trône à un esclave qui ne se connoit pas. Son amante le rassure : les conjurés
arrivent & les sermens se font.

Le tyran au troisieme acte déclare à *Zaruckma*
qu'elle est fille de *Saëd*, (seconde reconnoissance) pour le lui prouver il lui montre un billet
de sa propre mere.... En conséquence il lui
annonce ses volontés, il veut la marier à son
fils. La princesse frémit ; pour la rassurer *Zorac*

lui apprend que ce fils n'eſt autre choſe que
Siameck (troiſieme reconnoiſſance), ſon amant.
Malgré l'excès de ſon amour, *Zaruckma* refuſe
hautement cette alliance, & lui déclare qu'elle
n'écoutera que la vertu. Elle veut le quitter
là-deſſus, en le traitant comme un eſclave ; le
tyran ſans s'effrayer la retient & lui déclare qu'il
va lui envoyer *Siameck*, pour qu'elle s'éclair-
ciſſe avec lui, & elle reſte dans une incertitude
cruelle.... *Siameck* arrive, veut lui arracher
le ſecret confié par *Zorac*.... Celle-ci s'obſtine
au ſilence, & lui recommande de ſuſpendre le
meurtre du tyran & de ſon fils. *Siameck* reſte
immobile, & fort dans le deſſein de précipiter,
au contraire, ce fatal événement.

    Zaruckma dans ſes perplexités croit ne pou-
voir mieux ſe conſulter qu'avec *Saëd*, dont elle
reſpecte les lumieres & la vertu. Ce vieillard
lui reproche ſon ſilence vis-à-vis de *Siameck*,
lui déclare que ce héros eſt déſeſpéré & va porter le poignard au ſein de l'uſurpateur, ſans attendre le concours des circonſtances néceſſaires
à la ſuite du projet : *Zaruckma* effrayée ordonne
qu'on arrête le bras vengeur. Ce nouvel ordre
étonne de plus en plus *Saëd*. Alors elle lui révele ce qu'elle ſait ſur la naiſſance de ce héros,
(quatrieme reconnoiſſance) qu'elle confirme
par le billet de la main de ſa mere que lui a
tranſmis *Zorac*. (Dans le même billet où la
princeſſe déclare que *Zaruckma* eſt ſa fille, elle
lui défend d'épouſer *Siameck*, le fils de l'uſurpateur.) *Saëd* lit & il ſe fait une double reconnoiſſance entre *Zaruckma* & lui (cinquieme
& ſixieme reconnoiſſance.) Différentes allées &
venues de *Siameck* & d'*Aſſan*. Ce dernier ap-

prend enfin à l'autre que *Zaruckma* eft fille de *Saëd* & que *Saëd* n'eft autre chofe que fon captif. (7e. & 8e. reconnoiffance) Vient un officier du tyran, qui déclare qu'on attend la princeffe aux autels. *Saëd* s'indigne : *Morad* (c'eft le nom de l'officier) veut le faire arrêter ; *Siameck* s'y oppofe : l'autre lui déclare que le roi le demande auffi. Le jeune héros part malgré *Saëd* & fon amante pour aller poignarder l'ufurpateur.... On charge de fers *Saëd* & fa fille le fuit, en recommandant qu'on courre après *Siameck* & qu'on l'empêche de commettre un parricide.

Zorac commence le dernier acte avec *Morad* ; il a retenu le bras de fon fils prêt à l'affaffiner, mais il ne l'a point encore éclairé fur fa naif-fance. --- Cet officier lui déclare qu'on répand le bruit que le roi détrôné eft vivant. L'ufurpateur préfume que l'efclave arrêté pourroit bien être le pere de *Zaruckma* ; en conféquence il les fait venir pour les confronter : il ufe des rufes ordinaires de fes pareils ; il déclare à la princeffe que la grace de *Saëd* eft attachée à fon hymé-née avec fon fils ; *Saëd* s'oppofe à cet indigne traité ; furvient *Siameck*, le poignard à la main qui s'élance fur *Zorac*. *Zaruckma* lui arrache le fer & lui déclare qu'il va poignarder fon pere (neuvieme reconnoiffance) : il refte immobile. L'ufurpateur voyant qu'il n'y a plus de reffour-ce, abandonné des fiens, refufe la grace que lui offre *Saëd*, qui fe fait connoître, (dixieme reconnoiffance) & fe tue. *Siameck* fort défef-péré. *Saëd* le fait fuivre & promet à fa fille de couronner les vertus & l'amour de ce jeune guerrier.

On fent par cet expofé, qui contient dix re-

connoiſſances, combien il y a d'abſurdités dans
le tiſſu de cette piece : enſorte que les ſituations
les plus belles y perdent tout leur prix par le
défaut de vraiſemblance ; il faut que l'illuſion
précede l'attendriſſement & que l'eſprit ſoit ſé-
duit avant que le cœur ſoit ému.

A la page 58. *Le 25 Mars* 1762. L'indiſpoſi-
tion de Mlle. Clairon a fait interrompre hier
Zaruckma. Cette actrice célebre ne peut éprouver quelque dérangement dans ſa ſanté que tout
le monde littéraire ne s'en reſſente ; on prétend que la piece n'eſt point de ſon goût & ,
en général, les comédiens en avoient mauvaiſe
opinion & ne vouloient pas la jouer. Le ſuccès
en eſt dû à M. Colardeau. Ce jeune auteur étant
un jour allé voir le ſieur le Kain, trouva cette
piece manuſcrite dans un coin de la chambre
du comédien ; il demanda ce que c'étoit ? L'acteur lui répondit que c'étoit une tragédie d'un
comédien de province, homme inconnu & d'un
certain âge ; qu'il ne doutoit pas qu'elle ne va-
lût rien & que depuis ſix mois qu'elle étoit ſou-
miſe à ſon examen, il n'avoit pas eu le courage
de la lire. M. Colardeau tança vivement le Kain
ſur cette négligence, & lui fit ſentir combien
ce procédé étoit malhonnête, contraire à toutes
les bienſéances & même aux intérêts de la
troupe.... Il prit ſur lui de faire la lecture de
ce drame ; il en fût très-content ; il engagea le
Kain à le lire à l'aſſemblée. Le ſuffrage d'un
jeune auteur ne fut pas prépondérant contre les
préjugés de cette troupe. La piece fut encore balottée longtems, la jalouſie s'en méla &
ce n'eſt qu'après avoir trouvé d'illuſtres protecteurs que le ſieur Cordier eſt parvenu à ſe faire

jouer ; on affure même que le fieur le Kain &
quelques autres ont travaillé de leur mieux pour
faire tomber cette piece à la premiere repréfentation. Effectivement plufieurs ont très-mal joué,
quant à Mlle. Clairon, quoiqu'elle fût oppo-
fée au fuccès d'un drame qu'elle n'avoit pas
goûté, elle a facrifié fon amour-propre à un
plus grand amour - propre, & l'on a remarqué
dans fon jeu tout l'art dont elle eft capable.

On tient cette anecdote de M. Colardeau &
c'eft de lui qu'on a fu aufli le peu d'aptitude de
l'auteur à faire des corrections.

A la page 61. *Le 29 Mars* 1762. On lit dans
le *cenfeur hebdomadaire* n°. 2, une lettre de
M. Quétrant à M. Daquin & une réponfe de
celui-ci à l'autre. Il paroît qu'elles ont été écrites à l'occafion d'une guerre obfcure que fe font
faite ces deux perfonnages, & elles tendent à
une trêve entr'eux. Le dernier avoit reproché
au premier qu'il n'étoit point auteur des paroles
du *Maréchal*; (il les attribue à un militaire)
& prétendoit d'ailleurs que, même en le fup-
pofant, il n'avoit pas lieu de s'en glorifier fi
fort ; que cet opéra comique devoit toute fa
vogue à la mufique imitative du fieur Philidor.
M. Quétant revient le premier à réfipifcence.
M. Daquin, qui a l'ame bonne, fe prête de la
meilleure grace à la réconciliation & tous deux
reprennent le rôle plus naturel de fe gratter &
de fe chatouiller.

A la page 61. *Le 30 Mars.* M. le comte
de Lauragais vient de recueillir chez lui l'auteur de *Zaruckma* ; bien différent du fieur
Wancyck, envoyé extraordinaire de l'électeur

de Baviere, qui avoit mis à la porte ce pauvre diable, parce qu'il faifoit des vers.

A la page 62. *Le 1 Avril* 1762. L'auteur du *dif- coureur*, ouvrage périodique dont nous avons parlé ci-deffus, eft M. le chevalier de Brueis, ci-devant affocié au *confervateur* avec M. Turben.

A la page 67. *Le 12 Avril.* M. le Brun s'eft efcrimé auffi dans cette fermentation générale de patriotifme ; il a fait une ode, qui porte le titre du *Citoyen*, dans laquelle il y a des ftrophes bien frappées,

A la page 68. *Le 13 Avril.* Une nouvelle cantatrice s'eft montrée ces jours-ci au concert fpirituel, Mlle. Bernard [c'eft fon nom]. Elle a une voix fage, foutenue, & une figure qui pourroit l'engager à paroître fur le théâtre. On ne fait point encore ce qu'on en fera. Elle vient de Marfeille.

A la page 73. *Le 24 Avril.* On a donné aujourd'hui pour la fixieme & derniere fois *Zaruckma*. Cette piece, malgré fes prôneurs, meurt de fa mort naturelle : elle n'a pas rendu 600 livres mercredi, & il y avoit encore très-peu de monde aujourd'hui.

A la page 76. *Le 29 Avril.* Un nouvel acteur nommé Dufrény a débuté tous ces jours-ci. Il eft dans le genre de le Kain. On lui trouve de l'agrément, de la figure, de l'expreffion, du jeu. On prétend que ce fera une bonne acquifition : il eft fait on ne peut pas mieux, peut-être un peu trop petit pour certains rôles, dont la fublimité paroît devoir s'annoncer par la preftance.

A la page *idem*. *Le 1 Mai.* L'opéra regrette

beaucoup Mlle. Carville qui fe retire; cette danfeufe n'avoit jamais été goûtée du public. En
rendant à fes talens toute la juftice qu'ils méritent, on ne pouvoit fupporter fa figure colof-
fale, elle avoit l'air d'une tour. Les connoiffeurs admiroient chez elle le beau fini dans les
pas ; le moëlleux, les graces fouples de fes
mouvemens, l'enfemble régulier de fon action
& de fes attitudes ; ils prétendent que c'étoit
l'actrice qui approchoit le plus de Dupré, pour
cette danfe noble & gracieufe qu'on appelle *le
terre à terre*. Malgré le peu de fenfation que
cette perte fait dans le public, ils font perfua-
dés qu'on ne la remplacera pas de fitôt, & qu'on
perd en elle un modele excellent.

A la page 76. *Le 1 Mai 1762*. Depuis les différentes rentrées on remarque un dégoût général du
public pour le fpectacle. Tout eft défert, il faut
abfolument du nouveau pour le réveiller, &
encore il retombe bientôt dans fon affoupif-
fement.

A la page 77. *Le 4 Mai*. L'académie royale
de mufique a remis aujourd'hui *les Fêtes Grecques & Romaines*. Les paroles font de M.
Fuzelier, la mufique eft de M. de Blamont. Le
public peu prévenu, fans doute, en faveur de
cette ancienne mufique, n'a pas abondé en foule
à cette nouveauté comme à l'ordinaire ; il ne
s'eft vu que deux femmes aux premieres loges,
d'ailleurs toutes remplies d'hommes. Les fe-
condes même n'étoient pas fort ornées du beau
fexe.

L'ouverture a paru d'un uni, que les gens de
mauvaife humeur ont appellé *plat*. Les chœurs
ne font pas d'une harmonie bien nombreufe,
ils

Ils sont même confus & monotones. Du reste, une musique légere, gracieuse & très-chantante. On a ajouté quelques airs pour la renforcer ; on a cherché à étayer ce ballet par toute la pompe du spectacle & par des danses très-agréables. Malgré tous ces secours artificiels on craint qu'il n'aille pas loin.

Dans le prologue Mlle. le Mierre a chanté l'air fait pour la haute-contre, *Jeunes beautés*, &c. Malgré le goût & l'art qu'elle y a mis, elle n'a pu empêcher qu'on ne s'apperçût que cet air n'alloit point à sa voix, & qu'on ne regrettât Jeliotte. Mlle. Allard a rendu les caracteres de la danse dans le rôle de *Terpsicore*, avec les plus grands applaudissemens; ce n'est pas qu'on n'y ait remarqué de grands défauts de la part du chorégraphe; il n'a pas à beaucoup près rendu les nuances délicates que les paroles impriment ; il y a même des contre-sens dans quelques endroits. Il faut avouer que cette partie poussée de nos jours au plus haut point d'exécution, ne l'est pas à beaucoup près de la part des compositeurs. Le sieur Noverre avoit montré du génie en ce genre : on ne voit pas qu'on se soit piqué d'enchérir sur lui.

Dans le second acte, la danse des *Lutteurs* est dans le vrai beau & dans la plus grande vérité; c'est ce qu'on peut appeler du sublime en chorégraphie, c'est du très-neuf : on n'en peut pas dire autant de celle des *Coureurs*. On ne conçoit pas que des Athletes qui doivent combattre à la course, reviennent continuellement sur leurs pas en faisant des cabrioles & des gambades : on auroit nommé plus juste ces concourans des *Sauteurs*.

Tome XVI.   G

Quant à la partie chantante, Mlle. Dubois
fait le rôle de *Timée*, & cette actrice, dont la
voix est agréable à l'oreille, afflige continuellement les yeux par le louche de ses regards &
par une figure qui ne peut rendre que les rôles de
Furies.

Mlle. Arnoux fait *Cléopâtre*, dans le second
acte. Ses amis avoient craint qu'elle ne rendît
pas bien ce rôle & l'en avoient dégoûtée : il a
fallu employer les grands moyens, (la menacer
de prison) pour la faire jouer. Des gens croient
remarquer qu'elle fait ce rôle comme contrainte.
Gelin représente *Antoine* & est très-bien dans
ce personnage. On ne peut que rire de l'équi-
page maritime dans lequel arrive la reine d'E-
gypte, & surtout du marche-pied qu'on apporte
pour la faire descendre de sa barque royale :
c'est du plus grand ridicule.

Mlle. Bernard a chanté pour la premiere fois,
brillez, jouissez de la paix. Elle a soutenu l'es-
pérance qu'on avoit conçue d'elle au concert
spirituel, & malgré sa grande timidité & son air
de novice elle a emporté tous les suffrages : sa
prononciation est belle, sa voix d'un sonore très-
agréable, ses cadences sont légeres & bien frappées ; il est fâcheux que sa taille peu grande &
l'embarras de sa démarche ne puissent lui permettre de jouer des rôles bien entendus : d'ailleurs le volume de sa voix ne pourroit aller à
ceux de force & d'une certaine vigueur.

Enfin ce spectacle a fait une sensation très-
agréable sur tous les spectateurs ; les paroles
font pleines de pensées très-fines & très-déli-
cates. Celles du troisieme acte plaisent d'autant
mieux qu'on se rappelle combien *Tibulle* étoit

galant & tendre : elles font dans le cofthume, ce qui eft fi rare à l'opéra.

A la page 78. *Suite de l'article fous la date du 6 Mai 1762.* Nous rendrons un compte détaillé de cette nouveauté quand fon fort fera bien fixé : le public peut revenir fur les éloges outrés qu'il prodigue aujourd'hui à cette tragédie, que tout le monde convient être trop compliquée, trop chargée d'incidens multipliés & brufqués coup fur coup.

A la page 80. *Le 11 Mai 1762.* Le fieur Paliffot donnoit depuis quelques années au public une gazette fous le titre de *papier Anglois;* c'étoit un barbouillage extrait des différens pamphlets qui courent à Londres fur les matieres politiques. Rien de plus bavard, de plus ennuyeux & de plus mal choifi que cette collection, d'ailleurs pleine de contre-fens, le directeur n'entendant point la langue Angloife, & fe confiant à de mauvais traducteurs pour épargner l'argent : elle étoit fort chere & coûtoit plus de 14 fols la feuille. (52 pour 36 livres.) Le public s'eft laffé de fe laffer baffouer par ce *Scribler* & les foufcriptions tariffant tout-à-fait, le fieur Paliffot eft obligé de renoncer à fon travail ; il annonce qu'à commencer du premier Juillet prochain il interrompra fa gazette.

A la page 81. *Le 13 Mai.* On a donné aujourd'hui à l'opéra pour la derniere fois les *Fragmens.* Il n'y avoit perfonne. La feule chofe remarquable, c'eft Mlle. Dumonceau (*Pouponne*) qui a fait le rôle de maître de danfe avec fuccès ; c'étoit Mlle. Allard qu'elle doubloit.

À la page 81. *Le 14 Mai* 1762. L'académie des jeux floraux propofe pour fujet du prix d'éloquence cette année : *Quel pourroit être en France le meilleur plan d'études ?* Voilà ce qu'on appelle une queftion intéreffante dans les circonftances actuelles & faire concourir les lettres aux vues utiles de la politique.

À la page 83. *Le 17 Mai.* La fcene de *Zelmire* fe paffe à Mytilene, capitale de l'ifle de Lesbos, dont *Polidore* a été détrôné par fon fils *Azor*. Ce Prince vouloit laiffer mourir fon pere de faim. *Azema*, fa fœur, mariée à *Ilus*, Prince Troyen abfent, & mere d'un jeune enfant, pénetre à l'infçu de fon frere dans la prifon & foutient fon pere en l'allaitant : elle gagne un de fes gardes, elle l'enleve & le cache dans le tombeau des Rois. Elle perfuade enfuite à *Azor* que fon pere enlevé par des fujets fideles s'eft refugié dans un temple, où quelques partifans du monarque détrôné fe défendoient encore. *Azor*, pour couper court à fes craintes, fait mettre le feu au temple. Ce Prince vient d'être affaffiné à fon tour dans fa tente. C'eft ici que l'action commence. *Zelmire* apprend à fon pere cet événement. Le bon homme fe détermine à fuir avec elle : un certain *Antenor* eft nommé Régent du royaume ; elle lui demandera des vaiffeaux pour aller rejoindre fon époux à Troye, & elle efpere fauver fon pere *Polidore* dans la foule. *Antenor* arrive ; il refufe la couronne que le peuple & l'armée lui offrent ; il la conferve pour le fils de *Zelmire* à qui elle appartient ; il fe contente du fardeau de gouverner. Cette générofité apparente s'éclipfe bientôt dans une converfation

(149)

qu'il a avec un certain *Rhamnès*, qu'il choisit pour confident ; ce scélérat a commis seul les plus atroces forfaits, & il va bêtement tout dévoiler à un homme dont il n'est point sûr & dont il pourroit se passer, ayant autant de dextérité qu'il en a pour le crime. Il lui déclare qu'il est auteur de la révolte du fils & de la mort de ce dernier, qu'il prétend régner absolument, qu'il saura faire disparoître le jeune Prince quand il faudra, mais qu'il veut, entouré de forfaits, paroître encore vertueux ; il ne craint qu'une chose, c'est que, comme il poignardoit *Azor*, il a entendu du bruit, il a été forcé de fuir, ce Prince pourroit bien l'avoir accusé ; il est disposé à toutes les atrocités nécessaires pour se garantir de cette accusation, en conséquence il veut faire passer quelque ancien ami de *Polidore* pour auteur de ce Régicide, & il charge son confident de connoître quels sont ceux qui sont entrés dans la tente.

Dans le second acte *Zelmire* fait de nouveau sortir son pere du tombeau pour lui apprendre la générosité d'*Antenor*, qui refuse la couronne ; elle croit convenable de lui confier la destinée du Roi : *Polidore* y consent ; comme ils sont décidés à cette ouverture, arrive le soldat Thrace qui avoit aidé *Zelmire* à sauver son pere ; il revenoit à la tente d'*Azor*, dont il avoit acquis la confiance, comme on le poignardoit ; dans ce moment précieux l'usurpateur laisse entre ses mains un billet tracé de son sang, où il apprend le crime d'*Antenor* ; il meurt content en sachant que son pere respire. *Polidore* échauffé du récit de tant de for-

G iij

faits veut fortir , montrer l'écrit à l'armée &
immoler *Antenor* ; les autres ne font point de
cet avis & trouvent plus prudent de fuir fur
les vaiffeaux que la Thrace annonce deftinés
pour le renvoi de la Princeffe : on ira vers *Ilus* ;
on reviendra avec les Troyens , & ce billet
proclamé à tête d'une armée formidable fera
plus fûrement effet. On enferme une feconde
fois *Polidore* à l'approche du tyran. Celui-ci a
une entrevue avec *Zelmire* , il lui reproche le
meurtre de fon pere, il ne veut pas laiffer à
fon fils l'exemple d'une mere fi coupable , il
lui annonce fon départ prochain pour Troye ;
alors fon époux y eft paffé pour défendre fon
pere. *Zelmire* confent à tout , elle demande
feulement qu'on lui accorde le paffage de quelques amis. Le tyran refufe , elle eft dans la
plus grande inquiétude pour fon pere. On annonce *Ilus* ; il arrive fubitement , il ignore ce
qui s'eft paffé , il court à fon époufe, demande
Polidore ; on lui apprend la mort de ce Prince , on en accufe *Zelmire* : celle-ci n'ofe fe
difculper ; on ne fait pourquoi on lui fait dire
des vers qui font un aveu de fes crimes prétendus ; elle, fans plus longue explication ,
jure de fe venger & court redemander fon fils
à l'affemblée du peuple. Elle ordonne à fa con-
fidente de la fuivre & de l'inftruire ; elle fort
en fe flattant que fon deftin va changer.

Antenor ouvre le troifieme acte par un monologue, où il témoigne fon inquiétude fur le
renvoi du fils d'*Ilus* , auquel le peuple ac-
quiefce ; il craint de perdre en lui un ôtage
dont il a befoin, fi fes crimes font un jour
découverts ; fi *Azor* a parlé en mourant, fi on

profite de la préfence d'*Ilus* pour révéler, il
fe détermine à tuer ce Prince. Celui-ci arrive
fort à propos avec un confident, dont il fe
défait pour aller preffer le départ de fon fils,
& fans vouloir avoir une explication avec *Zelmire*, comme elle le demande, il refte feul,
les mains fur le vifage, abimé dans fa douleur.
Antenor court fur lui le poignard levé : furvient
Zelmire qui l'arrête ; l'adroit fcélérat laiffe cou-
ler le poignard dans fa main. *Ilus* fe retourne,
& le traître veut lui faire entendre que c'eft fa
femme qui l'affaffinoit fans fon fecours. *Zelmire* s'évanouit. *Antenor* court appeler fa garde, & il arrive au moment où *Zelmire* revenue alloit parler. Elle l'accufe du crime dont
il l'a chargée ; il fe juftifie avec tranquilité ;
„ accufe-moi donc auffi, lui dit-il, du meur-
„ tre de ton pere. „ Elle ne peut répondre ;
elle prie fon mari de faire defcendre fes troupes, de ne pas abandonner un gage précieux
qu'*Ema* peut remettre entre fes mains. On em-
mene cette Princeffe ! *Ilus* fe rappelle que *Zelmire* a fouvent regardé le tombeau ; il va à la
porte, il y parle affez haut pour être entendu
de *Polidore*. Celui-ci reconnoît fa voix ; il fort.
Zelmire eft innocente, s'écrie *Ilus* en le voyant ;
il ordonne à fon confident qui arrive de faire
débarquer fes foldats. *Ema* accouroit pour dé-
fabufer *Ilus* ; elle fe trouve heureufement prévenue, elle lui annonce que le foldat Thrace
l'attend pour lui remettre l'écrit d'*Azor*. *Polidore* fe ragaillardit, il veut combattre ; on
veut l'en diffuader & l'on convient enfin qu'il
combattra *incognito*.

    Zelmire arrive au quatrieme acte, délivrée

par les Troyens. *Ilus* combat encore pour enlever fon fils ; on voit le combat de deffus le
théâtre. *Zelmire* obferve exactement ce qui s'y
paffe, les fuccès divers, enfin la défaite d'*Ilus* ;
elle tombe défaillante : un Troyen échappé du
combat fe retire dans le tombeau. *Zelmire* le
voit fans le reconnoître, elle s'applaudit de ce
que fon pere n'eft plus dans le tombeau , où
l'on ira pourfuivre ce Troyen. En effet *Rhamnès* arrive , cherche des yeux cet inconnu &
croyant qu'il a fui dans les vaiffeaux Troyens ,
ordonne d'y mettre le feu. *Zelmire* frémit pour
fon pere , qu'elle croit fur les mêmes vaiffeaux ;
elle préfere de découvrir l'afyle de l'inconnu.
Cet inconnu eft fon pere. *Rhamnès* veut faire
enchaîner *Polidore* ; *Zelmire* fe jette au-devant
des foldats , elle les prie avec les inftances les
plus pieufes ; elle s'adreffe furtout au confident
du tyran , elle lui fait envifager les récompenfes les plus brillantes ; il paroît réfléchir : elle
fe jette à fes génoux , il s'ébranle. *Antenor*
arrive ave les Troyens & *Ilus* enchaînés. Tout
change ; *Rhamnès* eft forcé de livrer *Polidore*.
Antenor frémit au premier afpect ; il fe raffure
& accufe *Polidore* du meurtre d'*Azor*. . . . Il
fait conduire en conféquence *Polidore*, *Zelmire*
& *Ilus* devant le peuple pour être jugés. *Ilus*
le menace de l'y confondre. Cette menace
donne de la défiance à *Antenor* , qui cherche
à fe précautionner.

Au cinquieme acte *Ilus* annonce que *Polidore* & *Zelmire* font déja condamnés comme
meurtriers d'*Azor* , & que *Rhamnès*, l'ayant
fouillé , lui a enlevé l'écrit d'*Azor*. *Antenor*
arrive ; il feint d'être attendri du fort de fes

victimes, il dit à *Rhamnès* qu'*Ilus* ne mourra
point & qu'il s'en fait un ôtage contre les
Troyens ; il se félicite du succès de ses crimes :
il a fait renouveller l'ancien usage d'immoler
les meurtriers des Rois par la main du chef
des guerriers. Le peuple paroît avec les deux
victimes, *Polidore* & *Zelmire*. *Antenor* ordonne
à *Rhamnès*, comme chef des guerriers, de
prendre le fer sacré & de venger *Azor* sur son
meurtrier. *Rhamnès* prend le fer, le lève sur
Polidore, & se retournant tout-à-coup frappe
Antenor lui-même ; il lit ensuite le billet d'*A-
zor*. Le peuple tombe aux genoux du vrai Roi.
Zelmire jouit de son triomphe. *Rhamnès* fait
délivrer *Ilus*. Le Prince arrive & tout finit dans
la joie.

À la page 84. *Le 21 Mai 1762.* Depuis quelques années nombre de personnes ont été atta-
quées de la consomption, & ont succombé
sous cette sombre maladie. Les gens intéressés
à cacher ces malheurs domestiques les ont fait
passer pour accident particulier. Depuis deux
mois on compte plus de dix personnes connues
qui ont été les victimes d'une telle frénésie. Ce
tædium vitæ est la suite de la prétendue phi-
losophie moderne, qui a gâté tant d'esprits
trop foibles pour être vraiment philosophes.

À la page 87. *Le 27 Mai. La Plaideuse* ou
le procès, malgré sa résurrection n'a pu aller
qu'à la cinquieme représentation. Il faut que
le spectacle des Italiens tombe furieusement :
en tout autre cas, cette piece eût eu un succès
plus constant.

Le principal personnage est la *Plaideuse*, qui
a une très-jolie fille ; elle arrive de province

chez un ami, qui eſt en même tems amânt de
la Demoiſelle. Elle eſt, comme tous les gens
de cette eſpece, elle n'a que ſon procès en
téte, elle demande un Avocat ; le jeune homme
en fait venir un, qui lui dit des balivernes, au
lieu de parler de ſon affaire. La femme eſt in-
dignée. Le caractere de nos jeunes Avocats
ſuperficiels, écervelés, eſt très-bien marqué.
Le jeune amant pourſuit cependant ſon mariage, on n'y veut conſentir que quand le procès ſera gagné : la ſcene eſt à *Paſſy*, & il eſt
queſtion d'y donner une fête à ces Dames :
ſurviennent le pere & l'oncle du jeune homme,
deux vieux ladres fort ſéveres, qui n'enten-
dent point raillerie & veulent expulſer ces femmes de la maiſon, comme mauvaiſe compagnie ; ils lorgnent pourtant la jeune perſonne,
& chacun à part ſoi en devient amoureux ; ils
ſe quittent avec empreſſement, afin de traiter
chacun ſéparément leur affaire galante. La ſuivante fait ſemblant de ſe laiſſer gagner & promet à l'un de l'introduire en porte-faix, à l'autre dans un bahu. Ils arrivent & il ſe trouve
que l'oncle eſt reconnu par ſon neveu. Cela
donne lieu à une ſcene de ſurpriſe & de ridicule bien autrement amuſante, quand ſous
quelque prétexte on ouvre le bahu & l'on en
ſort le pere. Cependant le procès eſt perdu.
Grande déſolation. Arrive l'avocat, qui a retrouvé ſon bon ſens ; il fait reprendre courage
à la plaideuſe, il lui promet qu'elle gagnera
au Conſeil, & les deux vieillards pénauts, pour
qu'on ne ſe moque pas d'eux, conſentent au
mariage du jeune homme.

Quant au ſtyle de cette piece, il eſt peu ſail-

lant ; il n'a point de ces tirades d'efprit à la
Voifenon , il eſt fimple, foutenu & peut-être
plus dans le goût du vrai ſtyle de la comédie.
Ce qui fait honneur à cette piece , c'eſt qu'elle
n'ennuie pas.

A la page 89. *Le 3 Juin* 1762. On a donné
aujourd'hui aux Italiens la premiere repréſentation de l'*Amant Corſaire* , piece en deux
actes mélée d'ariettes. Les paroles font des
Sieurs Salvert & Anfeaume , la muſique de M.
de la Salle. Cette piece n'a point eu de ſuccès ,
& ne mérite aucun détail. Elle eſt tirée du
conte de la Fontaine , intitulé le *Calendrier
des Vieillards*.

A la page 94. *Le 15 Juin*. Mlle. Hebert a
débuté aujourd'hui à l'opéra dans le rôle de
Cléopâtre. A travers ſa timidité on démêle un
volume de voix aſſez conſidérable , elle eſt
muſicienne ; elle a de l'expreſſion dans ſa phy-
ſionomie , qu'elle change pourtant trop bruſ-
quement. Ce défaut vaut beaucoup mieux que
celui d'une ame froide & ſtérile ; il eſt facile
de s'en corriger : il paroît qu'on en a été aſſez
content.

A la page 95. *Le 22 Juir*. M. Roux , Docteur de la faculté de Paris , continue le *Journal
de médecine* , à la téte duquel étoit ce M. de
Vandermonde , mort il y a quelques femaines.

A la page 96. *Le 23 Juin*. Les Italiens ont
donné aujourd'hui la premiere repréſentation
de *la nouvelle Italie* , comédie italienne &
françoiſe en trois actes , mélée d'ariettes & de
ſpectacle. Cette piece très - ennuyeuſe eſt du
Sieur Bibiena , la muſique de Duni ; elle eſt
très-adaptée au goût de Mlle. Piccinelli , qui a

reçu des applaudiſſemens conſiderables ; elle a même joué avec un intérêt qu'on ne lui connoiſſoit pas encore.

A la page 97. *Le 28 Juin 1762.* Une femme, dont eſt amoureux un homme très-raiſonnable à qui elle a tourné la tête, exige de lui pour preuve de ſa tendreſſe qu'il faſſe la cour à *Sophie*, jeune perſonne beaucoup plus aimable qu'elle, & qu'il la faſſe ſi bien qu'il la rende folle de lui, & ſe mette dans le cas de lui en adminiſtrer à elle des preuves convaincantes. Il paſſe par deſſus les ſcrupules de ſa probité, & en conſéquence fait tout ce qu'il faut pour émouvoir ce cœur novice ; quand il croit en être ſûr, il revient à ſa maîtreſſe & ſe félicite d'avoir réuſſi. Celle-ci n'eſt pas ſi aiſée à contenter que lui, & ne s'en tient pas à tout le détail des ſymptômes de l'amour qu'il lui dit avoir remarqués dans *Sophie.* Nouvelles inſtances de la part de ſon amant ; la paſſion l'emporte & comme il cherche les moyens de concilier ſon amour avec ſa probité, il lui ſurvient une lettre de *Sophie* très-vive & très-brûlante. .... Il croit être au terme de ſes déſirs, il court avec empreſſement chez ſa maîtreſſe, il lui lit le billet ; elle trouve que c'eſt quelque choſe : elle exige qu'il lui laiſſe cet écrit, il ne peut conſentir à cette perfidie, & quelques reproches, quelques menaces que lui faſſe la belle, il aime mieux encourir ſa diſgrace que de commettre une noirceur. Celle-ci en conclut qu'il aime mieux *Sophie* qu'elle ; il eſt queſtion d'arrêter les progrès d'une paſſion qui détruiroit la première, ce qu'elle n'entend pas.

Au ſecond acte, elle apprend par ſa ſuivante

que *Sophie* fait courir en toute diligence après
l'amoureux , que le meſſager a une nouvelle
lettre à lui remettre : elle exige de cette fille
qu'elle intercepte la lettre des mains du valet
& de la lui donner ; ce qui s'exécute aſſez
adroitement ; elle profite de ce papier pour former une double rupture entre les deux amans ;
elle fait accroire à *Sophie* que ce billet lui a
été remis par ſon amant lui-même , que c'eſt un
ſacrifice qu'il lui a fait , qu'elle ne l'a exigé que
par amitié pour elle & pour lui deſſiller les
yeux ſur le compte d'un perfide. *Sophie* éprouve
l'accès violent d'une jalouſie neuve. Le mauvais ſuccès de cette premiere paſſion la dégoûte
de tous les hommes & elle évite avec ſoin ſon
cruel amant. La premiere ne ſe laſſe point ; il
eſt queſtion d'arrêter celui-ci , elle met une
fauſſe adreſſe à ce même billet & elle lui fait
entendre que cette lettre étoit écrite à je ne ſais
quel Comte , que la jeune perſonne trompoit en
même tems. Il reconnoît l'écriture , il lit la lettre , il en trouve toutes les expreſſions confor-
mes à la déclaration la plus tendre ; il eſt furieux , & il déteſte de ſon côté une novice qui,
pour ſon coup d'eſſai , eſt capable d'une perfidie
ainſi combinée.

Cependant ſa paſſion le ramene au troiſieme
acte , il cherche à avoir une entrevue avec
Sophie pour lui faire mille reproches , ſuivant
la coutume , pour l'accabler d'injures. Celle-
ci affecte une dignité , un mépris qu'on voit
n'être rien moins que vrai ; enfin elle ſe détermine à le recevoir pour avoir le plaiſir de
le mieux confondre. L'entrevue ſe fait ; ſuit
une explication du *qui pro quo*. Le laquais

convient avoir indifcrettement livré ce billet fans adreffe. La foubrette déclare que fa maîtreffe en a mis une. Les deux amans fe rendent juftice & la piece finit.

La fimple expofition de l'intrigue de cette piece dénote combien elle eft vicieufe ; le dénouement ne l'eft pas moins. On a donné mal-àdroitement le même jour *la Surprife de l'amour*, drame très-fimple, mais qui met à même de fentir la différence d'une comédie bien faite avec une autre.

A la page 97. *Le 29 Juin* 1762. Mlle. Durancy, fille de celle qui eft à la comédie Françoife, a débuté aujourd'hui à l'opéra dans le rôle de *Cléopatre*. Cette actrice eft encore trop informe pour prononcer fur elle.

A la page *ibm. Le 29 Juin*. Il eft décidé que *la Mort de Socrate* fera retirée, la police ne veut point abfolument en permettre la repréfentation.

A la page 101. *Le 4 Juillet*. Le jeune Rochon fuccombe enfin : à force de fe retourner il avoit obtenu que fa piece feroit relue & jugée les rôles à la main. Mlle. Clairon avoit promis de refter neutre ; mais une importante de cette efpece peut-elle l'être ? Cette neutralité de fa part a occafionné une défertion véritable. M. Rochon n'a eu que fix voix cette fois-ci. Mlle. Dumefnil, qui paroiffoit embraffer hautement fa querelle, l'a abandonné ; du moins c'eft à préfumer par la façon languiffante & entrecoupée dont elle a lu fon rôle.

A la page *id. Le 5 Juillet*. On a remis aux Italiens le trois de ce mois *la Jeune Grecque*, piece en vers, en trois actes, de M. l'abbé de

Voifenon ; on ne fait pourquoi cette piece eſt omife dans l'*Almanach des Theâtres*.

A la page 106. *Le* 13 *Juil.* 1762. *Les Caraĉtc-res de la Folie* tombent abſolument. Dimanche , troiſieme repréſentation , l'opéra n'a pas fait cent écus ; on répete des *Fragmens*.

A la page *id. Le* 14 *Juillet*. Cette même piece eſt exaltée par deſſus les nues dans le *Mercure* , & il y a cent contre un à parier que c'eſt encore l'auteur qui a fait modeſtement cet extrait. Laiſſons-le s'infatuer de lui-même , & ne tirons pas de la pouſſiere une piece faite pour y reſter.

A la page *id. Le* 15 *Juillet*. Une nou-velle *Amelie* s'éleve contre celle de Madame Riccoboni ; on lui reproche de n'avoir fait qu'extraire l'Angloife , d'en avoir tiré les mor-ceaux qui lui ont convenu , & d'en avoir fait un reman à ſa guife. On donne la traduĉtion d'aujourd'hui comme fidele , elle n'en eſt que plus mauvaife ; les Anglois veulent être ra-billés pour nous plaire : elle eſt de M. de Puiſieux.

A la page 107. *Le* 18 *Juillet*. On a donné aujourd'hui *les Caraĉtcres de la Folie* pour la derniere fois , & ils font tombés auſſi obſcu-rément qu'ils avoient exiſté. On n'a point d'exemple d'un opéra retiré à la fixieme re-préſentation , auquel dès la feconde il n'y avoit perſonne.

A la page 110. *Le* 23 *Juillet*. Tous les pa-piers publics , tous les journaux , tous les ou-vrages périodiques femblent s'accorder pour célébrer de concert & tranfmettre autant qu'il eſt en eux à la poſtérité la plus reculée , l'ac-

tion pieufe & édifiante des comédiens François
en faveur de Crébillon. M. de la Garde, un
des entrepreneurs du *Mercure*, vient d'écrire
une lettre à M. de la Place, dans le deuxieme
volume du mois, où il détaille cette pompe
funebre; il ne laiffe rien à défirer fur cette
defcription : elle a huit pages.

Suit un éloge hiftorique de M. de Crébillon;
on ignore de quelle main il eft : il eft fort long,
on n'y a cependant traité en rien l'hiftoire de
fes démêlés avec fon fils & celle du racommo-
dement ; deux points importans, qui auroient
dû faire un article très-intéreffant dans un morceau littéraire. On n'y difcute pas fes ouvrages d'une façon affez travaillée, &, en général, cet éloge fe reffent de la fadeur que
le *Mercure* communique à tout ce qu'il contient.

A la page 110. *Le 24 Juillet* 1762. Il a couru
dans le monde une brochure intitulée *Réflexions
d'un bel efprit du caffé de Procope, fur la
tragédie de Zelmire.* On attribue cet ouvrage
à M. Blin de St. Maur. On y paffe en revue
d'un façon très-cavaliere nos jeunes tragiques.
Celui-ci, qui fent combien il a befoin de
l'indulgence du public, s'il court la même
carriere, défavoue authentiquement ce pamphlet dans le *Mercure*. Il faut lui donner acte
de fa modeftie. Dans cette proteftation il s'exprime de la façon la plus honnête & la plus
fincere.

A propos de cette tragédie, nous remarque-
rons que le *Mercure* paroît avoir pris fa défenfe
envers & contre tous; il y a dans le premier
volume du mois un détail nouveau à l'occa-

fion de ce drame ; on s'étend deffus avec complaifance, on veut détruire l'imputation de plagiat dont on chargeoit M. du Belloy ; on fait voir combien fa tragédie eft fupérieure à l'*Hipiphile* de Metaftafe, au dénouement près, qui eft de la plus grande beauté dans l'Italien : c'eft un tableau de Michel Ange ; il n'y a rien de pareil au théâtre, il en faut convenir.

A la page 110. *Le 25 Juillet* 1762. Les comédiens Italiens donnent depuis quelques jours un nouvel opéra comique, intitulé *les deux fœurs rivales*, en deux actes ; la mufique eft de Debroffes, les paroles font de M. de la Ribardiere. On ne peut décider encore fi le fuccès en fera confidérable. La mufique eft gentille.

A la page *id. Le 26 Juillet.* Après avoir exploité de proche en proche les mines littéraires de nos voifins, nous faifons des excurfions au loin & nous allons jufqu'en Chine chercher de quoi nous enrichir. On voit dans le fecond volume du *Mercure* de Juillet l'extrait d'une piece du théâtre Chinois, repréfentée à Canton en 1719. C'eft traduit d'après l'Anglois. C'eft la feconde piece dramatique de cette nation qu'on tranfporte dans notre langue. Le Pere Duhalde nous avoit déja donné *l'Orphelin de la Chine*, dont M. de Voltaire a tiré fi grand parti. Celle-ci eft d'un genre plus rapproché des Bergeries. Cependant, comme elle excite la terreur & la pitié, on l'élève au rang des tragédies. Il y a une efpece de vérité d'action, noyée & interrompue dans une multitude d'épifodes. La conduite en est grossiere, embarrassée : il y a un manque de dignité dans les personnages & dans les événemens ; mais encore un coup, elle remue fortement les passions tragiques & c'est-là l'essence de ce drame sublime.

A la page 110. *Le 28 Juillet* 1762. *La jeune Grecque*, jouée il y a quelques années, n'étoit pas encore imprimée ; elle l'est actuellement. Tout le monde sait qu'elle est de l'Abbé de Voisenon. On l'a reprise aux Italiens depuis quelque tems ; elle n'est pas d'une grande chaleur, mais elle est agréablement écrite : on y trouve du sentiment & de l'esprit ; elle fait plus de plaisir à la lecture qu'à la représentation.

A la page 119. *Le 25 Août*. M. l'abbé du Vauxelles a prononcé aujourd'hui le panégyrique de St. Louis devant MM. de l'Académie Françoise. C'est déjà une grande présomption contre un orateur d'entreprendre un sujet remanié tant de fois.

A la page 120. *Le 27 Août*. Mlle. Neissel, qui de l'opéra comique avoit passé aux Italiens, où elle avoit eu du succès, s'étant attachée depuis à M. le Prince de Conty, vient de mourir.

A la page *id*. *Le 28 Août*. On nous annonce pour la semaine prochaine *Ajax*, tragédie de M. Poinsinet de Sivry. Deux choses donnent une fort mauvaise idée de cette piece : précisément l'auteur la commence avant la dispute des armes d'*Achille* ; secondement il y introduit une *Penthésitée*, Reine des Amazones, dont il rend son héros amoureux. Un homme qui a assez peu de connoissance du théâtre pour

former un pareil plan , & fe fervir de femblables reffources, n'eft point propre à traiter un
fujet manié par Sophocle.

A la page 122. *Le 30 Août* 1762. On ne peut
voir de plus mauvaife tragédie que l'*Ajax* qu'on
a joué aujourd'hui ; il ne mérite point la moindre analyfe : la plus pitoyable intrigue, des caracteres faux & bas , un *Ajax* infâme , pas le
moindre intérêt, des vers d'un ridicule à faire
éclater de rire, voilà ce que c'eft que ce drame.
Les acteurs ont fort mal joué, entr'autres le
Kain faifant le héros de la piece, & beuglant
comme un taureau qu'on égorge. Au 5e. acte
un confident vient apprendre à *Ajax* qu'*Ulyffe*
eft le poffeffeur des armes d'*Achille :* ,, Seigneur,
,, tout eft perdu, ,, s'écria-t-il. A l'inftant des
battemens de pieds & de mains qui ne tariffoient
point, ont annoncé à l'auteur qu'il étoit plus
malheureux que fon héros.

A la page *id. Le* 1 *Septembre.* Les chûtes
fréquentes que font nos auteurs dramatiques fur
le théâtre françois ne les découragent point. On
annonce une foule de tragédies pour cet hiver ;
on parle d'une de M. Boiftel, qui doit ouvrir
cette faifon. C'eft une *Irene.*

A la page *id. Le* 2 *Septembre.* Le *Mercure*
fe décrédite de plus en plus ; les fonds en di-
minuent confidérablement, & les penfionnaires
fe font plaints à M. de St. Florentin qu'ils
n'étoient point payés. Il a nommé des commiffaires pour examiner les comptes du caif-
fier : ils en ont fait rapport ces jours paffés
au miniftre, & ils ont malheureufement trouvé
que le retard provenoit moins d'une mauvaife
adminiftration que du dégoût du public. M.

Marmontel, un des examinateurs, quoique
fouffrant de cette perte, s'en applaudit; l'a-
mour-propre eft plus fort chez lui que l'intérêt:
tout le monde fait qu'il préfidoit autrefois à cet
ouvrage périodique & qu'il avoit affez de fuccès
alors.

A la page 123. *Le 4 Septembre.* On craint
fort que l'opéra ne perde tout-à-fait Mlle.
Arnoux; l'efprit d'indépendance qui regne dans
cette actrice & le peu de vigueur de l'adminiftration en font caufe. Cette perte feroit
d'autant plus fâcheufe, que tout paroît concourir au délabrement de ce fpectacle & l'on
ne voit pas que l'on travaille efficacément à y
remédier.

A la page *id.* *Le 4 Septembre* 1762. Depuis
long-tems on fe plaint de la fadeur du *Mercure*, il eft fur-tout d'un dégoût infupportable
lorfqu'il rend compte du jeu des acteurs. Les
plus mauvais ont droit à fes éloges; tout eft
admirable, merveilleux, c'eft une intelligence
infinie, une vérité unique, une grandeur, un
fublime, des graces, &c. Ce jargon revient fans
ceffe & fe prodigue fi mal à propos & fi indiftinctement, qu'il ne doit flatter perfonne. Aujourd'hui, l'auteur s'eft trouvé en bile, & il
la décharge fur ceux qui blâment cette indulgence générale; il promet qu'il ne fe corrigera
point, & qu'il prodiguera fans relâche fon encens à toutes les divinités du théâtre : rien
n'eft fi plaifant que cette proteftation.

A la page 124. *Le 7 Septembre.* *Acis &
Galathée* n'a point pris : malgré fa grande &
belle ritournelle du deuxieme acte & tout l'ac-
compagnement du monologue de *Galathée* &

quelques airs prônés par les antiques partifans de ce fpectacle, on l'a trouvé froid, nud, maigre, infipide. Mlle. Chevalier fait *Gala-thée*; Pilot, *Acis*; Gélin, *Poliphême* : tout cela ne remplace point Mlle. le Mierre, Je-liotte & Chaffée. Les danfes même n'ont rien de merveilleux ni de caractériftique, quoi-que l'entrée des Cyclopes y prêtât beaucoup; il n'eft pas poffible que ce drame aille bien loin.

A la page 127. *Le* 15 *Septembre* 1762. L'opéra ne pouvant efpérer de pouffer loin *Acis & Galathée* fe propofe de remettre *Iphigénie*. Cet opéra, de grande maniere, dont les pa-roles font de Duché & de Danchet, la mufi-que de Campra & de Demarets, a toujours eu un fuccès confidérable. Le poëme eft d'une grande beauté, & fans doute il ne manquera pas fon effet; on ne penfe pas la même chofe de la mufique : on eft fi dégoûté aujourd'hui, fi blâfé, que le beau qui n'eft que fimple ne fait plus aucune fenfation; le public refte froid & s'ennuie conféquemment.

A la page 128. *Le* 21 *Septembre*. On parle d'ajouter un nouvel acte à la Paftorale qu'on donne aujourd'hui. Les paroles & la mufique feront du plus grand neuf. Cette difparate, fans doute, fera un très-mauvais effet.

A la page *id. Le* 22 *Septembre*. M. de la Place vient de donner dans le *Mercure* de Septembre la traduction d'un drame en deux actes, joué à Londres en 1761. Il fe nomme *Rémio & Alinde, ou les Amans fans le favoir*. Cet auteur prétend que c'eft une piece dans le goût de celles de M. de Saint-foix. Elle eft

d'une grande fimplicité, mais elle n'a pas
les fineffes du ftyle & des penfées du dernier;
peut-être que ces nuances légeres ne peuvent
fe tranfporter dans une autre langue, & que
nous perdons bien des chofes que cette comédie a dans l'original. M. de la Place l'infinue.

A la page 129. *Le 24 Septembre 1762.* Les comédiens François ont repris *la Gouvernante*,
piece en cinq actes de M. de la Chauffée. Cette
comédie larmoyante aura quelques repréfentations : le public y va.

A la page 130. *Le 30 Septembre.* On
nous annonce pour demain à l'opéra un acte
nouveau intitulé *l'opéra de fociété.* Les paroles
font de M. de Mont-dorge, & la mufique d'un
nommé Giraud, baffe de l'orcheftre. Ces noms
peu fameux dans le lyrique ne promettent pas
un grand fuccès.

A la page 131. *Le 1 Octobre. L'opéra de
fociété* n'a pas fait fortune. C'eft tout à la fois
une répétition que font les acteurs de *la mort
d'Adonis.* Ce fujet eft celui du véritable drame,
& la réfurrection de cet amant de *Vénus* eft
l'objet du ballet. La premiere partie n'eft pas
affez gaie & cependant peu digne de la majefté de la fcene lyrique. La feconde eft un
drame eftropié & mefquin; la pantomime confifte en treize entrées ou actes différens, qu
expriment dans le plus grand détail les amours,
la mort, la métamorphofe, le triomphe d'*A-
donis.* Cette partie, quoique trop confufe &
trop longue, eft fans contredit la meilleure
du drame; il y a même du génie, dont malheureufement on ne peut faire honneur qu'at

chorégraphe. Malgré toutes les mauvaises plaisanteries dont on a affaisonné ce ballet, il a
fait plaisir : on n'a pu tolérer une *Hebé*,
qui l'urne à la main vient danser sur le théatre ; cet attribut est pourtant dans le costu-
me. Il y a des pas de deux, de trois & de
cinq, qui ont plu aux connoisseurs, sur-tout le
dernier.

Quant aux paroles, c'est un assortiment tiré,
de l'aveu de l'auteur, de plusieurs autres opéra :
il est assez bien fait & susceptible de très-bonne
musique.

Cette derniere n'est pas du grand beau :
on prétend qu'elle annonce du talent : ainsi
soit-il !

A la page 132. *Le 4 Octobre* 1752. Le Sieur
Raucourt a débuté aujourd'hui à la comédie
Françoise dans *Mithridate*. C'est vraisemblable-
ment pour la seconde fois qu'il échouera. Il fera
successivement *Gustave*, & *Poliphonte* dans
Mérope.

A la page *id. Le 5 Octobre*. On donne demain aux Italiens *le Philosophe prétendu*,
piece en trois actes en vers, mêlée d'ariettes;
elle est de M. le Comte de Coigny, dont un
M. Desfontaines passe pour être le prête-
nom. Le fonds est tiré d'un conte de M.
Marmontel.

A la page 133. *Le 6 Octobre. Le Philosophe*
prétendu est une piece médiocre ; elle est fort
bien écrite, point d'absurdité ni de choses sail-
lantes. Il y a peu d'esprit ; l'intrigue en est
simple ; elle ne peut faire ni grand honneur ni
grand deshonneur à son auteur.

A la page 134, *Le 11 Octobre*. Mr. de

Coigny avoit d'abord intitulé fa piece *le foi-difant* tout court, enfuite *le foi-difant Philofophe*. La police n'a point voulu paffer cette mauvaife pafquinade contre le parlement.

A la page 135. *Le 13 Octobre* 1762. L'Abbé Arnaud avoit interrompu fon *Journal étranger*, foit par la difficulté de communications, foit à caufe de fon nouvel emploi : il vient de reprendre & a donné dans ce mois celui de Juillet.

A la page 136. *Le 15 Octobre*. L'auteur du *Mercure*, dans le premier volume de ce mois a mis un avertiffement, dans lequel il fe félicite que fon ouvrage fe foit foutenu à-peu près dans le même état depuis qu'il en eft le rédacteur ; il s'applaudit de triompher de tous les efforts que l'envie a faits contre ce journal. Rien de fi ridicule que ce début. Ce journal n'étant qu'une compilation & n'exigeant que de très-foibles talens de fon auteur, n'eft point capable de mériter des envieux : en fecond lieu, il eft de notoriété publique que la diminution des fonds a été fi fenfible que le grand nombre des penfionnaires s'en eft reffenti : enfin, quoique dife M. de la Place, le *Mercure*, malgré fon antiquité, fa variété, fon exactitude, fera fort fouvent un méchant recueil, quelquefois un médiocre & jamais excellent ; il n'empêchera pas qu'on ne regrette le tems où M. Marmontel l'enjolivoit de fes contes, & qu'on ne convienne qu'il eft devenu déteftable entre les mains du nouveau rédacteur.

M. de la Place ajoute plaifamment, que les encouragemens que lui donne l'état brillant de

foa

fon ouvrage, loin de l'entraîner dans une non-chalante tranquilité, va l'engager à faire de nou-veaux efforts pour piquer l'intérêt & la curiofité du lecteur, & fes grands & fublimes efforts feront de traiter la *partie économique*, d'y ajou-ter un *état du prix des denrées, des matériaux pour bâtimens, des étoffes, des marchandifes, de faire un article diftinct des cérémonies publi-ques & des événemens remarquables.*

M. de la Place fe difpofe encore, affifté de fes acolytes, à donner *une table générale des matieres*, &c.

Enfin, il prétend que le *Mercure* étant le pa-trimoine des gens de lettres, ils doivent tous concourir à le foutenir. Cette exhortation, après le début confiant de M. de la Place, eft un aveu implicite de l'état chancelant de cet ouvrage périodique.

A la page 135. *Le 15 Octobre* 1762. M. de la Place, toujours en poffeffion de foutenir les op-primés, prend le parti d'*Ajax* contre le public, & fon zele le fait revenir à deux fois fur ce détestable ouvrage. On veut croire qu'il n'a fait qu'inférer ce que M. de Sivry lui a donné là-deffus ; il n'eft pas poffible que tout autre homme que l'auteur puiffe faire une pareille apologie de fa tragédie. Suivant cette double notice, ce drame n'a point eu de fuccès, parce qu'on a perdu le goût du beau, de l'antique ; la poéfie en eft admirable, & l'on prétend que les fpectateurs l'ont jugée telle. On peut pro-tefter contre cette affertion au nom du public, & déclarer qu'on a trouvé grand nombre de ces vers bourfoufflés, durs, plats & plufieurs ridi-cules à faire éclater de rire.

A la page 136. *Le* 19 *Octobre* 1762. M. Poinfinet de Sivry, non content de la défenfe que
le *Mercure* a pris fi chaudement de fon *Ajax*,
juge à propos de porter lui-même la parole ; il
vient de faire imprimer une brochure, qui a
pour titre *l'appel au petit nombre, ou le procès de la multitude* ; & pour épigraphe : *Ajax
ayant été mal jugé entra en fureur & prit un
fouet pour châtier fes juges* ; paffage tiré d'un
auteur Phénicien cité par Bochard. Le refte de
l'apologie répond à l'infolence du texte. C'eft
une efpece de libelle contre le public. Rien de
plus impudent & de plus fou. L'auteur finit par
citer des vers de M. le Brun à fa louange ; il lui
en rend à fon tour & il dit dans le corps de l'ouvrage que ce M. le Brun eft le Pindare françois.
Il eft déshonorant pour la littérature de lire des
extravagances pareilles.

A la page 136. *Le* 21 *Octobre*. On avoit annoncé *Irene*, tragédie de M. Boiftel, tréforier
de France d'Amiens ; on la renvoie à un autre
jour. La protection éclatante dont Mlle. Clairon couvre cet auteur, donne une grande idée
de fes talens dramatiques, déjà éprouvés dans
une tragédie intitulée *Cléopâtre*.

A la page 137. *Le* 22 *Octobre*. On rit beaucoup dans le monde du nouveau projet du *Mercure*, qui fe trouve exécuté dans le fecond volume de ce mois. C'eft un état très-détaillé du
prix de la volaille, du gibier, & de toutes les
chofes comeftibles ; on y apprend que les din-
dons gras valent 5 livres & 4 livres 10 fols ; les
communs, 2 livres 15 fols, 2 livres 10 fols,
ou 2 livres ; le cochon de lait 4 livres ou
6 livres. L'auteur du *Négociant*, feuille pério-

dique où ces chofes-là font beaucoup mieux placées , doit être étonné de fe trouver en concurrence avec celui du *Mercure ;* il ne fe feroit jamais attendu à donner quelque jaloufie à ce brillant journalifte : on ne peut cependant fuppofer d'autres motifs à M. de la Place. Il a , fans doute , deffein de faire tomber cette feuille , beaucoup plus utile fur cette matiere & qui paroît tous les huit jours.

A la page 141. *Le* 31 *Octobre* 1762. *Effai hiftorique fur M. du Barrail , vice-amiral de France , par M. l'abbé de la Tour.* On ne fe feroit point imaginé que cet écrivain eût mis la main à la plume pour tranfmettre à la poftérité le nom d'un individu aufli ftérile que M. du Barrail. Ce vice-amiral , mort à 90 ans , a fait dans fa jeuneffe quelques actions qui promettoient ; le refte de fa vie ne fe compte que par les époques dés différens honneurs militaires qu'il a acquis à force de vieillir. Malgré fon admiration profonde pour cet illuftre marin , fon froid panégyrifte eft obligé d'en revenir là. Il pouvoit laiffer dans fon porte-feuille fon manufcrit , qui fera aufli nul en littérature qu'en hiftoire.

A la page 142. *Le* 3 *Novembre.* M. Goldoni s'eft déjà mis en fraix pour la comédie italienne & l'on attend inceffamment deux de fes productions.

Il paroît des *Lettres fur l'éducation* , par M. Peffelier. Quelque peu praticable , quelque hétéroclite que foit le traité de Rouffeau fur la même matiere , il eft manié fi fupérieurement qu'il doit allarmer quiconque courroit la même carriere. Celui de M. Peffelier eft plus à la por-

tée de tout le monde & n'en fera pas plus
goûté.

A la page 142. Le 4 *Novembre* 1762. On a remarqué dans *l'opéra de fociété* un vers affez
fingulier de quatorze fyllabes :

Moi, d'Agenor & de Palmis j'embellirois la fête ?

Le deuxieme *Mercure* d'Octobre remarque
judicieufement que, quelque licence qui foit ad-
mife au théâtre lyrique, on ne doit pas admettre celle-la. Le même *Mercure* prétend que
c'eft une plaifanterie de la part de M. Gauthier
de Montdorge, quand il a mis que la plupart
des vers de fon opéra étoient extraits des anciens, on regarde comme impoffible que ceux
de fa comédie en aient pu être tirés & quant
aux autres il en doute très-fort. Le fait eft on
ne peut moins important.

A la page 142. *Le 7 Novembre*. On a
donné hier *Irene*. Cette tragédie de M. Boiftel
eft un roman mal tiffu. Son *Irene* eft la femme
d'un *Copronyme*, empereur de Byzance, con-
temporain de *Charlemagne*. Elle fe trouve exi-
lée dans une isle déferte, où toute la cour
abonde fucceffivement. On peut partir de cette
abfurdité pour juger quelle petite tête a enfanté
un pareil drame ; il y a pourtant de l'adreffe
dans les trois premiers actes, ils font filés in-
génieufement ; les deux autres font des fan-
tômes eftropiés d'une imagination en délire.

A la page 142. *Le 8 Novembre*. M. l'abbé
Mignot, confeiller au grand-confeil, vient d'ef-
fayer fes talens pour l'hiftoire par une *Vie d'Irene*, impératrice. On la trouve bien écrite, mais

on penfe qu'il eût pû chofir un fujet plus intéreffant.

A la page *id. Le* 9 *Novembre* 1762. Mlle. Clairon s'eft mis dans la tète qu'*Irene* étoit une
bonne tragédie, puifqu'elle l'avoit trouvée telle,
& qu'elle y jouoit. En conféquence elle a cabalé
pour lui faire avoir une feconde repréfentation.
Elle a ameuté fes partifans & la piece a été applaudie à tout rompre, au moyen de quelques
changemens. Elle avoit donné le mot pour
qu'on demandât l'auteur; on l'a traîné fort humblement fur le théâtre. Ce fpectacle, moins un
triomphe qu'un fupplice, a fait étrangement
fouffrir l'amour-propre de M. Boiftel : il n'a ofé
fortir de fa contenance humiliée, & il s'en eft
retourné auffi honteux qu'il étoit venu.

A la page 143. *Le* 10 *Novembre*. M. le
comte de Caylus a lu à l'académie de peinture
le 4 Septembre un éloge d'Edme Bouchardon,
fculpteur du roi; il vient d'être imprimé. Rien
de plus mal digéré, de plus informe, de moins
honorable pour M. Bouchardon. Il eft d'ailleurs
mal écrit : ce fujet étoit digne d'une meilleure
plume.

A la page 146. *Le* 15 *Novembre*. On prétend qu'il eft arrivé aux François plufieurs comédies d'auteurs anonymes; il y en avoit entr'autres
une intitulée, *le Mécontent de la cour*. Les comédiens fe difpofoient à la jouer; mais on n'a pas
voulu la paffer à la cenfure.

A la page 147. *Le* 17 *Novembre*. Il paroît un
Mémoire très-long & fort bien fait en faveur du
Roué, dont M. de Voltaire veut faire revivre
la cendre; quoiqu'il foit fous le nom d'un avocat, on ne doute pas que tout l'hiftorique & les

H iij

morceaux de fentimens ne foient de ce grand
poëte.

On parle d'une nouvelle tragédie de M. de
Chabannon : c'eft *Virginie*, qu'il a refaite. Ses
partifans l'annoncent comme un fecond chef-
d'œuvre.

A la page 147. *Le 19 Novembre* 1762. L'opéra
a eu du monde aujourd'hui & a paru fatisfaire le
public ; on croit que le vendredi eft en grande partie caufe de cette affluence qui ne durera pas.

A la page 148. *Le 21 Novembre. Irene* a fini
hier après la feptieme repréfentation ; on n'auroit jamais imaginé que cette piece eût été
auffi loin.

A la page *id. Suite de l'article du* 22 *Novembre.* La fcene fe pafie en Angleterre ;
le roi s'égare à la chafie ; il a occafion, par un
orage qui difperfe fa cour, d'entrer chez un
villageois ; cela donne lieu à des réflexions ré-
ciproques fur les différens états, &c. L'intrigue
roule principalement fur une jeune fille qu'aime
ce fermier & dont il eft aimé ; un Milord a jetté
un dévolu deffus & veut l'enlever. Le roi toujours inconnu fe trouve-là, quand le Seigneur
eft fur le point d'exécuter fon criminel deffein ;
alors fa majefté fe montre, le fcélérat eft con-
fondu & le fermier encouragé reçoit de fon maître
toutes les marques de bonté & de protection
qu'il doit en attendre.

A la page *id. Le* 23 *Novembre. Lettre d'un
profeffeur à un autre, fur la néceffité & la
maniere de faire entrer un cours de morale dans
l'éducation publique.* Cet ouvrage contient
des vues excellentes fur un plan de philofo-

phie nouvelle. Il ne reffemble en rien à la
marche ordinaire des écoles & c'eft déjà un
très-grand mérite. Tout fermente & peut-être
qu'enfin nous verrons paffer le regne du pédan-
tifme.

A la page 148. Le 25 *Novemb.* 1762. M. Rochon
de Chabannes fi injuftement difgracié par Mlle.
Clairon, craignant avec raifon les fuites de fon
reffentiment, ayant fait une comédie s'eft déterminé à la donner au fieur Molé, fous le fceau
de la confeffion. Celui-ci l'a préfentée & elle a
été reçue fans difficulté. Comme Mlle. Dange-
ville y fait un rôle confidérable, qu'elle n'avoit
point affifté à la lecture, on lui a remis la piece,
& pour captiver fa bienveillance Molé a confeillé
à M. de Chabannes de la mettre dans le fecret,
ce qui a été fait; au moyen de quoi cette ini-
mitable actrice a pris l'auteur & le drame fous
fa protection.

A la page 150. Le 30 *Novembre.* Tout
Paris fermente fur la tragédie de M. de Chabannon; on entre dans les plus petits détails;
on fait qu'il y a dans fa piece une tirade horrible contre les femmes, on voudroit la lui faire
retrancher. M. le Lieutenant de police a écrit
à cet auteur qu'il lui confeilloit, non en magiftrat, mais en ami, de la fupprimer ou de
l'adoucir beaucoup. Il s'arrête & la regarde
comme une beauté fpéciale.

A la page 151. Le 3 *Décembre.* On lit dans
la gazette de France d'aujourd'hui, le *Difcours*
de M. le duc de Nivernois, au roi de la Gran-
de-Bretagne. Ceux qui admirent tout, le trouvent merveilleux; ceux qui n'admirent rien,
le trouvent déteftable : en tout il eft court, fort

humble & n'a d'autre mérite que de fortir de la plume d'un académicien.

A la page 152. Le 5 *Décemb*. 1762. *Heureufement* ayant eu un fuccès décidé, les comédiens ont fait quelque difficulté pour jouer fi promte-ment M. de Chabannon. En effet l'un devant avoir le neuvieme des repréfentations & l'autre le dix-huitieme, le profit diminuoit confidéra-blement, M. de Chabannon ayant plus foif de gloire que d'argent, a confenti de partager éga-lement avec M. Rochon.

A la page 154. Le 9 *Décembre*. La piece de M. de Chabannon, malgré fes corrections, n'a point eu plus de fuccès aujourd'hui ; il l'a reti-rée, ainfi que *Virginie* : il commence à conve-nir qu'il n'entend rien à la marche de notre théâtre. Il paroît qu'il avoit été gâté par fes en-thoufiaftes. Il reprend fon caractere modefte, qui lui fera toujours honneur.

A la page 157. Le 16 *Décembre*. Le fieur Bouret, qui étoit ci-devant à l'opéra co-mique, qui a débuté depuis quelque tems à la comédie françoife, eft reçu à l'effai pour un an. Il joue les rôles de Préville ; il n'excelle point dans les Valets, mais on le trouve bon dans les Crifpins, & l'on croit qu'il furpaffera le premier.

A la page 158. Le 21 *Décembre*. M. le Brun, le Pindare du fiecle, fuivant M. Poinfinet de Sivry, vient de publier une ode fur la paix. Cette matiere tant rebattue ne prête à rien de neuf. Nous ne parlerons que du ftyle, qui eft lyrique.

A la page *id*. Le 22 *Décembre*. M. Colar-deau nous annonce une nouvelle tragédie ; c'eft

*Agrippine, voulant venger la mort de Germa-
nicus.* Il vife au genre de Corneille & prétend
avoir traité ce fujet en politique.

A la page 159. Le 29 *Décembre* 1762. L'auteur de
la *Renommée littéraire* eft celui qui a déjà
échoué fous le titre de *Croupier.*

A la page *id.* Le 31 *Décembre.* On annonce
un opéra nouveau, qu'on doit jouer le mois
prochain. C'eft *Polixene ;* paroles de M. Joli-
veau, mufique de M. d'Auvergne.

A la page 171. Le 26 *Janvier* 1763. On a donné
aux Italiens *le Guy de chêne,* ou *la fête des
Druides,* comédie en un acte & en vers, mêlée
d'ariettes, paroles de M. de Jonquieres le fils
& mufique de la Rouette. Il y a deux avis fur
cette efpece de paftorale. La mufique n'eft pas
forte, comme à l'ordinaire, ni pittorefque ;
elle eft douce, fuave, mélodieufe & tient beaucoup de la fimplicité antique.

A la page 173. Le 31 *Janvier.* Les demoifelles de l'opéra, maltraitées dans *les Tablettes des paillards,* dont on a parlé ci-deffus,
ont fait ligue & fe font plaintes à la police de
ces calomnies : quelques-unes même ont été
jufqu'au gouvernement ; celui-ci les a prifes
fous fa protection & pour la vindicte publique
il fait faire des recherches & veut en découvrir
les auteurs.

A la page 174. Le 4 *Février.* On va jouer
inceffamment la tragédie de M. Dorat, intitulée *Théagene & Chariclée.*

Il court manufcrite une comédie intitulée *le
Prince lutin,* faite pour être jouée aux Italiens.
On n'en parle que parce qu'elle eft attribuée à

H v

M. le duc de Nivernois. Elle eſt très-médiocre & paroit plutôt un ouvrage de ſociété.

A la page 175. Le 9 *Février* 1763. On attribue les *Tablettes des paillards* à M. Poinſinet *le myſtifié*, & à M. de Preſſigny, fils du fameux Maiſon-rouge.

A la page *id.* Le 10 *Février*. On a donné aujourd'hui aux Italiens la premiere & derniere repréſentation de *la Bagarre*, farce en un acte mêlée d'ariettes ; les paroles ſont de Mrs. Guichard & Poinſinet, la muſique de M. Philidor. Les unes ſont déteſtables, la derniere a des beautés, qui n'ont pû faire paſſer ce mauvais drame ; c'eſt un tiſſu de plaiſanteries du plus mauvais genre, du plus vil, du plus miſérable ; rien de ſi ignoble.

A la page 177. Le 14 *Février*. La troiſieme feuille de la *Renommée littéraire*, ou le troiſieme libelle contre MM. Colardeau, Fréron & conſorts, paroit. C'eſt un tiſſu de mauvaiſes plaiſanteries, d'injures, de perſonalités, &c. On y exalte fort un *Anti-Minet*, piece de vers oppoſée à l'*Epître à Minet*. Rien de plus ridicule que ces petites haines, que ces guerres pacifiques & interminables.

A la page 178. Le 19 *Février*. Les Italiens viennent de faire eſſuyer encore une chûte à un nouveau coryphée. *Le bon Seigneur*, comédie en un acte mêlée d'ariettes, eſt tombé dès la premiere repréſentation. M. Deboulmiers eſt auteur des paroles & le ſieur Debroſſes de la muſique. Tout en a paru miſérable. Ce théâtre n'en fait pas moins un argent immenſe & dame le pion à tous les autres. C'eſt une fureur ſoutenue, dont il n'y a pas d'exemple.

. A la page 178. Le 22 *Février* 1762. On a donné aujourd'hui *Titon & l'Aurore*, poëme de le Maure, muſique de Mondonville. Quelle douleur pour ceux qui ont vu Jeliotte, de le voir remplacer par l'infame Pillot ! Rien de ſi ignoble que cet acteur ; il n'a bien chanté qu'une ſeule ariette en duo, où il s'eſt trouvé ſoutenu par Mlle. le Mierre, qui fait l'*Aurore*. Il a été faux, mal ſonnant, gauche dans tout le reſte ; il eſt déteſtable dès qu'il veut donner dans le haut. Mlle. le Mierre eſt toujours délicieuſe. Mlle. Chevalier joue le rôle de *Pallas*, & Gelin celui d'*Eole* ; tout le reſte iroit bien ſans le malheureux *Titon*. Mlle. Dubois chante pluſieurs arriettes avec goût. Muguet finit par celle *du Dieu des cœurs*, &c. où Jeliotte brilloit ſi merveilleuſement ; dès que ce petit acteur a paru, l'indignation générale s'eſt manifeſtée par des huées qui ne promettoient rien moins que des diſpoſitions favorables : l'acteur ne s'eſt pas démonté, il a commencé avec modeſtie, il a ſoutenu ſon air d'une façon ſimple & propre : le public eſt revenu de ſon préjugé & le pauvre diable a fini par emporter tous les ſuffrages.

En général, cet opéra gai, plein de chants & de divertiſſemens, doit attirer du monde à ce ſpectacle.

A la page 180. Le 26 *Février*. M. Rochon de Chabannes, encouragé par le ſuccés de ſon *Heureuſement*, travaille à une petite comédie en ſcenes à tiroir, intitulée *le Protecteur*. Ce rôle eſt ſuſceptible d'une plaiſanterie très-agréable, très-vraie, très-ſaillante. C'eſt un ridicule du jour.

À la page 182. Le 2 *Mars*. Les comé-

diens françois ont donné aujourd'hui la premiere repréfentation de *Théagene & Chariclée*,
tragédie de M: Dorat. Le fujet eft tiré du roman
Grec qui porte le même titre. La piece eft déteftable. Le premier acte avoit difpofé favorablement les fpectateurs, il avoit eu des applaudiffemens ; dès le fecond l'ennui s'eft fait fentir &
n'a été qu'en croiffant jufqu'à la fin. En général, mauvais choix, mauvais plan, caracteres
ignobles, plats, odieux, mal foutenus ; échaf-
faudage pitoyable : tout dénote une petite tête,
point faite pour un enfantement dramatique.
La verfification mérite des éloges, elle eft douce, bien faite ; il y a une tirade contre les Rois
héréditaires, qu'on prétend avoir le droit de
vivre dans la moleffe & dans les plaifirs, qui a
été extrêmement applaudie, & qui n'auroit
point dû être tolérée par la police ; tout le
monde en a été dans le plus grand étonnement.
La voici :

Au trône, du berceau ces Monarques admis,
Ont droit de végéter dans la pompe endormis,
Et chargeant de fon poids un Miniftre fuprême,
De garder pour eux feuls l'éclat du diadême.

A tant de défauts l'auteur avoit eu la mal-
adreffe de choifir pour fon héroïne Mlle. Dubois, très-jolie créature, mais actrice peu faite
pour foutenir une piece. Mlle. Clairon, peu
jaloufe des talens de la premiere, mais beaucoup de fa figure, avoit formé un très-grand
parti pour faire fiffler cette audacieufe. Il n'en
étoit pas befoin. L'actrice, la piece & l'auteur
ont éprouvé une chûte commune. On prétend

que M. Dorat , plus curieux de couronner son front de myrthes que de lauriers , étant devenu amoureux de l'héroïne avoit sacrifié sa gloire à son plaisir. Heureusement il n'a pas sacrifié grand'chose.

A la page 182. *Le 3 Mars* 1763. On voit à la tête du quatrieme cahier de la *Renommée littéraire* une lettre , où M. le Brun se défend d'être l'auteur de ce journal ; il proteste n'y avoir aucune part, & ce qui dément ses protestations , c'est l'éloge prodigieux qu'il en fait: il remercie modestement de ceux qu'on lui donne , il est juste qu'il renvoie l'encens dont on l'a parfumé. Ce qu'il y a de sûr, c'est que s'il n'est la main qui écrit , il est le bras qui la conduit.

A la page 192. *Le 19 Mars.* Le compliment des François hier a été misérable.

A la page 209. Le 19 *Avril.* La comédie qu'on devoit jouer sous le titre du *Négociant* ou des *Préjugés ,* est annoncée aujourd'hui sous celui du *Bienfait rendu ,* ou du *Marchand*: en général , on n'en espere pas grand'chose.

A la page 215. Le 7 *Mai.* M. Duclairon , auteur qui n'a point encore paru au grand jour , a fait recevoir hier des comédiens françois une tragédie intitulée *Cromwel.*

A la page 221. Le 23 *Mai.* Les Italiens ont joué aujourd'hui pour la seconde fois une comédie en un acte en prose , mêlée d'ariettes , paroles du Sieur de la Ribardiere & musique du Sieur Debrosses. Elle est intitulée *les deux Cousines.* Il y a dedans un personnage neuf , mais peu piquant & d'ailleurs trop particulier. C'est un homme qu'on pourroit appeler *l'Indifférent.* Son unique plaisir est de se promener ;

du refte , qu'on le marie , qu'on ne le marie pas , qu'on lui accorde telle ou telle femme , tout cela lui eft à-peu-près égal : effectivement il agrée les deux coufines , tantôt l'une , tantôt l'autre , fuivant que l'intrigue le comporte , & il finit par prendre de bonne grace celle qu'on veut lui donner. La mufique eft goûtée de plu- fieurs connoiffeurs.

A la page 228. Le 8 *Juin* 1763. Le *Mercure* de ce mois contient un avis des plus rifibles : l'auteur fe félicite du fuccés qu'il a , quoique cet ouvrage foit tombé dans le difcrédit. Il prétend que le nombre de fes foufcripteurs aug- mente tous les jours , & il promet d'en donner la lifte le mois prochain ; il fait d'avance les plus grandes excufes à ceux qu'il pourroit omet- tre par inadvertance. Rien de plus plat & de plus ridiculement bas que ce journalifte.

A la page 233. Le 16 *Juin.* L'abbé Coyer a été reçu le 8 Mai à l'Académie de Nancy. Il a fait imprimer fon difcours , très-mauvais , très- mince , très-ginguet.

A la page 246. Le 12 *Juillet* 1763. La place vacante à l'Académie françoife par la mort de M. de Bougainville , ne fera pas remplie de fitôt. Meffieurs ont renvoyé l'élection après les va- cances. On dit que l'évêque d'Orléans brigue cet honneur.

A la page 258. Le 27 *Juillet.* La reprife de *la mort de Céfar* n'a pas eu grand fuccès. Elle n'a été qu'à quatre repréfentations. Elle n'en eut que trois à fon début. Quelque belle que foit cette piece , on la regarde comme une tra- gédie de college , parce qu'il n'y a pas de femmes.

A la page 259. Le 30 *Juillet* 1763. On annonce pour famedi *la Préfomption à la mode*, comédie en cinq actes en vers. Ce drame, de M. Cailhava, d'Eftandoux, compofé en province & par un jeune homme qui n'a aucune connoiffance des mœurs d'aujourd'hui, doit être médiocre. Mais les comédiens prétendent que c'eft dans le genre de Moliere ; on fait malheureufement combien de pareils juges font fujets à erreur.

A la page 259. Le 1 *Août*. La comédie de *la Préfomption à la mode*, a éprouvé aujourd'hui une chûte complette. Ce drame mal ordonné peche dans tous les points. Le héros de la piece eft un homme infatué de lui-même, qui s'imagine que toutes les femmes raffolent de lui. A ce ridicule il joint celui de faire de mauvais vers qu'il croit excellens ; il a un rival, auteur auffi, mais modefte, quoiqu'il foit l'amant préféré : le préfomptueux ne s'en doute pas, il pouffe toujours fa pointe jufqu'à vouloir berner le pauvre diable, & il fe trouve dupe lui-même. L'intrigue auroit pu être filée beaucoup plus adroitement, être plus pleine : le ftyle manque de cette fraîcheur, de ce velouté, qui font le fuccès de la comédie moderne.

A la page 263. Le 8 *Août*. Mlle. Clairon a reparu aujourd'hui dans *Zelmire* avec tout l'enthoufiafme poffible de la part du public. Les connoiffeurs ont cru remarquer qu'elle avoit déja perdu quelque chofe de l'habitude théâtrale.

A la page *idem*. Le 9 *Août*. Le *Mercure* de ce mois, toujours fade jufqu'à la naufée, a l'impertinence d'exalter les *Fêtes de la paix*, cette abominable piece des italiens, tombée dès la premiere repréfentation & qui n'avoit été rejouée que par ordre du gouvernement : le plus ridicule c'eſt qu'il prétend y reconnoître la touche fpirituelle, fine & délicate de l'auteur de *l'Anglois à Bordeaux*.

A la page 266. Le 12 *Août* 1763. Les comédiens italiens ont donné une piece nouvelle en deux actes, mêlée d'ariettes. Elle eſt intitulée *les deux talens*. La muſique eſt de M. le chevalier d'Herbain, amateur ; les paroles font de M. de Baſtide. Une fille a un amant, qui réunit les talens de la poéſie & de la muſique ; il veut éprouver s'il eſt aimé pour lui-même, il laiſſe ignorer à la Demoiſelle tout ce qu'il fait & produit deux hommes, l'un poëte, l'autre muſicien, qui recherchent en mariage cette fille ; quelque goût qu'ait celle-ci pour les deux arts en queſtion, elle ne peut fe décider en faveur des virtuoſes. Alors l'amant développe tout ce qu'il fait faire & fa conſtance eſt récompenſée.

Le poëme eſt médiocre, la muſique pleine de richeſſes, mais accumulées fans goût, fans intelligence & fans fruit pour les auditeurs.

A la page *idem*. Le 13 *Août*. On fait l'épigramme fuivante fur *les deux talens* :

Poëme plat, ſtile commun,
Grands airs, bruyans, muſique vuide ;
Pauvre d'Herbain, chétif Baſtide ;
Vos deux talens n'en font pas un.

A la page 268. Le 21 *Août*. M. de Selis, qui n'eſt gueres connu que par une *Epître à*

Greſſet pleine de vers aiſés & pittoreſques, a
une comédie ſur le métier en cinq actes en
vers : elle eſt intitulée *le Protecteur*. C'eſt le
même ſujet eſtropié par M. Rochon de Chabannes, auquel cet auteur veut donner toute
la vigueur & les proportions convenables.

A la page 268. Le 22 *Août* 1763. On a donné
deux nouveaux volumes pour ſervir de *ſuite*
au plus joli des recueils. C'eſt une friponnerie
des libraires la plus inſigne. Ils y ont inſéré ſans
choix & ſans goût des opuſcules entiers tout
recemment imprimés & qui ne ſont peut être
pas encore vendus ; telles que les poéſies de M.
Barthe, *le remede contre l'amour* : ils ne man-
queront pas d'y mettre *Zélis au bain*, qui fait
un volume honnête.

A la page *idem.* Le 23 *Août.* Il a débuté le
17 aux italiens un acteur nouveau dans la piece
de *la Servante maîtreſſe*, il faiſoit le rôle de
Pandolphe ; il a joué depuis *Lucas* dans les
Troqueurs & s'eſt retiré.

A la page 275. Le 10 *Septembre.* La *Marianne*
continuée aujourd'hui n'a pas attiré plus d'attention que la premiere fois ; en conſéquence on
la retire.

On ne l'avoit donnée ici que pour eſſai, elle
eſt deſtinée pour Fontainebleau.

A la page 277. Le 16 *Septembre.* On a affecté de réimprimer depuis quelque tems une
piece de poéſie de J. J. Rouſſeau ; elle a pour
titre *l'allée de Silvie.* Ce n'eſt pas aſſurément
le meilleur de ſes ouvrages : on ſent bien que
la galanterie n'eſt pas ſon fait, on y trouve
cependant une façon de penſer libre qui fait
plaiſir, & qui donne un caractere original à

cette production, toute médiocre qu'elle soit.

A la page 277. Le 17 *Sept.* 1763. Les françois ont remis *le Baron d'Albicrac*, comédie de Thomas Corneille en cinq actes & en vers. Cette piece a fait plaifir, elle eft d'un comique affez gai : elle eft de 1668, elle avoit eu un très-grand fuccès dans fa nouveauté.

A la page 279. Le 22 *Septembre.* Le *Mercure* continue à fe couvrir du plus grand ridiculé, par la prédilection avec laquelle il parle de lui-même comme d'un ouvrage digne d'occuper l'attention de l'empire littéraire & de l'Etat. Voici comme il s'exprime au fujet de la ville de Paris, qui a foufcrit pour ce journal.

„ Confidérant (le Bureau de la ville) com-
„ bien il étoit intéreffant pour les lettres de
„ contribuer à foutenir un journal, fur lequel
„ la protection bienfaifante du Roi a affigné le
„ fond le plus confidérable des récompenfes
„ deftinées à ceux qui s'y diftinguent, la ville
„ de Paris en foufcrivant pour un nombre de
„ volumes du *Mercure* vient de donner un exem-
„ ple trop louable pour n'en pas faire men-
„ tion. Elle fait par-là un acte de mere, en
„ concourant au foutien d'un établiffement au-
„ quel fes enfans peuvent avoir part. Toutes
„ les grandes villes du royaume pourroient
„ avoir les mêmes motifs, puifque leurs ci-
„ toyens ont autant de droits de prétendre aux
„ récompenfes littéraires. „

A la page 279. Le 25 *Septembre.* M. de Sauvigny nous a encore lu une tragédie bourgeoife en un acte dans le goût d'*Otello.* C'est un mari qui furprend chez lui un ancien amant de la femme , il la foupçonne d'adultere : cette piece , le coup d'effai de l'auteur , a de beaux vers de fentiment , mais qui perdent beaucoup par l'invraifemblance des fituations. Elle n'eft point imprimée , elle s'appelle *Zélide*.

A la page 280. Le 28 *Septe.* 1763. Les pieces actuellement reprennent du fecond bond. La tragédie dont on a parlé & qui avoit à peine pu fe foutenir à la premiere repréfentation , s'eft relevée aujourd'hui avec des applaudiffemens réitérés, on a demandé l'auteur d'une voix unanime , & comme il ne s'attendoit pas à ce cadeau, il ne s'eft point préfenté, il a fallu le nommer. On peut malgré les changemens confidérables qui y ont été faits regarder ce drame comme infortuné. La verfification en eft dure, plate & bourfouflée tour à tour ; on n'a point vu fans étonnement la fcene où le Roi venant la nuit furprendre fa maîtreffe dans fa chambre, celle-ci lui fait la plus verte réprimande , & lui dit d'une façon également bourgeoife & ignoble , qu'un Prince ne doit pas prendre ni les femmes ni les filles de fes fujets.

A la page 281. Le 29 *Septembre.* Il y a apparence que *la Renommée littéraire* eft tombée abfolument ; il n'en eft plus queftion depuis plufieurs mois , fes trompettes ne raifonnent plus.

A la page 282. Le 4. *Octobre.* Il y a une efpece de querelle littéraire entre M. Pierre Rouffeau de Touloufe, entrepreneur du Journal Encyclopédique , & M. Aëris , auteur d'un Dictionnaire des théâtres. Celui-ci ayant mal parlé des ouvrages dramatiques du premier, le Journalifte s'eft vengé dans l'extrait de l'ou

vrage de M. Aëris & lui fait des imputations,
dont l'autre fe défend affez bien dans le *Mercure* d'Octobre.

A la page 282. Le 5 *Octobre*. M. de Malesherbes quitte la préfidence de la Librairie au
moyen de l'exil de M. le Chancelier ; on ne
fait encore qui le remplacera. Il paroît que la
littérature ne pleurera pas ce Mecene ; on lui
rend pourtant la juftice d'avoir laiffé un cours
plus facile que par le paffé à la liberté de la
preffe : fauf les perfécutions ultérieures, quand
une fois les ouvrages étoient répandus à un certain point.

A la page 286. Le 15 *Octobre*. M. Mathon,
jeune homme qui a des velléïtés de littérature,
vient de débuter par de petites *Lettres fur le
Sallon*. On fent bien qu'à cet âge il ne peut
difcuter profondément un art tel que la peinture ; c'eft plutôt une defcription hiftorique
qu'une critique raifonnée des différens peintres.
Il écrit d'une maniere agréable & qui fe fait lire.
On peut remarquer à ce propos que le Sr.
Freron s'eft évertué cette année à donner une
efpece de differtation fort longue & fort en-
nuyeufe fur le clair-obfcur, &c. Il y a bien à
parier que cette lourde digreffion n'eft pas de
lui ; perfonne ne lui connoiffant de lumieres en
ce genre, il auroit dû choifir un fouffleur moins
pefant, moins obfcur & d'une intelligence plus
à la portée des lecteurs.

A la page 290. Le 24 *Octobre*. La gazette
de France du 24 Octobre, à l'article de Péters-
bourg, dit que le 17 Septembre on a joué fur
le théâtre de cette cour une comédie de
Moliere traduite en langue Ruffe.

À la page 291. Le 26 *Octobre* 1763. Les Italiens continuent à donner avec succès *les Métamor-phofes d'Arlequin*, comédie Italienne ornée de spectacle & enrichie de musique. Elle est de M. Carlin : elle a cinq actes & fournit à cet acteur l'occasion de déployer son talent dans la plus grande étendue & de le diversifier de toutes les manieres possibles. Son jeu & son adresse la rendent tout-à-fait amusante.

À la page 292. Le 2 *Novembre*. M. l'abbé Aubert, le fablier moderne, a écrit une let-tre à M. de la Place, inférée dans le *Mercure* de Novembre, où il récrimine contre l'auteur du poëme de *Clovis*, qu'il accuse de calomnie, pour l'avoir taxé dans une épilogue de se louer lui-même dans *les affiches des provinces*. L'abbé proteste contre cette imputation, il dénonce M. Meunier de Querlon pour le facteur de cet ouvrage périodique. M. Aubert fait celles de Paris.

À la page 298. Le 13 *Novembre*. Les Ita-liens ont donné hier un drame nouveau en un acte mêlé d'ariettes, *Zélie & Lindor* ; musique de M. Rigade, paroles de M. Pelletier. Ces auteurs, inconnus chacun dans leur genre, n'acquerront pas beaucoup d'illustration par l'ouvrage en question.

À la page 298. Le 14 *Novembre*. Les Ita-liens inépuisables en nouveautés donnent au-jourd'hui *les Jalousies d'Arlequin*, piece Ita-lienne, pour servir de suite aux *Amours de Camille & d'Arlequin*. La piece est du Sr. Goldoni.

À la page 300. Le 16 *Novembre*. On a donné aujourd'hui aux Italiens la premiere repréfentation du *Rendez-vous*, comédie en un acte & en vers mêlée d'ariettes. Les paroles font de M. Légier, la mufique de M. Philidor. Le drame ne vaut pas la peine qu'on en faffe mention. On voit dans la mufique le talent foutenu de l'auteur fe fortifier, fe nourrir, s'étendre & acquérir de plus en plus de la vigueur & de la confiftance.

A la page 300. Le 18 *Novembre*. Les concerts François ont repris aujourd'hui ; mais l'engouement du public eft paffé ; ce fpectacle froid ne peut fuppléer à l'opéra, où tous les fens font féduits de toutes les manieres.

A la page 305. Le 28 *Novembre*. Les comédiens Italiens ont donné aujourd'hui une comédie en trois actes en vers, intitulée *l'heureux évenement*. Cette piece n'a pu aller jufqu'à la fin ; elle eft de M. le Blanc, l'auteur de *Manco* ; on dit méchamment qu'elle ne feroit pas époque dans la vie de l'auteur.

A la page 308. Le 8 *Décembre*. Un volume du *Mercure* de Décembre offre une nouveauté qui ne fait que jetter un plus grand ridicule fur ce pitoyable ouvrage. On lit à la fin une lifte des foufcripteurs, & ce qu'il y a de plus rifible c'eft que, pour mafquer le difcrédit du journalifte, on y infere des noms d'abonnés morts depuis plufieurs années. On ne fait à quoi revient un détail de cette efpece, c'eft un ufage d'Angleterre.

A la fin du *Mercure* on a mis pour Satellite *les Obfervations du Marquis de Chimene en faveur de la tragédie de M. de la Harpe.* Il a pris un prête-nom. C'étoit, fans doute, la feule façon de débiter cette fade production.

A la page 309. Le 11 *Décembre* 1763. On annonce pour premiere nouveauté une comédie en cinq actes & en vers de M. le Bret, intitulée *la confiance trahie* : ce titre ne promet rien de bien gai.

M. le Mierre, dont l'*Idoménée* devoit paſſer, attend prudemment que le public ſe ſoit refroidi ſur le ſuccès de *Warwick*.

A la page 310. Le 13 *Décémbre*. M. Goldoni doit donner une ſuite aux deux premieres parties de l'*Hiſtoire des amours de Camille & d'Arlequin* ; ce ſont *les inquiétudes de Camille* : ce ſera la conclusion. On ne peut qu'admirer la fécondité de ce dramatique étranger.

A la page 311. Le 16 *Décembre*. On prétend que le conte de M. de Voltaire eſt tiré de l'Anglois, quant au fond, qu'il eſt traduit en proſe dans un journal étranger. On doit ſavoir gré à M. de Voltaire d'épargner à ſes lecteurs la peine de vérifier ces imputations. Quoi qu'il en ſoit, on ne lui enlèvera pas le charme du ſtyle, qui fait le principal mérite de ces ſortes d'ouvrages.

A la page 311. Le 17 *Décembre*. M. Colardeau a mis en vers *le Temple de Gnide* du préſident de Monteſquieu. On ne peut aſſez s'étonner qu'avec du goût on s'aviſe de retourner un ouvrage déjà ſi bien fait, ſi orné de toutes les graces de la poéſie & du ſtyle le plus brillant. On ne peut diſſimuler que la traduction de M. Colardeau ne ſoit agréable pour ceux qui auront perdu de vue le poëme en proſe.

A la page 311. Le 18 *Décembre*. Les con-

certs François finiffent faute de fpectateurs ,
on a donné aujourd'hui le dernier. Il n'y a
pas d'apparence que l'opéra les remplace
aussi promtement qu'on l'efpéroit : les amateurs de mufique vont être dans une inaction
abfolue.

A la page 311. Le 19 *Décembre* 1763. On lit
dans Freron N°. 37, à l'occafion du *Comte de
Warwick*, tragédie de M. de la Harpe, une
lettre de M. Dorat, où cet infortuné dramatique fait l'apologie de la piece qui vient de
réuffir. Il a la générofité de la préfenter fous
toutes les faces favorables , & on ne peut qu'applaudir aux éloges qu'il lui donne. Suit une
lettre prétendue écrite à Freron & dont on le
dit le pere , où l'on dépéce la nouvelle tragédie de la façon la plus détaillée & la moins
flatteufe pour l'auteur. On rapproche fur-tout
un morceau de Shakefpear & c'eft le plus mauvais tour qu'on pût jouer à M. de la Harpe :
il ne peut paroître que mefquin auprès de ce
grand maître. La critique eft jufte & très-adroi-
te, elle fe dément quelquefois. En général ,
l'auteur mérite les louanges qu'on lui donne
& les reproches qu'on lui fait; tant il eft vrai
que tout a un point-de-vue différent. M. de
la Harpe a toujours deux mérites fort rares
aujourd'hui ; celui de la fimplicité de fon
plan , dans lequel il n'a employé aucun tour
de gibeciere , aucun coup de théâtre plus étonnant que vraifemblable; & celui de la diction :
elle plaît, elle intéreffe , fans le charme de ce
coloris, dont on farde aujourd'hui tous les ouvrages , même ceux qui en font les moins
fufceptibles.

A.

A la page 313. *Le 20 Décembre 1763. Le caleçon des Dames* : cet ouvrage ordurier fe défigne affez par fon titre & ne mérite pas une plus grande analyfe.

A la page 316. *Le 24 Décembre.* Lombard de l'opéra a débuté ces jours paffés à la comédie Italienne ; il paroît qu'il ne prend point ; il a d'ailleurs une cabale affreufe contre lui ; & Mlle. Vilette, qu'il a foutenue jadis au théâtre lyrique, fe ligue aujourd'hui contre lui & voudroit le faire échouer, à caufe de fon mari la Luette, qu'il effaceroit facilement.

A la page 316. *Le 25 Décembre. L'éducation des filles,* c'eft un nouveau conte de M. de Voltaire. Il eft moins long que le premier & moins agréable : il y a cependant des détails très-enjoués & dignes du plus grand maître : il doit être fuivi de quelques autres encore.

A la page 319. *Le 26 Décembre.* On annonce du même auteur un livre plus grâve, il roule fur la tolérance ; on en parlera quand il fera plus connu.

A la page 319. *Le 27 Décembre.* On parle beaucoup de l'inftruction paftorale de M. l'Archevêque de Paris au fujet de la diffolution de la compagnie de Jéfus. Une partie étoit déja imprimée, lorfque M. de St. Florentin eft allé chez ce prélat de la part du Roi, pour lui ordonner de remettre les imprimés & le manufcrit, avec défenfes de rien imprimer à ce fujet, fous peine d'encourir l'indignation de S. M. & d'être mis à Pierre-en-cife. L'Archevêque a obéi ; ce n'a pas été fans peine & fans réclamer les droits du facerdoce : il a de-

Tome XVI.   I

puis fait de nouvelles inftances auprès du Roi.
Quoiqu'il en foit, on annonce deux exemplaires de cet ouvrage, qu'on affure très-bien fait
comme littéraire, divifé en quatre parties, où
le prélat déploie un zele apoftolique & fe de-
voue aux fuites les plus funeftes, mais les plus
inévitables pour fa confcience. On en parlera
plus amplement.

A la page 319. *Le* 28 *Décembre* 1763. On devoit donner demain la *Confiance trahie*, comédie en cinq actes de M. le Bret déja annoncée. La police vient de faire retirer cette
piece & l'on prétend que c'eft fans reffource.
On affure que la finance y étoit très-mal traitée.
On cite même une anecdote de Robé vis-à-vis
de M. Bouret, dont l'auteur avoit fait fon profit. Quoiqu'il en foit, il paroît que les fermiers
généraux fe font remués fortement & ont arrêté
cette fatyre fanglante.

A la page 324. Le 31 *Décembre*. *Amus-*
femens des Dames de Bruxelles. Les trois C....
Je m'y attendois bien, hiftoire bavarde : par
l'auteur du Colporteur. Ces trois ouvrages, qui
font autant de fatyres, n'ont pas moins de méchanceté que le *Colporteur*, mais ils attaquent
des perfonnages moins connus, des efpeces
d'Allobroges; ce qui émouffe de beaucoup le
piquant de la fatyre. Le tout eft terminé par
des réflexions fur les gens de lettres très-ju-
dicieufes & dont ils devroient faire leur profit. On y fait valoir, comme de raifon,
néceffité dont ils font pour les grands & avec
quelle facilité ils pourroient s'en paffer.

A la page 324. *Le* 31 *Décembre*. Dans
fuite du Journal de ce qui s'eft paffé à Touloufe

on lit ces vers mémorables contre le Duc de
Fitz-James :

Fils indigne du fang qui t'a donné naiffance,
Profcrit de ta patrie, adopté par la France,
Miniftre détefté d'un Monarque chéri,
Ceffe de déchirer le fein qui t'a nourri.
Contre l'autorité du plus jufte des Princes,
Toi feul aurois déja foulevé fes provinces,
Si du cœur des François ta farouche fierté
Eut pu bannir le zele & la fidélité.
Odieux étranger, apprends à te connoître.
Louis feul a le droit de leur parler en maître.
Dociles à fa voix, redoublant leurs efforts,
Ils prodiguent pour lui leur fang & leurs tréfors.
Lorfque des publicains l'avidité cruelle,
Impofe fous fon nom quelque charge nouvelle,
Pere tendre, il permet la plainte à fes enfans,
Il écoute les cris des peuples gémiffans ;
De fages Magiftrats, fans bleffer fa puiffance,
Des François épuifés lui peignent l'indigence ;
Senfible à leurs douleurs, attendri par leurs maux,
Il adoucit pour eux le fardeau des impôts.
Mais quand de vils flatteurs l'effain qui l'environne,
Ofe à la vérité fermer l'accès du trône,
Quand la France apperçoit pour la premiere fois
L'appareil militaire à la place des loix,
Le foldat éffrené d'une main téméraire
De Thémis profaner l'augufte fanctuaire,
Et mettre dans les fers par un lâche attentat

I ij

Les défenseurs du peuple & l'espoir de l'Etat :

Le plus soumis sujet & s'indigne & s'enflamme

Contre les vils auteurs d'une coupable trame.

Tremble, ingrat ! le courroux d'un Prince généreux

Sera le juste prix de tes exploits honteux :

Tu feras à jamais par ta fiere imprudence

La fable de l'Europe & l'horreur de la France.

Le juste désespoir de ce peuple aux abois

Armera contre toi la main du Roi des Rois.

Rappelle des Stuart la déplorable histoire ;

Vertueux, l'échaffaud ne ternit pas leur gloire :

Barbare ils t'ont tracé ce funeste chemin ;

Indigne de leur nom, redoute leur destin !

TOME SECOND.

A la page 7. *Le* 14 *Janvier* 1764. Il paroît décidé que le théâtre lyrique se r'ouvrira le 24 de ce mois. On doit donner *Castor & Pollux* pour l'ouverture. Cet opéra, dont les paroles font du gentil Bernard & la musique de Rameau, a eu toujours un grand succès. Il est à craindre que le vuide de Jéliotte ne lui fasse le plus grand tort.

On loue beaucoup les distributions de la nouvelle salle ; quoiqu'elle ne soit que de quelques pieds plus large, on en a tiré un grand parti pour l'aisance des corridors & des escaliers.

A la page 11. *Le* 21 *Janvier*. On lit dans le second *Mercure* une lettre d'un Chevalier

Cougard, qui défend le préfident de Montefquieu contre les accufations grâves de M.
Crevier ; comme le tout git en preuves, c'eft
à ceux qui auront la patience de vérifier les
paffages, à le faire pour juger qui a raifon.

A la page 11. Le 21 *Janv.* 1764. Dans le même
Mercure eft une *défenfe de M. Thomas, par
M. d. A....* Le premier eft accufé de plagiat
par le Sieur Freron. Cette défenfe confifte,
comme la précédente, dans la vérification des
textes.

A la page 14. *Le 28 Janvier.* M. le Marquis
du ***, auteur de quelques pieces de théâtre, s'étant remarié ces jours-ci, a été chan-
fonné à fon tour. On lui impute un vice qui
fait la bafe de l'epigramme :

Un enfant de Florence
Le Marquis du ***,
Tout bouffi d'arrogance
Se préfente au bercail.
Comme on vit qu'il trembloit, Jéfus lui dit : bon
        homme,
Plutôt que de vous marier,
Vous feriez beaucoup mieux d'aller
Vous chauffer à Sodome.

A la page 20. *Le 9 Février.* L'opéra a
donné aujourd'hui la premiere repréfentation
de Titon & l'Aurore. Cet agréable fpectacle
n'a pas eu l'affluence qu'il mérite. Mlle. le
Mierre continue à y faire le plus grand plaifir;
Muguet foutient la bienveillance que le public

lui avoit déja témoignée dans ce rôle, il y a un an.

A la page 21. *Le 11 Février* 1764. *La Veuve*, comédie en un acte de M. Collé. Cette petite piece eſt imprimée & n'a point été jouée ; le ſujet en eſt encore tiré des *Illuſtres Françoiſes*. Il eſt auſſi dénué de cette action néceſſaire au théâtre ; & peut-être eſt-ce une des raiſons qui ont empêché de la jouer : l'auteur n'en déſeſpere pourtant pas ; il eſt à préſumer que les comédiens l'apprendront quelque jour, où ils n'auront rien de mieux à faire.

A la page 24. *Le 13 Février*. M. Freron dans un de ſes Nos. répond à M. d'A. ; il prétend pulvériſer la lettre de cet auteur inſérée dans le *Mercure*. Celui-ci défendoit M. Thomas de l'accuſation de plagiat. Freron perſiſte dans ſes reproches, & les appuie ſur l'exemple des autres panégyriſtes de M. de Sully. Tous ont eu à conter les mêmes faits, aucun n'eſt dans le cas de mériter la même animadverſion.

A la page 25. *Le 16 Février*. *Oeuvres de M. de Sivry*. On a déjà annoncé cet ouvrage comme d'un M. Poinſinet, couſin du *Miſtifié*. En conſéquence le premier ne veut plus rien de commun avec ce dernier, & renie juſqu'à ſon nom. Pour parler actuellement du livre même, il ne contient que ce qu'on en connoît. On y remarque ſeulement un parti décidé de braver le public, & de lui rendre le mépris dont il a pluſieurs fois accueilli l'auteur.

A la page 28. *Le 23 Février*. *Le plaiſir d'un jour*, ou *la journée d'une Provinciale de Paris,* roman, dont l'action ne dure que neuf à dix heures, voilà ce qui le caractérise & ce qui le rend singulier.

A la page 30. *Le 1 Mars 1764.* Aujourd'hui 1 Mars on a joué à l'hôtel de Richelieu pour le mariage de M. le Duc de Fronsac, la piece de *l'Amateur* de M. Barthe, qui n'a pas eu de succès : outre que les acteurs savoient mal leurs rôles, on fait que la cour & la ville ne font pas d'accord ordinairement. On parlera plus amplement de cette piece, quand elle aura été jouée aux François ; ce qui doit arriver ces jours-ci.

A la page 31. *Le 4 Mars.* Le théâtre de M. de Sivry est fort exalté dans une lettre de M. le Brun, secrétaire des commandemens de S. A. S. Mgr. le Prince de Conty. Ces deux auteurs ne pouvant atteindre aux suffrages du public, ont pris le parti de se suffire à eux-mêmes : ils ont établi le systéme de ne point travailler pour ce juge imbécille, qui dispense les réputations aussi mal-adroitement. Depuis ce tems *Gryphon* & *Syphon* se louent & se caressent tour-à-tour, & font fi ! de tout le reste.

A la page 31. *Le 7 Mars.* On ne peut s'empêcher de réclamer contre l'impudence fastidieuse & ridicule avec laquelle le *Mercure* déguise tous les événemens littéraires. Il annonce dans ce mois-ci, feuille 176, que la tragédie d'*Idomenée* de M. le Mierre avoit été reçue avec applaudissement à tous les actes ; & qu'une acclamation soutenue avoit appelé l'auteur à la fin de la piece, qui s'étoit dispensé de paroître. Nous étions témoins ocu-

laires & auriculaires ; nous ofons foutenir qu'il
eft peu de pieces qui aient été reçues avec un
ennui plus continu & plus démonftratif ; que
c'eft par dérifion, par cabale, que l'auteur a
été appelé ; que la preuve s'en doit tirer du
fait même, puifqu'il n'a pas ofé fe montrer,
quoiqu'il fût à la comédie, qu'il avoit été fi
mortifié de voir rater un fuccès qu'il fe promettoit, qu'il en avoit eu la fievre & s'étoit
retiré dans un grand défordre & dans une con-
fufion qui fait honneur à fa fenfibilité. En
un mot, cette tragédie a eu peine à fe foutenir jufqu'à la fixieme repréfentation, malgré
tout l'appareil pittorefque & toute la pompe
d'attitudes qu'y avoit employés Mlle. Clairon.

Que penferoient de nous les étrangers, s'ils
regardoient comme les jugemens de la nation
ceux des bas auteurs de cet ouvrage périodique, qui prodigue fans choix & fans ménagement fon encens aux Voltaire & aux le
Mierre ! Heureufement il refte concentré dans
nos campagnes.

A la page 32. *Le 9 Mars* 1764. Avant-hier
mercredi eft paru ce qu'on appelle la *gazette
littéraire de l'Europe.* C'eft une feuille in-8°.
dans laquelle font quelques annonces de livres
étrangers & autres. Cela ne reffemble pas mal
aux *Annales Typographiques,* & aux notices
qu'on voit à la fin du *Journal des Savans* &
de celui de Trevoux, &c.

A la page 34. *Le 16 Mars.* On a imprimé
depuis quelque tems *le Roffignol,* comédie en
un acte & en vaudevilles de M. Collé, auteur
de *Dupuis & Defronais.* Il y a plus de douze
ans que ce drame avoit été repréfenté avec

fuccès chez M. le Comte de Clermont. Le conte du même nom, inféré dans ceux de la Fontaine, quoiqu'il ne foit pas de cet auteur, eft le canevas de cette piece peu fufceptible d'être jouée fur un théâtre public.

A la page 43. *Le 10 Avril* 1764. Le fupplément à la *gazette littéraire de l'Europe*, eft du mercredi 4 Avril. Il contient quatre feuilles d'impreffion. Les extraits qu'il renferme font moins croqués, ils font dans le goût de ceux du *Journal étranger*. On ne voit encore rien de nouveau dans cet ouvrage, & il n'eft redoutable aux autres qu'en ce qu'il eft plus favorifé du gouvernement.

A la page 48. *Le 25 Avril.* Voici un vaudeville, qui n'a d'autre mérite que d'être hiftorique & de tranfmettre à la poftérité des anecdotes, dont quelques-unes ne font pas connues de tout le monde; c'eft fur M. le Prince de Soubife, à l'occafion de la mort de Madame de Pompadour :

> Il eft mal, ce pauvre Soubife,
>
> Sa Tente à Rosbach il perdit,
>
> A Verfailles il perd fa Marquife,
>
> A l'Hôpital il eft réduit.

A la page 48. *Le 27 Avril.* On a parlé de la *Réponfe à l'auteur de l'Anti-financier* : elle traite d'enthoufiaftes & de turbulens, ceux qui propofent l'impôt unique comme le vœu de la nation, & entreprend de juftifier tout ce qui paroit depuis plufieurs années : l'auteur, fous un éloge affecté de la juftice des magiftrats,

I v

qui ont réclamé contre les abus & vexations relevés dans l'*Anti-financier*, ridiculife leurs demandes & renverfe leurs remontrances. Le parlement de Normandie, à qui l'ouvrage a été dénoncé, l'a condamné le 9 de ce mois à être brûlé par l'exécuteur de la haute juftice, avec les qualifications les plus fortes contre cet écrit & fon auteur.

A la page 53 Le 7 *Mai* 1764. Un plaifant a fait écrire Racine des Champs Elyfées à M. de Voltaire. C'eft une épitre en vers, où ce poëte dramatique turlupine l'auteur fur fon *Commentaire de Corneille* & le remercie. La plaifanterie eft légere & agréablement faite. On finit par avertir M. de Voltaire que Corneille ne lui en veut point, on lui fait dire :

> Voltaire eft homme, il eft injufte,
>
> Il confpire comme Cinna ;
>
> Je dois pardonner comme Augufte.

A la page 55. Le 10 *Mai*. Le Sieur Freron dans fa douzieme feuille de *l'Année littéraire*, écrit une lettre à M. de Voltaire fur fon édition de Corneille. Il la critique fommairement & réfume très-bien les reproches que le public fait à l'auteur du Commentaire. On eut défiré plus de détail, une défenfe de Corneille plus approfondie, & furtout que l'égide eût été maniée par un athlete plus honnête.

A la page 56. Le 12 *Mai*. Les comédiens italiens ont donné une piece nouvelle en leur langue, intitulée, *Arlequin dupe, vengé* ; elle eft en cinq actes & de M. Goldoni. Cet inépuifable auteur leur a fait jouer le premier de ce mois *Camille Aubergifte* en deux actes.

A la page *idem. Le* 13 *Mai* 1764. Les François doivent donner inceffamment *le Jeune-homme*, comédie nouvelle en vers, en cinq actes, de M. Baftide. Le fujet eft ce même jeune homme, introduit dans le monde par un Mentor qui fe charge de le former ; il y réuffit fi bien que, pour coup d'effai, fon éleve lui fouffle fa maîtreffe. Le philofophe piqué de cette perfidie, profite de la crédulité du jeune homme, de la confiance qu'il a en lui, pour lui faire faire beaucoup de fottifes, le couvrir de ridicule & le rendre méprifable aux yeux de cette même femme qui en étoit amoureufe, de forte que l'éleve eft obligé de revenir à fon Mentor, de lui avouer fes écarts & de retourner à une jeune perfonne à qui fes parens le deftinoient.

On fent par cette expofition que l'auteur commence fa piece où il auroit dû la finir ; on voit très-bien quel parti pour le ridicule & pour le vrai comique on peut tirer de l'avant-fcene, mais le refte doit être froid, infipide & dégénerer en une morale trifte.

A la page 57. Le 17 *Mai.* On a remis aujourd'hui à l'opéra des fragmens, compofés du *prologue de Titon & l'Aurore*, de l'acte d'*Hylas & Lelis*, & celui de *Pygmalion*. Depuis la rentrée ce fpectacle n'a pas été fort fuivi ; il eft à craindre que ces morceaux connus n'attirent pas plus d'affluence.

A la page *idem.* Le 18 *Mai. Le Jeune-homme* n'a pas été accueilli hier, comme l'auteur & les comédiens l'efpéroient ; la piece n'a pu aller que jufqu'à la deuxieme fcene du troifieme

I vj

acte. Dès la deuxieme du premier le ridicule
a éclaté au point d'occasionner un rire univerfel. Le parterre s'eft mis en gaieté & s'eft
foutenu fur ce ton jufqu'au moment où un éter-
nument épouvantable eft parti des troifiemes
loges. Cet incident a été comme le coup de
foudre ; les éclats ont recommencé avec plus
de fureur & les acteurs ont fait leur révérence.
De mémoire d'homme on n'a point vu de piece
aufli rare pour le ridicule & l'impertinence du
ftyle : on en cite plufieurs vers qui font devenus proverbes. Le jeune homme ayant menacé
une efpece de maître Jacques d'une femme qu'il
aime, de le jetter par la fenêtre, celui-ci fe
retranche à dire : ,, par la porte , à la bonne
,, heure. ,, Il philofophe enfuite, il prétend
qu'on n'eft pas vil quand on a une ame. Enfin ,
l'autre inftant, il lui répond avec emphafe :

Quand on fait fon devoir, on fort par l'efcalier.

Dans une autre fcene le jeune homme, à qui
l'on reproche qu'il va brouiller deux femmes ,
s'écrie dans l'excès de fa joie :

. . . . tant mieux !
La haine eft à mes yeux un vrai feu d'artifice.

On cite pour exemple de la logique de l'auteur un vieillard qui dit au jeune homme :

J'ai foixante ans paffés & je vous aime encore.

Le théâtre étant refté vuide pendant une
demi-heure, un acteur eft revenu & a annoncé
qu'on alloit donner *Lénéide & la Jeune In-*

dienne ; cè qui a été exécuté au grand contentement des fpectateurs.

On eut voulu que les comédiens euffent fait des excufes très-humbles de leur bêtife d'avoir reçu une piece auffi indigne de l'attention du public, & tout au plus fupportable aux parades des boulevards.

A la page 57. Le 19 *Mai.* 1764. On ne peut revenir du peu de goût, ou pour mieux dire, de l'imbécillité des comédiens ; on ne conçoit pas que cet aréopage fi difficile & fi impertinent à l'égard des auteurs qu'il fait valeter plufieurs années de fuite, ait donné les mains à recevoir un drame auffi complétement ridicule que celui du *Jeune-homme.* On fait que l'auteur ne s'en eft mêlé en rien & que les comédiens étoient engoués de cette comédie.

Le matin M. l'abbé de Voifenon trouva Molé, qui faifoit le rôle du *Jeune-homme*, chez Madame la Marquife de Villeroi & qui tenoit fon cahier à la main ; il le prit & tombant fur la fcene du valet, il fentit par l'expreffion de *jetter par la fenêtre* tout le ridicule du refte de la fcene ; il demande à Molé ce qu'il en penfe ? Ce jeune fat l'affure que fon rôle eft très-bon, que cette fcene eft une fcene d'humanité qui doit faire le plus grand effet; & l'abbé de rire, & de dire à la marquife : *Madame, je fuis bien trompé, ou ce jeune homme donnera bien du fil à retordre à fon pere.*

A la page 59. Le 25 *Mai.* La piece qu'on repete actuellement à la comédie françoife & qui doit fe jouer inceffamment, c'eft *Cromwel,* tragédie d'un M. Duclairon, homme d'un certain âge qui debute dans la carriere dramatique.

Il a choifi pour fujet le moment de la mort de cet ufurpateur, il lui garde fon caractere d'enthoufiafte & lui fait prédire cet événement; on fent que c'eft le coup de théâtre de *Mahomet*.

A la page 59. Le 27 *Mai* 1764. On a remis à la comédie françoife *la Magie de l'amour*, comédie en un acte, en vers libres, avec un divertiffement d'Autreau. Cette piece, qui a eu du fuccès en 1755, comporte un rôle très-propre pour Mlle. d'Oligny. Cette actrice fort agréable au public a cependant le défaut effentiel de pécher par l'organe & elle donne des inflexions fourdes, qui font perdre une partie de ce qu'elle dit.

A la page 62. Le 5 *Juin*. On a remis aujourd'hui à l'opéra *les Fêtes d'Hébé ou les talens lyriques;* on s'eft efforcé de rendre ce ballet agréable par les danfes les plus voluptueufes & le fpectacle le plus brillant : quant à la mufique, elle eft fi univerfellement eftimée qu'on ne peut lui refufer fon admiration.

A la page *idem*. Le 6 *Juin*. M. de la Dixmerie eft depuis quelque tems à la tête de *l'Avant-coureur*. Cet ouvrage périodique eft affez fêté par la célérité avec laquelle il annonce les modes en tout genre. M. de la Dixmerie continue à faire les contes du *Mercure*.

MM. d'Aquin & de Villemer préfident auffi à ce journal.

A la page 62. Le 7 *Juin*. Les comédiens ordinaires du Roi ont donné aujourd'hui 7 de ce mois la premiere repréfentation de *Cromwel*, tragédie par M. Duclairon. Il a choifi le jour de fa mort. Ce fujet, tout impraticable qu'il ait paru jufqu'à préfent, n'a point rebuté notre auteur. On a trouvé dans les trois premiers actes des morceaux qui ne feroient point défavoués par les maitres de l'art ; ils ont été unanimément applaudis : on prétend que la matiere a manqué au poëte dans les deux feconds. On convient que le caractere de *Cromwel* eft fortement deffiné ; mais le vrai défaut de la piece eft , que l'auteur n'y ayant mis aucune action hiftorique , on pourroit en changer le titre & y fubftituer également celui de tout autre tyran.

A la page *idem.* Le 8 *Juin* 1764. Dans le Supplément de la *Gazette littéraire* du 6 Juin au n°. VIII , on lit une lettre que les auteurs affurent décéler le goût & refpirer la main du grand maître. Elle eft écrite à l'occafion des *Mémoires pour fervir à la vie de François Pétrarque , en deux vol. in-4°. , par Mr. l'abbé de Sade.* On y prétend que dans les ouvrages de cet auteur , qui roulent prefque tous fur l'amour , il n'y en a pas un qui approche des beautés de fentimens qu'on trouve répandus avec tant de profufion dans Racine & dans Quinault : en un mot , on y réduit Pétrarque à un rang très-médiocre , & l'on prétend que fon plus grand mérite eft la vetufté.

On voit à la tête du même Supplément une lettre fur les Hiftoires Romaines que nous avons où l'on reconnoît la touche légere & fatyrique de M. de Voltaire. Il fe plaint avec raifon qu'on y rapporte encore des contes puérils , qu'on auroit honte de débiter dans une converfation ; il voudroit qu'on envifageât davantage un pareil ouvrage du côté du philofophique.

A la page 65. Le 14 *Juin.* Les comédiens

Italiens ont donné aujourd'hui la premiere repréfentation de *Nanette & Lucas*, ou *la
Payfanne curieufe*, comédie en un acte & en
vers mêlée d'ariettes. Les paroles font de M.
Framery. Nous avons déja annoncé cette piece
fous un titre différent. L'intrigue en eft des
plus fimples, ou plutôt il n'y en a pas. Un
écrin, dans lequel il y a un collier de perles
& qu'ouvre *Nanette* malgré la défenfe de fon
Seigneur, en fait tout le fond. Cette curiofité,
loin de lui être funefte, eft pardonnée, & le
mariage ne s'en conclut pas moins heureufement. Le drame finit par un vaudeville, qui
apprend au parterre qu'il ne faut pas être curieux. Il y a des traits fort ingénieux dans le
courant de l'ouvrage & des épigrammes de
fituation.

On remarque dans la mufique une ariette pittorefque, où le muficien a très-bien rendu le
bruit du tourne-broche. C'eft un tableau à la
Teniers, & un exemple très-frappant de l'harmonie imitative.

A la page 65. Le 16 *Juin* 1764. On a retiré
aujourd'hui le *Cromwel*, donné pour la cinquieme fois. Il eft bon d'obferver à cette occafion que M. Crébillon ayant travaillé fur ce
fujet en lût la premiere fcene à l'Académie
françoife : foit qu'il n'ait pas été content de
l'accueil du public, foit qu'il ait fenti le vice
du fujet, ce grand tragique n'a pas ofé continuer & a laiffé fon ouvrage.

Quand une piece ne rapporte pas plus de 800
livres, elle eft dévolue aux comédiens. Celle-
ci n'avoit donné que 801 livres.

A la page 67. Le 20 *Juin*. On prétend au-

jourd'hui que le *Cromwel* qui paſſe ſous le nom
de M. Duclairon n'eſt pas de lui. Quelques lit-
térateurs ſe rappellent en avoir entendu lire
trois actes à feu M. Morand. La liaiſon intime
que ce poëte avoit avec le premier , fait préſumer que celui-ci pourroit bien s'être appro-
prié le manuſcrit de ſon ami. La ſuite juſtifiera
ſi M. Duclairon étoit en état de faire une tragédie ſemblable à celle-la , telle qu'elle eſt. Il
travaille actuellement à *Tigrane*.

A la page 70. Le 30 *Juin* 1764. On dit que M.
Mercier Genevofain s'étoit arrangé avec Chau-
bert, imprimeur du *Journal de Trevoux*, pour
la continuation. M. le vice-chancelier n'a pas
jugé à propos de continuer cet ouvrage : on
doit le terminer à la demi-année; après quoi il
reſte ſupprimé. Outre le diſcrédit dans lequel
il étoit tombé , on eſt bien aiſe de relever le
Journal des Savans , déjà très-mécontent de
l'introduction de la *gazette littéraire*.

A la page 70. Le 1 *Juillet*. On trouve
dans le Recueil des lettres de M. d'Eon quelques anecdotes relatives au *Journal étranger*
& à ſon inſtitution.

Dans une lettre de M. le duc de Praslin à
M. d'Eon, de Verſailles le 17 Mai 1763 , il
eſt dit :

,, Le roi, monſieur, ayant jugé très-conve-
,, nable d'ajouter à l'établiſſement de la gazette
,, actuelle, celle d'une *Gazette littéraire*, qui
,, préſentât au public un tableau fidele de l'état
,, & du progrès des arts & des ſciences dans
,, toutes les parties de l'Europe , le duc prie
,, en conſéquence M. d'Eon d'adreſſer à M.
,, l'abbé Arnaud ou à M. Suard ſon collegue

„ tout ce qui pourra être relatif à cette ma-
„ tiere. ”

Dans une lettre de M. de Saint-Foix à M.
d'Eon, du 19 Juin 1763, il dit : „ vous favez
„ que ce grand écrivain (M. de Voltaire) veut
„ bien s'abaiffer aujourd'hui jufqu'à travailler
„ pour la *Gazette littéraire* . ... Sur ce fujet,
„ mon très-cher , il ne m'eft pas poffible de
„ finir fans vous témoigner que M. le duc de
„ Praslin dit par fois que vous êtes un pareffeux
„ littéraire, que vous avez été le témoin de la
„ formation de ce projet , que vous avez pro-
„ mis des matériaux & entr'autres une hiftoire
„ très-remarquable du Kamtfchatka , & que ce-
„ pendant vous n'avez encore rien envoyé pour
„ le fuccès de cet établiffement, qui lui tient
„ extrêmement à cœur. ”

Dans une lettre de M. d'Eon à M. le duc de
Praslin, du 31 Mai 1763, il dit : „ nous n'a-
„ vons point reçu du tout, M. le duc , la lettre
„ circulaire dont vous parlez , écrite à tous les
„ miniftres du roi dans les cours étrangeres au
„ fujet de l'ouvrage que fe propofe M. l'abbé
„ Arnaud , pour étendre dans toute l'Europe
„ l'empire de la langue françoife , & M. le duc
„ de Nivernois n'auroit pu rien comprendre à
„ ce que vous lui dites de cet ouvrage & de cet
„ empire, &c. Dans tous les pays étrangers on
„ n'a pas l'amour & la fureur des gazettes & pa-
„ piers périodiques , ainfi qu'à Paris. Je fais
„ par les meilleurs libraires de Londres , qu'ils
„ ne veulent aucun de nos papiers périodiques
„ & journaux, pas même celui des favans ,
„ &c. Tout cela eft regardé en Angleterre
„ comme mifere étrangere , ou plutôt fran-

çoife , pour endormir l'efprit des Parifiens ,
tandis qu'on fouille dans leurs poches ....
M. le duc de Nivernois ne voit aucuns favans
Anglois ; 1°. parce qu'ils fe communiquent
très peu dans le monde ; 2°. parce qu'ils s'ap-
pliquent beaucoup à l'étude du grec & du
latin & peu à la langue françoife, & plus pour
entendre les auteurs morts que pour parler
aux auteurs vivans. A mefure que chaque
gazette paroîtra, elle pourra bien être traduite
& imprimée fur le champ en Anglois ; &c.
moyennant quoi votre but, qui eft d'étendre
l'empire univerfel de la langue françoife,
pourra bien manquer, & le but des auteurs,
qui eft d'avoir de l'argent, pourra bien ne pas
répondre tout-à-fait à leur éalcul.

„ Les deux feuls journaux littéraires qui fe
publient ici tous les mois, font *the Monthly
Review*, ou *Revue de tous les mois ;* l'autre
fe nomme *the Critical Review*, ou *Revue
critique.* Ces deux livres feuls peuvent faire
la fortune de la *gazette littéraire* de l'Abbé
Arnaud, quant aux ouvrages anglois „.

A la page 71. *Le 4 Juillet* 1764. Le *Journal étranger* d'aujourd'hui nous annonce un
Journal Italien, dont le titre bifarre peut indi-
quer jufques à quel point la manie des expreffions
extraordinaires & fauvages conduit ceux qui en
font affectés. M. Baretti fait imprimer à Venife
un ouvrage périodique, qu'il appelle la *Frufta
letteraria d'Ariftarco fcannabue :* „ le fouet lit-
„ téraire d'Ariftarque égorge-bœuf. „ L'auteur
remplit à la lettre ce nom outrageant. On y retrouve toutes les mauvaifes facéties, les farcaf-

mes amers & dégoûtans, dont quelques-uns de
nos journaliftes affaifonnent leurs ouvrages.

A la page, 73. *Le* 18 *Juil.* 1764. La *gazette
littéraire* de l'Europe [N°. 24.] nous apprend
qu'il paroît à *Leipfick* une traduction allemande
du poëme élégant de *l'Art de peindre* par M.
Watelet. Nous fuppofons que l'épithete d'*élégant* ne tombe que fur les ornemens typographiques & pittorefques, dont eft enrichi ce poëme aride & didactique. Quant à la traduction,
elle fait moins d'honneur à l'auteur original que
de déshonneur à fon traducteur tudefque. Quel
poëme va-t-il chercher pour faire paffer dans fa
langue !

A la page 78. *Le* 25 *Juillet.* Mademoifelle
Aurelli, premiere danfeufe du théâtre royal de
Londres, a danfé aujourd'hui fur celui des Italiens. Cette actrice annoncée avec éclat avoit
attiré une foule prodigieufe. On admire fa vigueur, fon jarret indomptable, des gargouilla-
des repétées jufqu'à douze, des tournoyemens,
des pirouettes. De la réunion de toutes ces parties il réfulte qu'elle eft plus propre aux danfes de force, qu'aux danfes légeres, agréables
& nobles, plus faite pour paroître fur la corde
ou fur un théâtre de la foire, que fur un théâtre
majeftueux. Au refte, elle n'eft point jolie,
elle eft courte, ramaffée, d'un certain âge,
c'eft une Provençale, qu'on a déjà vu danfer
en France & qui avoit époufé un nommé *Vis*
de l'opéra.

A la page 78. *Le* 26 *Juillet.* Les Italiens ont
donné aujourd'hui la premiere repréfentation
des *Amours de village*, comédie en deux actes
en vers, mélée de mufique. Les paroles font de

M. Riccoboni, la musique de M. Bambini :
homme qui n'a encore rien donné. Le poème
n'a rien d'intéressant dans son intrigue, des plus
triviales ; les paroles en sont quelquefois plattes
& basses ; la musique n'a rien de pittoresque & ne
produit aucune sensation sur l'ame : en un mot,
le total a paru misérable.

A la page 78. Le 27 *Juillet* 1764. Les gazettes
étrangeres nous apprennent la bonne fortune
de M. Wilkes, l'auteur du *North-Breton*, si
persécuté à l'occasion de cet ouvrage périodique. On a trouvé dans le testament d'un nommé
Henri Walton, riche fermier du Devonshire :
„ Je legue à Jean Wilkes, ci-devant membre
„ du parlement pour Aylesbury, cinq mille
„ livres sterlings, en reconnoissance du cou-
„ rage avec lequel il a défendu la liberté de
„ sa patrie & s'est opposé aux progrès dan-
„ gereux du pouvoir arbitraire „. On ne se
permettra aucune réflexion sur ce trait original
& caractéristique.

A la page 81. *Le 6 Août.* On annonce pour demain *Naïs* à l'opéra. Ce ballet
en trois actes, précédé d'un prologue, est de
MM. de Cahusac & Rameau. Il fut joué en
1749 & n'eut pas un grand succès. Ce prologue
avoit été fait à l'occasion de la paix de cette
année-la & représentoit les Titans terrassés par
Jupiter.

A la page 81. *Le 7 Août.* Nous avons déja
parlé d'une *lettre critique* insérée dans la *gazette littéraire*, à l'occasion des *mémoires pour
la vie de François Pétrarque, tirés de ses œuvres*, &c. Freron, dans son N°. 21, se fait
écrire une lettre par un Italien à ce sujet. Il

commence par infinuer que cette critique eſt d
M. de Voltaire. Il démontre enfuite la baſſe ja
louſie, la mauvaiſe foi de cet auteur, dans ſe
citations, ſes paralogiſmes; en un mot, il anéan
tit abſolument ſon attaque contre Pétrarque : i
montre enfuite qu'il contredit lui-même l'élog
qu'il a fait de ce poëte Italien dans ſon *Hiſtoir*
univerſelle.

A la page 81. *Le 8 Août* 1764. L'opéra a
remis hier *Naïs*, ainſi qu'il avoit été annoncé
l'ouverture & le prologue ont paru de la plu
grande beauté. La décoration eſt magnifique
& les vaſtes travaux des Géans qui entaſſen
des rochers, ſont exprimés d'une façon ſu
blime. On a trouvé meſquine la petite fuſée
avec laquelle Jupiter foudroie ces audacieux
Il falloit déployer tout le terrible d'un tonnerre majeſtueux.

Quant au Ballet, les paroles en ont toujours paſſé pour miſérables; elles ſont égayées
par une multitude de danſes, dans leſquelles
paroît ſucceſſivement tout ce que l'opéra a de
plus brillant en ce genre. Il y a des danſes
pyrriques qui font un très-bel effet. Le Sieur
le Gros fait le rôle de *Neptune* déguiſé &
amoureux de *Naïs*. Sa belle voix s'y ſoutient
avec la plus grande admiration, il continue à
donner de très-beaux ſons; attendons patiem-
ment que ſon ame puiſſe animer ſon organe
délicieux !

La muſique de cet opéra eſt d'un genre
différent de celle des *Talens lyriques*; il eſt
à craindre que cette derniere ne lui faſſe tort.

A la page 81. *Le 9 Août.* On lit dans le
N°. 27 de la *gazette littéraire* un ſonnet de

Creduli, un des meilleurs poëtes qu'ait eu
l'Italie, & qui paroît avoir échappé aux recherches de ses éditeurs, puisqu'il ne se trouve
dans aucun recueil de ses ouvrages. Il est si
heureux & si naturel, qu'il mérite une dis-
tinction particuliere. C'est une espece d'épi-
thalame. La virginité s'adresse à la nouvelle
mariée :

Del letto marital questa è la sponda :
Più non lice seguirti : jo parto : addio.
Ti fui custode dall'età la più bionda,
E per te gloria accrebbi al regno mio.

Sposa e madre or sarai, se il ciel seconda
L'insubra speme, ed il commun desio ;
Già vezzeggiando ti carpisce, e'sfronda
S'gigli amor, che di sua man ordio.

Disse, e disparve in un balen la Dea,
E in van trè volte la chiamò la bella
Vergine, che di lei pur anche ardeà.

Scese fra tanto, e'sfolgorando in viso
Fecondita, la man le prese, e di ella
Al caro sposo, e il duol cangiossi in riso.

TRADUCTION.

De ton lit nuptial s'entr'ouvre le rideau :
Il faut nous séparer : nécessité cruelle !
Tu perds de tous tes pas la compagne fidelle ;
De mon regne je perds l'ornement le plus beau.

Epoufe & mere enfin, tu vas d'un Dieu nouveau
Eprouver déformais la puiffance & le zele ;
L'Amour qui te careffe, éparpille de l'aîle
Les lys dont il fe plût d'embellir ton berceau.

Elle dit & s'enfuit, comme un éclair rapide :
La nymphe, dont le cœur en eft encor épris,
Jufqu'à trois fois envain la rappelle à grands cris.

Le feul Hymen defcend, de fa conquête avide,
A la main de l'époux il joint fa main timide
Et bientôt à fes pleurs ont fuccédé les ris.

A la page 82. *Le 14 Août* 1764. Freron, dans
fon N°. 22, finit par cet article : *Faute à cor-*
riger dans le N°. 20. Page 290, ligne 12.
François Marie Arouer de Voltaire : Lifez
François Marie Arouet de Voltaire.

Bien des gens, en remarquant cette pitoyable & infâme plaifanterie, l'avoient mife fur le
compte de l'Imprimeur ; le journalifte a eu peur
qu'elle ne fût en pure perte, & par cette affectation décele qu'il a regardé cette tournure comme
très-piquante, il fait voir jufqu'à quel point de
platitude peut defcendre un homme d'efprit
aveuglé par la paffion.

A la page 84. *Le 21 Août.* Les comédiens
Italiens ont donné hier la première repréfentation d'une nouvelle piece intitulée *l'Anneau*
perdu & retrouvé, comédie en vers, en deux
actes, mélée d'ariettes ; les paroles font de
M. Sedaine & la mufique de M. de la Borde.
Les unes & l'autre ont paru plus que médiocres
au public & les acteurs n'ont pas ofé l'annoncer

pour

pour une feconde fois. Elle reparoit cependant fur l'affiche.

C'eft un réchauffé des *Bons comperes*, ou *les bons Amis*, joués à la foire le 5 Mars 1761. L'auteur a tout refondu, ainfi que le muficien.

A la page 86. *Le 24 Août* 1764. Les comédiens François ont remis hier trois comédies de M. de Saint-Foix, qui n'avoient pas été reprifes depuis très-long-tems. On y a joint leurs divertiffemens. La premiere eft *Deucalion & Pyrrha*. Cette piece, compofée de deux actes, ne contient que très-peu de fcenes. La feconde, *l'Isle fauvage*, eft d'un enfemble plus piquant; il y a des beautés de détail & des fcenes naïves, intéreffantes. La troifieme emporte la paille, ce font les *Graces*: c'eft un tableau de l'Albane, d'un velouté, d'une fraicheur, d'une fineffe admirables. Mlle. Luzi fait le rôle de l'*Amour*, avec tout le piquant, toute la malice qu'on peut attendre d'un pareil Dieu. Les divertiffemens étoient des plus médiocres.

A la page 86. *Le 27 Août*. On a fait le 25 l'ouverture du Sallon de St. Luc, qui fe tient à l'hôtel d'Aligre rue St. Honoré. Beaucoup de portraits, de très-mauvais tableaux d'hiftoire, quelques fculptures paffables, voilà ce qu'eft en gros ce Sallon-là.

Les Marines, les tableaux d'Architecture & fur-tout les Payfages font ce en quoi il eft le mieux compofé. Cela ne mérite aucun détail.

A la page 88. *Le 2 Septembre*. On annonce depuis quelques jours à la comédie Fran-

çoife une petite comédie en un acte, intitulée *le Cercle*, ou *la Soirée à la mode*. On
prétend que c'eft une efquiffe ingénieufe de ce
qui fe paffe dans la plupart des fociétés. On
veut même qu'on y reconnoiffe différens vir-
tuofes à la mode. On eut fouhaité que ce fujet
eût tombé en de meilleures mains ; on trouve
le petit Poinfinet bien peu délicat, bien bour-
geois, pour tracer les mœurs du grand monde
& nous rendre les formes fragiles de pareils perfonnages.

A la page 91. *Le 8 Septembre* 1764. *Le
Cercle*, dont nous avons parlé, a été joué aujourd'hui avec peu d'affluence ; la réputation
de l'auteur ne marche pas devant lui : la piece
a reçu de très-grands applaudiffemens. Une
Précieufe moderne, deux Petites-maîtreffes
fubalternes, un Marquis fat, un plat Robin,
un Suiffe bon-homme, un Poétereau auffi vain
que bas, un Médecin à la mode & un Abbé
muficien compofent ce joli grouppe : nous ne
parlons point d'une Soubrette & d'une jeune
perfonne qui y font pour peu de chofe. Il n'y
a ni intrigues, ni marche théâtrale, mais beaucoup de faillies & des perfonnages peints dans
une grande vérité. Le rôle de Médecin eft fans
contredit le premier. On prétend que c'eft
Lorry ; l'abbé de la Croix eft le prototype du
muficien ; le poëte fe défigne par mes dix-neuf
ans, ouvrage de M. du Rofoy : enfin la femme
eft connue pour Madame la Comteffe de Beauharnois. Malgré fon fuccès prodigieux, le
fujet pouvoit être mieux traité, & l'on fent
que l'auteur n'a vu la bonne compagnie que

de loin ; il n'y a pas cette touche fine & légere, qui défigne l'homme du grand monde.

A la page 91. Le 10 *Septembre* 1764. Dans le fupplément de la gazette littéraire de l'Europe du mardi 1er. Août 1764, on lit des anecdotes fur le *Cid* ; on y fait mention d'un fecond *Cid*, Efpagnol, autre que celui de *Gilles de Caftro* ; il eft de Dom Juan Batifta Diamante. Le journalifte prétend que Corneille n'a pas moins puifé dans ce dernier, plein de penfées fublimes & dont le drame eut autant de fuccès que le *Cid* connu ; on le croit antérieur à celui-ci, on le regarde comme très-rare & il n'y en a peut-être pas aujourd'hui trois exemplaires.

A la page *idem*. Le 11 Septembre. *Les Mufes françoifes, contenant un tableau univerfel par alphabet & N. des théâtres de France, avec les noms de leurs auteurs, & de toutes les pieces anonymes de ces théâtres, depuis les Myfteres jufqu'en l'année 1764. Ie. partie.* Tel eft le titre faftueux d'un ouvrage qui n'a que cela de neuf ; il eft emprunté du dictionnaire portatif des théâtres de M. Caris. D'ailleurs le plan qu'on imagine eft des plus défectueux. On attribue aux théâtres françois & italiens & à l'opéra, non-feulement les pieces qui y ont été jouées, mais encore celles qui, non jouées, ont femblé par leur genre appartenir à ces théâtres. En un mot, tout décele un homme avide de gain & peu foigneux de mériter les éloges du public. A l'article de Jean Bernard le Blanc, né à Dijon le 3 Décembre 1707, abbé vivant, on lui attribue la tragédie de *Manco Capac*, ouvrage de M. le Blanc de Quillet, jeune homme & individu très-différend de l'autre.

NB. Il en est déjà parlé au 13 Août 1764.

A la page 92. Le 15 *Septembre* 1764. Dans la gazette littéraire n°. 34., on annonce une tragédie allemande de M. Klopstock; elle est intitulée *Salomon*. Le plan est très-simple, dit le journaliste; il n'y a ni intrigue ni catastrophe; elle est écrite en vers métriques & divisée en cinq actes. Il prétend qu'avec moins d'intérêt qu'en celle d'*Adam*, l'auteur a su conduire la piece à la fin par le seul art de préparer les événemens & de graduer les passions. Il n'y a point de femmes en scene.

A la page 93. Le 19 *Septembre*. Les Italiens donnent depuis quelques jours une comédie françoise, intitulée *le Bon tuteur*. Elle est de M. Desgranges, en trois actes & en vers. C'est une piece italienne de Goldoni, que le premier a voulu accommoder à notre théâtre; il paroît qu'il a manqué son objet. La piece de Goldoni, sans être la meilleure qu'il ait faite, a de l'intérêt, du naturel & quelques incidens heureux. Le second glace tout de son froid mortel & l'auteur est lui-même très-mécontent de son traducteur.

A la page *idem*. Le 20 *Septembre*. La gazette littéraire de l'Europe, au n°. 35, nous fait connoître les poésies de l'abbé Gold. Le journaliste dit que c'est un des meilleurs poëtes qu'ait produit l'Italie, qu'il réussit également dans l'art de modeler & dans celui de peindre; que ses idées sont neuves & fortes, ses images hardies & brillantes & son style plein de noblesse & d'harmonie. Il en cite un morceau, qui vient très-fort à l'appui de son jugement.

A la page 93. Le 21 *Septembre*. M. Barthe a

Iu ces jours-ci aux François une nouvelle piece
en un acte, intitulée *les deux Coufines*. La piece
a paru froide & n'a eu que trois voix ; celles de
Mlle. Doligny, de madame Préville & de Molé :
l'une, parce que c'est son héroïne & qu'il lui
fait sa cour ; l'autre, parce qu'elle se flattoit de
jouer un rôle confidérable dans la piece ; & l'acteur, parce qu'il est l'ami intime du poëte. M.
Barthe ne se regarde point comme battu & prétend en rappeler tôt ou tard.

A la page 94. Le 24 *Septembre* 1764. M. Fréron, dans sa 26e feuille, se fait écrire une lettre
contre M. de Voltaire, où il attaque surtout le
Difcours aux Welches. & prétend que le fond en
est pillé chez un certain Deslandes, auteur, dit-
il, de je ne sais quelle histoire critique de la
philofophie. Il profite de l'occafion pour inférer au bas de cette lettre dans une note, le *défaveu* que fait Panckoucke, libraire, d'une lettre
fuppofée, où le libraire affure M. de Voltaire,
*que perfonne ne fait de fes talens une plus
grande eftime que M. Fréron & n'a plus lu fes
ouvrages*. Il infinue que cette lettre est une
fourberie du grand poëte. Fréron finit à son tour
par un défaveu de tout ce que Panckoucke pourroit avoir dit en son nom.

A la page 98. Le 2 *Octobre*. M. Poinfinet,
auteur de la comédie du *Cercle*, l'ayant fait imprimer avec une épître dédicatoire à M. de la
Ferté, intendant des menus, pleine d'une baffe
& fordide adulation, on a fait l'épigramme
fuivante :

On s'étonne & même on s'irrite
De voir encenfer un butor ;

N'a-t-on pas vu l'Ifraélite
Adorer auffi le veau d'or ?
Un auteur peut fans être cruche
Enmécéner un la Ferté ;
C'eft un fculpteur qui d'une buche
Sait faire une divinité.

A la page 101. Le 5 *Octobre* 1764. L'opéra a remis aujourd'hui *Tancrede*. Le poëme eft de Danchet & la mufique de Campra : l'un & l'autre datent du commencement du fiecle & ont eu du fuccès à plufieurs reprifes ; c'eft une raifon pour ne pas être fort goûté aujourd'hui ; il a fallu refondre toute la mufique : il en réfulte nécef-fairement des difparates fenfibles. Il n'y a pas d'apparence que ce fpectacle prenne beaucoup dans le public. Il faut pourtant rendre à Mlle. Chevalier la juftice de dire qu'elle joue le rôle de *Clorinde* à prodige ; elle chante & ne crie point, fuivant le reproche qu'on lui fait depuis longtems ; on a rajeuni tous les divertiffemens. On trouve cet opéra noir, trifte & langoureux : il y a dix monologues, qui occupent un grand tiers du fpectacle : en un mot, on eft fi blafé que les amufemens les plus fublimes de nos peres font devenus infipides à nos yeux & à nos oreilles.

A la page 102. Le 8 *Octobre*. Il paroît un ouvrage intitulé *Anecdotes fur la Ruffie*. Ce livre contient la relation de tout ce qui s'eft paffé dans ce pays-là depuis l'avénement de Pierre III au trône ; il s'y trouve en outre des chofes générales & qui peuvent inftruire des mœurs, du gouvernement, des ufages & des perfonnages de la nation en état d'y jouer un rôle ; il eft très rare & prohibé févérement : la narration eft froide & lâche.

A la page 106. Le 17 *Octobre* 1764. Nous lifons dans la gazette littéraire d'aujourd'hui, une épitaphe extraite des ouvrages de Machiavel n°. 2. Son caractere original, plein de force & de fublime, mérite que nous en faffions mention. Elle roule fur la mort du prince Soderini, Gonfalonier perpétuel de Florence, qui fut dépofé :

> *La notte che mori Pier Soderini*
> *L'alma n'andò dell' inferno à la bocca,*
> *E Pluto la gridò anima fciocca*
> *Che inferno ! va nel limbo tra'bambini.*

On peut la rendre ainfi :

De Soderini mort, l'ame, fans s'en défendre,
De l'enfer franchiffoit les foupiraux ardens :
Sote, lui dit le Diable, ici pourquoi te rendre ?
Aux limbes cache-toi, va parmi les enfans.

A la page 107. Le 22 *Octobre*. Dans l'A-*vant-coureur* du 22 Octobre, on lit une lettre de M. Poinfinet, en forme de réponfe à l'article du *Mercure* de M. D. L. G., où ce dernier rend compte *de la Soirée à la mode*. Ce petit homme, en remerciant M. de la Garde des éloges prodigués à fa piece, paroît avoir fur le cœur la critique qu'il en fait fur plufieurs articles ; il les défend tous, il veut furtout qu'on appelle *comédies lyriques* fes opéra comiques. Il nous

K iv

apprend que M. de Chamfort s'exerce dans
le même genre & vient fourire au *tripot d'Arlequin*.

A la page 126. Le 30 *Novembre* 1764. Le fieur
Fréron, toujours prêt à faifir les occafions de
mortifier l'amour-propre de M. de Voltaire,
vient d'inférer dans fon numéro 35, une ode
de ce poëte à Sainte-Genevieve. Il fe fait adreffer cet ouvrage par un anonyme, comme une
piece rare & curieufe. Il eft certain que cette
ode, compofée par M. de Voltaire dans fa
jeuneffe, eft déteftable : il en faut conclure
qu'il avoit peu de difpofition pour la poéfie lyrique & facrée.

A la page *idem*. Le 1 *Décembre*. M. le Mierre, peu dégoûté de fes difgraces dramatiques
ne fait qu'avancer à plus grands pas dans la carriere. Depuis la chûte de fon *Idoménée* il vient
déjà d'enfanter une nouvelle tragédie ; *Artaxerce* eft fon fujet.

On parle d'une *Gabrielle de Vergi*, autre tragédie de M. de St. Valier, colonel d'infanterie, qui a eu un *Acceffit* à l'académie. C'eft
une princeffe à qui fon mari fait manger le cœur
de fon amant.

Ces deux drames doivent être précédés du
Siege de Calais de M. du Belloy, annoncé depuis longtems.

A la page 127. Le 3 *Décembre*. Les comédiens Italiens ont donné aujourd'hui la premiere repréfentation du *Mariage par capitulation*, comédie en deux actes mêlée d'ariettes,
les paroles de M. Dancour & la mufique de M.
Rodolphe. Quant au drame, rien de plus trivial & de plus plat ; il eft étonnant avec quelle

facilité on hasarde sur ce théâtre des pieces aussi misérables. La musique n'a pas eu grand succès non plus ; quelques ariettes seulement ont fait plaisir.

Le spectacle a fini par un ballet militaire de la composition du sieur Pitro. Le naturel de la pantomime & surtout la précision, l'élégance, la durée d'un assaut exécuté par le mari & la femme qui se battent en duel, a fait grand plaisir.

A la page 127. Le 5 Décembre 1764. On lit dans le supplément de la gazette littéraire du deux Décembre, l'extrait d'une lettre sur l'opéra à M. le B. D. H., qu'on nous donne comme d'un poëte philosophe connu par des pieces de vers pleines de graces & d'harmonie & par des Essais en prose fortement pensés & élégamment écrits : quoiqu'il en soit, il y a des vues neuves & vraies dans cette lettre ; l'auteur y fait sentir les défauts des deux musiques, italienne & françoise ; il les attribue en partie à la constitution des drames, & surtout à notre égard, il trouve que nous manquons de ces caracteres forts & vigoureux qui prêteroient beaucoup à la grande mélodie : il voudroit aussi que les décorations & les danses concouruffent à l'unité du poëme & d'un ensemble parfait. Qu'on est encore loin de cette perfection !

Cet auteur est M. de Saint-Lambert.

A la page 129. Le 10 Décembre. On voit dans l'Avant-coureur d'aujourd'hui une lettre de M. Guichard à Mlle. Clairon, en prose & en vers, pour la remercier de la protection qu'elle a bien voulu accorder à M. de Villiers, un nouveau débutant aux François dans

K v

les rôles de tyran. Malgré tout le zele que l'a-
mitié peut inspirer, on ne peut pardonner le
ton rampant & emphatique tour à tour avec
lequel cet auteur parle à cette héroïne du
théâtre.

A la page *idem*. Le 12 *Décembre* 1764. On a repris *Timoléon* lundi 10 de ce mois. Il a essuyé
une seconde chûte. Voici ce qu'a dit Fréron
dans une note n°. 37. page 143 . . . ,, Tragédie
,, nouvelle de M. de la Harpe, piece commune
,, pour le fond, d'ailleurs froide, ennuyeuse,
,, mal faite & mal écrite. Elle fut donnée la
,, premiere fois le 1er. Août dernier ; le peu
,, de succès qu'elle eût, obligea l'auteur de la
,, retirer après cette premiere représentation.
,, Les changemens qu'il y a faits depuis n'ont
,, servi qu'à la rendre plus mauvaise. "

A la page 129. Le 13 *Décembre*. Suivant
la gazette littéraire n°. 50, mercredi 12 Décembre, à l'article d'Angleterre, les Anglois forment les mêmes plaintes que nous, sur la déca-
dence de l'art dramatique ; excepté la tragédie
de *Douglas* par M. Hume, autre que l'histo-
rien, & la comédie de *la Femme jalouse* par
M. Colman, la scene angloise n'a rien produit
digne d'être cité. Leurs auteurs ne font plus
que nous singer. On vient de donner sur le théâtre de Drury-lane un opéra-comique Anglois,
dont les paroles sont de M. Robert L. Loyd,
& la musique de M. Nuch. Il est intitulé *les
Amans capricieux*. C'est l'imitation presque lit-
térale de *Ninette à la cour*. L'auteur en convient dans sa préface. Cette nouveauté a eu beaucoup de succès.

A la page 132. Le 22 *Décembre*. On est indigné de trouver dans un ouvrage comme l'année littéraire une annonce de toutes les frivolités que débitent dans ce tems-ci tous les marchands de Paris. Quoique l'auteur cherche à encadrer cela de son mieux dans une espece de lettre intitulée *le Superflu*, *chose très-nécessaire*, *vers de M. de Voltaire*, on ne lui passera point de nous entretenir de ratafia, de dragées & de breloques. Quels noms à accoller avec ceux des gens de lettres, que les Macharts, les Diodets, les Chauvins ! Est-il possible qu'un journaliste s'avilisse à ce point-là, & s'imagine dérober aux soupçons du public le sordide motif qui le fait parler !

A la page 135. Le 28 *Décembre* 1764. Il a débuté ces jours-ci aux François un nouvel acteur, ex-officier de cavalerie, dans les rôles de roi & de Paysan. On l'avoit annoncé avec tant d'emphase qu'il n'a pas reçu tous les applaudissemens auxquels il s'attendoit. Il est beau de figure, a beaucoup d'organe & beaucoup de sentiment. Il lui manque de la dignité, de la hardiesse & d'être maitre de son récit ; ce que l'usage lui donnera.

A la page *idem*. Le 28 *Décembre*. On lit avec la plus grande envie de rire dans le premier volume du *Mercure* de ce mois, l'annonce qu'on y fait du *Porte-feuille de l'homme de goût*. Cette compilation de l'abbé de la Porte y est exaltée dans trois pages entieres d'éloges ; on ne peut ignorer les liaisons que cet auteur a avec le *Mercure* ; il est aisé de conclure quel est l'écrivain panégyriste.

A la page *idem*. Le 30 *Décembre*. *Les lettres de la Campagne* sont une petite brochure écrite

par M. Tronchin, procureur-général du conseil
de Geneve, pour faire l'apologie de la conduite
des magistrats de cette ville envers Rousseau &
son livre d'*Emile*. L'orage excité dans cette
république à l'occasion du *Diogene* moderne a
produit ce livre, peu recommandable par le
fond & par la forme ; mais il a donné lieu aux
Lettres écrites de la Montagne, que nous
avons annoncées & dont nous parlerons plus
amplement.

A la page 139. Le 2 *Janvier* 1765. *Almanach des Muses* ; c'est un recueil de toutes les
pieces de poésie faites dans le courant de l'année derniere, qu'on a rassemblées avec des
notes. On se propose de continuer cet ouvrage & de former ainsi une collection suivie
de toutes les pieces fugitives éparses dans une
infinité de volumes.

L'éditeur y joint des remarques critiques,
quelquefois peu justes & futiles, quelquefois ju-
dicieuses. On peut lui reprocher de s'approprier
le bien des gens pour en dire du mal & de dévoiler les anonymes : on y trouve que M. Dorat
est l'auteur de l'*Epître à Alexandrine* (Mlle.
Fanier.)

A la page *idem*. Le 3 *Janvier*. Les Italiens ont donné le 29 Décembre *la Matrone
Chinoise*, comédie-ballet en deux actes & en
vers libres. L'auteur, M. le Monnier, n'a pas
eu cette fois le même succès qu'ont éprouvé son
Maître en droit, & son *Cadi Dupé*. Le fond
du drame est tiré du journal étranger, du 10
Décembre 1755. Les défauts du sujet en ont
vraisemblablement empêché la réussite. Aucune

matrone d'Ephefe ou de la Chine ne tiendra longtems au théâtre. La Fontaine a dit :

S'il eft un conte ufé, commun & rebattu,
C'eft celui qu'en ces vers j'accommode à ma guife.

A la page 138. Le 4 *Janvier* 1765. M. Bruyzet, jeune homme plein d'éfprit & de talens, a bien voulu nous communiquer fa traduction de la tragédie Allemande de M. Klopftock, intitulée *Salomon*, en cinq actes, que nous avons annoncée l'année derniere. Nous ofons affurer que cette tragédie du plus grand poëte de l'Allemagne reffemble bien moins à un drame qu'à un fragment d'Epopée hébraïque, échappé aux injures du tems & mis en dialogue. Le fujet eft la converfion de *Salomon*. Tous les incidens, tous les épifodes, bien loin de croifer l'action & de paroître retarder le dénouement, ne fervent qu'à l'accélérer. *Salomon* eft au défefpoir dès le premier acte, & l'uniformité de fon caractere, ainfi que celui des autres perfonnages ne formant aucun contrafte entr'eux, la piece refte dénuée de cet intérêt qui fait l'ame d'une tragédie. Il y a dans les détails des beautés particulieres, des penfées, des images & des expreffions vraiment dignes du pinceau mâle qui efquiffa la *Mort d'Adam*.

M. Bruyzet a enrichi fa traduction de notes judicieufes.

A la page 142. Le 14 *Janvier*. L'opéra a remis jeudi dernier les *Talens lyriques*. Nous ne ferons aucune mention du mérite intrinfeque de cet opéra très-connu : nous nous contenterons de dire que le fieur le Gros a fait le rôle de *Mercure* avec une intelligence dont on ne l'eut pas cru fufceptible ; il y a employé des talens qui ont émerveillé les fpectateurs en petit nombre ; on prétend qu'il a reçu des leçons de Mlle. Dumefnil & du fieur Grandval. Quoi qu'il en foit, il en a très-bien profité, & l'on ne doute pas qu'il ne faffe faire foule aujourd'hui, qu'il joue pour la feconde fois.

À la page 144. Le 17 *Janvier* 1765. On annonce dans la gazette littéraire d'hier 16 de ce mois, les œuvres de Jean-Elie Schlegel, le premier poëte tragique Allemand, dit le journalifte, dans les pieces duquel on ait vu l'expreffion répondre à la dignité du fujet. Gotfched l'avoit précédé dans cette carriere ; mais fes pieces, quoique régulieres, font dégradées par une trivialité d'expreffions difficile à imaginer. M. Schlegel eft mort à Copenhague en 1749, à la fleur de fon âge. Ses œuvres font en trois volumes. Le premier contient fix tragédies : *Orefte & Pylade*, piece qu'il compofoit à dix-huit ans ; *Didon* fut faite à-peu-près dans le même tems, c'eft-à-dire en 1739 ; *les Troyennes*, imitées du grec & du latin : dans *Canut*, fa quatrieme piece, l'auteur peint les mœurs guerrieres des anciens Danois : il repréfente celles des Germains dans fon *Arminius* : *l'Electre* d'Euripide eft fa fixieme & derniere. M. Schlegel choififfoit bien fes fujets, ajoute le journalifte, & les difpofoit encore mieux. Ses caracteres font foutenus, fes fituations tragiques, fon expreffion noble & fa verfification pleine d'harmonie. Le deuxieme volume, à l'exception de *Lucrece*, tragédie en profe, ne contient que du comique : *le Fainéant occupé ; le Myftérieux, le Triomphe des bonnes*

emmes , comédie en cinq actes : *la Beauté
muette* ; en un acte & en vers ; *l'Ennui*, Pro-
ogue. *Le Myſtérieux* & *le Triomphe des bonnes
emmes* ſont les deux pieces qui ont eu le plus de
uccès. Elles font partie du très - petit nombre
le bonnes pieces d'intrigues dont l'Allemagne
e glorifie. Le troiſieme volume comprend des
uvrages critiques & moraux : un *Parallele* de
Shakeſpear & de Gryphe (ancien poëte Alle-
nand) ; une *Diſſertation ſur l'imitation de la
Nature dans les beaux arts* ; des *Remarques
critiques ſur les tragédies des anciens & des
modernes* ; enfin des *Obſervations ſur la dignité
& la majeſté de l'expreſſion dans la tragédie.*
Les pieces morales font, en général , bien pen-
ſées & bien écrites : celle qui a pour titre *le
Petit-Maître* , quoiqu'un peu trop diffuſe, ne
laiſſe pas d'être amuſante.

A la page 144. Le 18 *Janvier* 1765. Un Suiſſe
que la lettre du *comte de Cominges* a fait pleurer ,
vient d'adreſſer à M. Dorat une épitre en vers
trop longue à rapporter. L'auteur y déploie une
ame ſenſible, une imagination franche & une
harmonie douée de verſification. Ces vers ſont
dans la maniere d'Ovide, d'une facilité peut-
être trop abondante.

A la page 145. Le 21 *Janvier*. Mrs.
d'Arnaud & Dorat n'ont point les gants d'avoir
traité les premiers le *comte de Cominges.* Nous
apprenons qu'on trouve dans le *Mercure* du mois
de Mars 1753 une Romance ſur le même ſujet,
de M. le duc de la Valliere. Elle eſt en vingt-
ſept ſtrophes ou ſtances , de huit vers chacune.
Cette piece eſt écrite avec la vérité la plus tou-
chante. M. le duc de la Valliere termine plus

heureufement que les autres, en faifant mourir
Cominges de douleur, après avoir reconnu *Ade-
laïde* expirante.

A la page 147. Le 26 *Janv.* 1765. Avant-hier les
comédiens Italiens ont donné la premiere repréfentation de *l'Ecole de la jeuneffe*, comédie en
trois actes mêlée d'ariettes, par MM. Anfeaume
& Duni. Pour donner une idée de la bifarrerie
de cette piece, il fuffit de dire que ce fujet eft
celui de *Barnevelt*, ce drame Anglois fi pathétique & fi terrible, pour lequel il ne faudroit
pas moins que le pinceau du Dante & de Milton.
Il ne pouvoit tomber dans la tête que d'un
François d'enjoliver d'ariettes cet ouvrage, le
plus fublime de tous les drames. Le goût eft
tellement perverti qu'on court en foule à ce
monftre bifarre.

A la page 148. Le 28 *Janvier.* Il a débuté
ces jours-ci aux François un jeune homme de
feize ans & demi, fils d'un nommé Blainville,
affez mauvais acteur de la comédie italienne.
Il joue dans les rôles de *Zamore*, d'*Orofmane*,
&c. Cette noble hardieffe ne paroît pas encore
foutenue d'un talent bien décidé ; il promet cependant.

A la page 152. Le 3 *Février.* M. Bertin,
tréforier des parties cafuelles & de l'académie des
infcriptions & belles-lettres, auquel on a déjà
attribué *l'Isle des foux*, paffe pour l'auteur de
l'Ecole de la jeuneffe, ou *le Barnevelt François*, & l'on peut fe douter aux éloges affectés
que certains journaliftes prodiguent à ce drame,
que leur idole eft cachée derriere le fouffleur de la
comédie.

A la page *idem.* Le 4 *Février. Théâtre d'un*

incounu, contenant la *Suivante généreuse*, imi-
tée de Goldoni, la *Domestique généreuse*, les
Mécontens. La premiere piece est en cinq actes
& en vers, les deux autres sont en trois actes &
en prose.

A la page 162. Le 23 *Février* 1765. L'académie
royale de musique a remis hier *Castor & Pollux*.
Le Gros a fait le rôle de *Castor*, il contribue à
merveille au grand succès de ce poéme, le chef-
d'œuvre du théâtre lyrique. Il est, en général,
fort bien remis; mais il est à craindre que la
remise trop fréquente de cet opéra ne lasse le
public, qui préfere la nouveauté aux plus belles
choses.

A la page *idem. Le* 24 *Février*. L'Ordre des
avocats ayant trouvé mauvais que le sieur Fréron ait rendu compte dans sa premiere feuille
du mémoire de Me. Vermeil sur l'hermaphro-
dite, quelque favorablement que ce journaliste
en ait parlé, on lui a enjoint de ne plus faire
mention d'aucun ouvrage de cette nature.

A la page 162. Le 25 *Fév*. Freron dans
sa quatrieme feuille se fait écrire une lettre par
un avocat, au sujet du conseil qu'il avoit donné
à M. de la Harpe de prendre cette profession.
Il avoit cherché à se venger de l'ordre qui lui
avoit fait interdire de parler de ses Mémoires.
Il profite de cette tournure pour plaisanter de
nouveau ce jeune tragique & il finit par des
réflexions, où il décharge un peu sa bile sur
cet ordre superbe. Son premier projet avoit été
de faire renvoyer par l'avocat M. de la Harpe
à une autre profession, à celle d'Architecte ou
de médecin, par exemple. Il se seroit ensuite fait
écrire une autre lettre par celui-ci, & ainsi

fucceffivement M. de la Harpe auroit été déclaré inepte à tous les états.

A la page *idem*. Le 16 *Fév.* 1765. *Anthologie
françoife*, *ou chanfons choifies*. M. Monnet,
ancien Directeur de l'opéra comique, vient de
propofer par foufcription ce recueil des meilleures chanfons que la nation françoife ait pro-
duites jufqu'à nos jours. Il eft à fouhaiter que
cet ouvrage fouvent entrepris foit fait avec plus
de choix & de foin que les précédens. Nous
avons en ce genre les plus agréables matériaux
& les plus abondans qu'aucune nation puiffe
offrir.

A la page 163. Le 28 *Février*. *Idées fur l'o-
péra*, *&c.* Dans cette brochure d'un amateur
il y a d'abord quelques réflexions fort judicieufes & pleines de goût fur les différentes parties
de ce fpectacle. L'auteur le trouve encore dans
l'enfance à beaucoup d'égards. Il paffe enfuite
à la forme d'adminiftration qu'il voudroit qu'on
lui donnât. C'eft un projet d'établiffement d'une
véritable académie de mufique, qui auroit la
direction de l'opéra & de l'opéra-comique. Par
ces arrangemens on trouveroit dequoi récom-
penfer plus utilement & les auteurs & les acteurs.
Il feroit à fouhaiter que ce projet eût lieu ; il
n'eft pas douteux que l'opéra ne parvînt à un
plus haut dégré de perfection.

A la page 165. Le 4 *Mars*. Le *Mercure*
de ce mois, après un long extrait de la piece
du *Siege de Calais*, redemandée par S. M.,
rapporte que le Roi a fait gratifier l'auteur d'une
médaille qu'on appelle *du grand coin* & d'une
fomme de mille écus d'argent comptant.

Malgré tous ces brouhaha la piece continue

paſſer pour être très-médiocre aux yeux des
onnoiſſeurs. On ne peut mieux la caractériſer
ue par le mot de M. le Duc d'Ayen, qui
yant oſé élever ſa voix contre ce drame in-
orme avant qu'il fût joué à la cour, s'eſt re-
ranché au ſilence, & convient que c'eſt une
iece très-reſpectable.

Cette piece éleve les ames les plus viles. Elle
rechauffé celle des comédiens. Les habitans
e Calais ayant député vers eux pour ſavoir ce
u'ils exigeoient pour venir la jouer dans cette
ille pendant la quinzaine, ils ont répondu avec
ublimité, *un théatre ſeulement.*

Enfin il eſt queſtion de la donner *gratis* au peu-
le. C'eſt l'auguſte Clairon qui en a ouvert l'avis.

A la page 165. Le 6 *Mars* 1765. La Gazette lit-
éraire du 6 Mars annonce les œuvres de poéſie
& de théâtre d'un nouvel auteur Allemand,
ean-Chrétien Kruger. Il náquit à Berlin de pa-
ens pauvres, il fut obligé de ſe faire comédien.
Les travaux de cet état & les traductions qu'il
toit obligé de faire pour vivre, l'ont empê-
hé de donner à ſes ouvrages & ſurtout à ſes
comédies la correction qu'il auroit pu y mettre.
Ces dernieres ſont ſemées de traits originaux,
ui les feront paſſer à la poſtériré. Les princi-
ales ſont *l'Epoux aveugle*, *les Candidats &*
e Duc Michel. Il a fait une traduction Allemande de Marivaux; il eſt mort à Hambourg le
23 Août 1760, âgé de 28 ans & déja conſumé
de travail.

A la page 166. Le 7 *Mars.* Dans le Supplément de la Gazette littéraire du 3 Mars 1765,
on lit une lettre datée de Parme du 3 Janvier,
où l'auteur déplore le dépériſſement des lettres

& des arts de cette mere des Sciences ; il en
fait une defcription lamentable.

A la page 166. Le 8 *Mars* 1765. Nous ne pouvons omettre un trait dont nous fommes fûrs &
qui eft trop propre à découvrir à nud l'ame du
Sr. Freron pour l'oublier.

L'Imprimeur Barbou étant allé voir ce Journalifte au fujet de *l'Effai de traduction de l'I-
liade*, que vient de donner au public M. de
Rochefort, celui-ci demanda s'il s'intéreffoit
beaucoup à cet ouvrage ? Le Libraire répondit
que non, puifque l'auteur l'avoit fait imprimer
à fes fraix. ,, Cela pofé ", répliqua-t-il, ,, ce
,, n'eft point la peine de la lire, ni d'en par-
,, ler. ,, On fent facilement quel reffort fait re-
muer fa plume & le cas à faire de fes éloges
ou de fes critiques.

A la page 168. Le 15 *Mars*. M. Marin vient
de faire imprimer fon *Théatre*, compofé de
cinq pieces : les titres font, *Julie* ; *la fleur
d'Agathon*, *Fréderic*, *l'Amante ingénue* &
l'Amant heureux par un menfonge. De ces
drames, le premier en trois actes eft le feul qui
ait été joué & difgracié du public. Les Journaux s'efforcent d'encenfer cet auteur ; on en
découvre aifément la raifon, en apprenant qu'il
eft cenfeur de la police & fécretaire général de
la librairie de France. L'auteur, à l'exemple
de Corneille, a donné l'examen de fes pieces ;
refte à favoir fi c'eft pour fe juger avec la même
impartialité que ce grand homme, ou pour ex-
cufer fes défauts. Au refte, on doit l'applaudir de n'avoir point deshonoré fon ouvrage par
une dédicace baffe, à l'exemple de tant de

ens de lettres ; l'ouvrage eſt mis aux pieds de
l'Académie françoiſe.

A la page 168. Le 16 *Mars* 1765. Les Italiens ont donné aujourd'hui la première repréſentation du *Tonnelier*, paroles de M. Anſeau-
ne. Cet ouvrage joué autrefois à la foire avec
peu de ſuccès ; s'eſt reproduit aujourd'hui ; on
n'a rien à en dire, ſinon qu'on y a fait quelques changemens ; on a ajouté des ariettes, de la
compoſition du Sr. Audinot.

A la page 169. *Le* 18 *Mars*. On voit
dans différens ouvrages périodiques & entr'autres dans l'*Avant - Coureur* du 11 Mars, une
lettre à M. du Belloy ſur ſa tragédie. On ignore
ſi c'eſt lui - même qui s'eſt écrit cette lettre ;
mais on ne peut lire rien de plus plat, de plus
abſurde, de plus trivial, de plus faux & de plus
baſſement louangeur. Elle eſt datée du 25 Février 1765.

A la page 169. *Le* 19 *Mars*. Pour contre-
balancer le coup que paroît avoir porté à la réputation de Mlle. Clairon l'éclat très-ſcandaleux
qu'elle a fait à cet égard, les partiſans de cette
héroïne du théâtre viennent de faire paroître
une brochure, intitulée *lettre de M. le Chevalier
M....., à Milord K....,* On y a raſſemblé
tout ce qu'on a pu ramaſſer d'éloges prodigués
à cette divinité & l'on en a formé un corps
de défenſe, qui ne laiſſe pas moins ſubſiſter
en entier toute la flétriſſure empreinte ſur ſa
perſonne.

A la page 169. Le 20 *Mars*. On voit une
lettre de M. de la Harpe du 8 Mars, où ce
jeune auteur ſe défend de l'imputation qu'on
lui a faite dans l'ouvrage dont on vient de par-

ler , de ne point aimer Mlle. Clairon, pour laquelle il affecte la plus grande indifférence. Quant à fes talens , il leur donne un jufte éloge , mais perfifte à les regarder avec les vrais connoiffeurs de la belle nature comme très-artificiels.

A la page 179. *Le 23 Mars 1765.* La clôture des théâtres s'eft faite aujourd'hui. Le compliment des François , de la compofition d'un M. de Meflé , rouloit pour la plus grande partie fur *le Siege de Calais*, & repétoit ce qu'on a déja dit tant de fois là-deffus.

Les Italiens, qui , en vertu de leur réunion à l'opéra-comique , avoient le privilege de jouer encore toute la femaine de la paffion , ont été obligés de finir auffi au grand regret des amateurs du fpectacle.

A la page 171. *Le 27 Mars. Les Législatrices*, comédie en un acte & en vers libres , mélée d'ariettes , par M. Moline.

On ne doit point omettre l'avertiffement ci-joint , trop propre à décéler la manœuvre des deux tripots comiques.

" Ce poëme dramatique avoit été confié à
„ un muficien , qui s'étoit engagé d'en com-
„ pofer la mufique & de le faire repréfenter fur
„ le théâtre de la comédie Italienne. L'auteur,
„ qui fait de la poéfie un amufement qu'il con-
„ facre à fes loifirs , qui ne fut conduit par
„ aucune vue d'intérêt, & qui n'exigeoit pour
„ prix de fon poëme que le feul plaifir de le
„ voir repréfenter, ayant appris qu'il va bien-
„ tôt paroître une piece nouvelle qui porte le
„ même titre que la fienne , & dont le fujet
„ littéralement fuivi eft la copie du fien , à

la différence près que le dialogue eſt en proſe, a jugé à propos de mettre au jour ſon poëme „.

A la page 172. *Le 29 Mars 1765.* Il n'eſt pas ſqu'à M. Marin dont la place le devroit met- e plus à même de jouir d'un libre accès au- ès des comédiens, qui ne ſe plaigne de pla- iat, faute d'avoir été joué à propos. Il pré- nd que *l'Amante ingénue*, comédie en un te en proſe, fut compoſée à l'occaſion & endant le début de Mlle. Doligny. " J'en don- nai, dit-il, une copie à un de ſes admira- teurs; cette copie a paſſé de main en main, & on ne ſait plus ce qu'elle eſt devenue. Je ſuis inſtruit qu'un homme qui jouit d'une réputation bien méritée pour le genre dra- matique, travaille ſur le même ſujet. Cette raiſon m'oblige à prendre acte avec le pu- blic „.

A la page 172. *Le 30 Mars.* On aſſure que e ſuccès de M. du Belloy encourage tous os jeunes auteurs & que pluſieurs traitent des jets François. Il paſſe pour conſtant que M. Thomas a préſenté aux François un *Phara- mond*, qui a été reçu avec beaucoup d'acclama- ions. On pretend que M. de la Harpe traite *François I.*

A la page 172. *Le 30 Mars.* L'abbé Arnaud, ans l'annonce qu'il fait du *Siege de Calais* im- rimé, ſentant bien qu'il ſe décréditeroit à ja- nais auprès des gens de goût s'il entroit dans n éloge détaillé de cet ouvrage, s'imagine ſa- iſfaire à tout, en diſant qu'il partage trop vi- ´ement l'enthouſiaſme qu'il a fait naitre pour

conferver la liberté de l'examiner d'un œil froi
& critique.

A la page 176. *Le 7 Avril* 1765. On voit
dans le fupplément de la gazette littéraire du
31 Mars, une notice fur le commentaire des
œuvres d'Horace de l'Abbé Galliani, dont
nous avons déjà parlé. Il feróit à defirer que
ce commentaire fût imprimé dans toute fon
étendue. Rien de plus ingénieux, de plus naturel & de plus propre à reftituer ce poëte philofophe, fi étrangement défiguré par les com-
mentateurs.

Il avance dans fa préface une propofition
bien contraire à ce qu'on a cru jufqu'à préfent.
Il prétend qu'on ne doit avoir aucune obliga-
tion aux moines de la confervation des auteurs
profanes ; qu'il faut leur favoir gré tout au
plus de n'en avoir pas détruit tous les exemplaires.

A la page 178. *Le 12 Avril.* Suivant une
lettre de Berlin du 20 Mars, le Roi de Pruffe
a établi dans cette ville une Académie de quinze
jeunes gentilshommes, qui doivent être élevés
fuivant le plan qu'il a donné. Les directeurs &
profeffeurs font tous François : le Sr. Touffaint
profeffe la philofophie.

A la page 187. *Le 23 Avril.* La gazette
littéraire va prendre une nouvelle forme. Les
éditeurs ou auteurs, fous prétexte que leurs annonces font trop fèches dans une feuille auffi
fuccincte que celle qu'ils donnent chaque femaine, fe retranchent à fournir tous les quinze
jours un cahier dans le goût du fupplément ;
de forte que cet ouvrage va rentrer dans la
forme qu'il avoit, à-peu-près, comme *Journal*
étranger,

étranger, & après différentes chryfalides fe trouvera revenir au point d'où il étoit parti. Ce véritable objet de ce changement eſt la pareſſe des auteurs, qui fe trouvoient trop aſtreints à donner une feuille tous les fept jours.

A la page 187. *Le 24 Avril 1765. Lettres & obſervations à une Dame de province ſur le Siege de Calais, orné d'une carte géographique de cette ville, par M. D*.... L'auteur ne ſe nomme point & a raiſon, dans un tems où l'on regarderoit comme traître à la patrie quiconque oſeroit en faire la critique.

Nous trouvons dans cet ouvrage une anecdote qui nous apprend que M. d'Arnaud fera paroître l'hiver prochain un *Siege de Calais*, poëme commencé depuis plus de trois ans. On dit que ce poëte aura pour garans pluſieurs perſonnes dignes de foi, entr'autres un homme de grand mérite, M. de Villaret.

L'auteur ne paroît point des ennemis de M. d'Arnaud. Il le qualifie, après l'avoir nommé, l'auteur du drame intéreſſant du Comte de Cominges; drame qui a fait verſer des larmes & qui a pour partiſans tous les cœurs ſenſibles.

A la page 188. *Le 27 Avril*. La repriſe de *Caſtor* eſt des plus brillantes; il faut rendre juſtice aux directeurs, ils n'ont rien épargné pour la magnificence & les graces du ſpectacle en tout genre. Le troiſieme acte eſt renforcé de toute la pompe & de tout le terrible dont il eſt ſuſceptible; il fait le plus grand & le plus redoutable effet. Le quatrieme reçoit tout l'agréable, tout l'enchanteur d'un

féjour divin. Ils en ont fait, pour ainfi dire,
un opéra tout nouveau. Les moindres cham-
brées jufqu'à préfent ont paffé mille écus de
recette.

A la page 188. *Le 29 Avril 1765*. Dans *l'Avant-
coureur* d'aujourd'hui on lit une lettre fignée :
Auteur des Légiflatrices, *reçues à la comédie
Italienne*. Cet anonyme s'y défend de l'ac-
cufation de plagiat intentée contre lui par
M. Moline ; il prétend que fa piece eft reçue depuis quinze mois à la comédie Italienne, & qu'il n'a jamais connu ni l'autre piece
ni l'auteur. Il convient cependant que le dénouement lui a été fuggeré par le muficien, &
il prétend que c'eft tout ce que ces deux ouvrages ont de commun, ainfi que leur origine,
puifque ce fujet a d'abord été traité par Arifto-
phane.

A la page 188. *Le 30 Avril. Oeuvres de
M. de la Noue*, où l'on a mis un précis de fa
vie. Il étoit né à Meaux en 1701 & M. le Cardinal de Biffy lui fit faire fes études ; il fe fit
comédien à vingt ans. On fait le fuccès qu'il
a eu, malgré fa figure ingrate & fon organe
défagréable.

Ses ouvrages font : *les deux Pals*, joués à
Strasbourg. En 1734, il donna fon *Retour de
Mars*, piece de flatterie allégorique, métaphyfique, c'eft-à-dire, déteftable. La tragédie de
Mahomet II, n'eft pas fans beautés, mais c'eft
un drame à refaire. *Zélifca*, comédie-ballet,
compofée pour les fêtes du mariage de Mgr.
le Dauphin ; c'étoit entrer en commun avec
M. de Voltaire, qui avoit fait pour le même
fujet la *Princeffe de Navarre* : le comédien

emporta fur ce grand homme ; le dernier ou-
rage fut jugé pour le plan & pour l'exécution
bien au-deſſous de *Zéliſca*. *La Coquette corrigée*, comédie ſpirituelle & froide. *L'Obſtiné*,
comédie en un acte & en vers, qui n'avoit pas
encore paru, eſt abſolument mauvaiſe. Les
canevas des tragédies de *la mort de Cléomene*,
roi de Sparte ; de *Traſéas*, Sénateur Romain ;
Antigone, ſujet que l'auteur ſembloit vouloir traiter dans le genre des Grecs, avec des
mœurs & l'appareil qu'ils entraînent. La piece
commence à-peu-près où finit celle de l'illuſtre
Racine.

En général, cet auteur manquoit de goût,
avoit le ſtyle inégal, peu de correction, point
de chaleur ; il ne peut être mis qu'au ſecond
rang des poëtes dramatiques.

A la page 189. *Le 1 Mai 1765*. D'infatiga-
bles auteurs ne ſe laſſent point de s'évertuer
à tout ſens pour mettre le public à contribu-
on. Il paroît un nouvel écrit périodique, intitulé *magaſin Anglois, ou Recueil littéraire,
inſtructif & amuſant*. C'eſt une brochure de
quatre feuilles d'impreſſion. On ſe propoſe d'en
faire paroître une tous les mois. On fait imprimer le texte original vis-à-vis la traduction,
en faveur, dit l'auteur, de ceux qui apprennent la langue britannique, &c. mais en effet
pour gagner autant de terrein ſans ſe donner
de peine ; il n'eſt pas douteux que de pareils
ouvrages, qui ne ſortiroient point d'une main
mercénaire, pourroient être très-bons.

A la page 189. *Le 3 Mai*. Le Chevalier de
Morliere, perſonnage très-renommé pour ſa
juſticité & ſes démêlés avec les comédiens &

différens auteurs , après avoir essuyé diverse
corrections de la police à cette occasion , avoi
enfin reçu quelque tems avant la clôture de
spectacles un ordre précis de M. de Sartine d
ne plus s'y présenter : Mlle. Clairon avoit e
l'autorité de lui faire enjoindre cette défen
inouïe, sous prétexte qu'elle ne pouvoit jouer
la vue de ce monstre.

A la page 191. *Le 9 May 1765.* Les com
diens Italiens ont donné hier une pièce nou
velle , intitulée *les Amours de Gonesse* , come
die en un acte en vers , mêlée d'ariettes : le
paroles de M. de Chamfort ; & la musique d
M. de la Borde. Le premier n'a point souten
la réputation que lui avoit faite *la Jeune I*
dienne aux François. Le second est encore élo
gné d'être sur la ligne des Philidor & des Dun
Il faut qu'il se contente de briller à la tête de
amateurs.

A la page 194. *Le 16 May.* On lit dans l
Supplément de la Gazette littéraire du 28 Av
& dans la Gazette du 15 May N°. 11., deu
ouvrages d'une nouvelle Muse. Le premier e
la traduction d'une *Elégie écrite sur un cimetie*
de campagne , traduite de l'anglois de M. Gra
Le second est intitulé *Portrait de mon ami.*
l'abbé Arnaud annonce le premier ouvrage com
me le travail d'une jeune Dame aimable , q
joint aux agrémens de son sexe des connoissa
ces & des talens, qu'un homme de lettres
envieroit & qui ne lui ont pas permis de p
blier son nom.

Quant au *Portrait* , voici ce qu'il dit :
„ mérite de la ressemblance sera perdu po
„ nos lecteurs ; mais il aura le sort des portrai

„ du Titien & de Vandyck, il intéreffera tou-
„ jours par la vivacité du coloris, la hardieffe
„ du deffein, la vie & l'expreffion. „

À la page 194. *Le 17 Mai. 1765.* La cupidité ne
ceffe de s'agiter pour gagner de l'argent, & fous
prétexte de travailler au bien public, des mil-
liers d'écrivains ne travaillent en effet qu'à duper
le public. On répand le Profpectus d'une Gazette d'agriculture, de commerce & de finance,
qu'on diftribue dans le plus grand appareil &
avec les vues les plus belles pour le bien du
royaume & la profpérité de l'Etat. Ce nouvel
ouvrage périodique fe forme des débris d'une
du même genre, appelée *Gazette du commerce.* Celle-la paroîtra deux fois par femaine, le
mercredi & le famedi. Elle contiendra les faits ;
moyennant un abonnement de 24 livres, tous
les quinze jours on publiera un Supplément,
où fe trouveront les extraits des ouvrages relatifs aux trois objets en queftion, & l'abonnement ordinaire fera de 18 livres.

À la page 195. *Le 21 Mai.* On *Effai on
the Conftitution of England;* dans le Supplément de la Gazette littéraire du 28 Avril &
dans la feuille fuivante du 15 Mai, les Journaliftes difcutent cet Effai fur la Conftitution
d'Angleterre, brochure, dit-on, qui, quoique
très-courte & affez fuperficielle, a fixé quelque tems l'attention du public Anglois & mérite
en effet par la maniere ferme, ingénieufe & libre dont elle eft écrite, qu'on en examine les
principes en détail. On y trouve une affertion
hardie fur la *grande chartre*, que les Anglois
regardent comme le *Palladium* facré de leur liberté politique. Auffi ont-ils traité de blafphè-

me ce qu'en dit l'auteur, qui prétend qu'elle n'a jamais été faite en faveur de ce qu'on appelle la liberté naturelle de l'homme, mais feulement pour l'avantage du petit nombre de tyrans, qui l'avoient extorquée de leur foible monarque. L'auteur eſt M. de Ramſay, peintre.

A la page 196. *Le 23 Mai 1765.* L'abus que la pareſſe des journaliſtes a introduit de faire faire par les auteurs eux-mêmes les annonces de toutes les analyſes de leurs ouvrages, eſt pouſſé au point que ces Meſſieurs ſe prodiguent ſans pudeur les éloges les plus outrés. Voici comment M. d'Arnaud annonce dans l'*Avant - coureur* la deuxieme édition prétendue de ſon drame du *Comte de Cominges.*

,, Nous nous empreſſons d'annoncer la ſe-
,, conde édition de ce drame, que le public a
,, déja vu avec tant de plaiſir; les corrections
,, que l'auteur vient d'y faire lui aſſurent de
,, nouveaux applaudiſſemens. Le véritable gé-
,, nie, toujours modeſte, ſe contente diffici-
,, lement & cherche ſans ceſſe le mieux.... Ce
,, drame d'ailleurs eſt une de ces productions
,, qui ſe fait lire & goûter, & qu'on aime mieux
,, voir tout entiere que par morceaux.... M.
,, d'Arnauld eſt fait pour avoir les plus grands
,, applaudiſſemens dans la carriere difficile du
,, théâtre..... On ne ſauroit trop l'exhorter à
,, travailler dans ce genre; nous ne faiſons que
,, rendre les ſentimens du public : il ſe man-
,, queroit à lui-même s'il négligeoit la gloire
,, qui l'atend ſur la ſcene.... En dépit des ſaty-
,, riques, le vrai mérite eſt en lui accueilli.
,, L'homme modeſte ne doit jamais ſe découra-

„ ger, malgré les cris de l'envie : ne faut-il pas
„ que les réputations mûriſſent ? "

A la page 196. *Le 26 Mai 1765.* Le procès
entre les deux auteurs des *Législatrices* non encore jouées à la comédie italienne, continue à
s'inſtruire. M. Moline vient de publier un écrit,
intitulé *Mémoire en réponſe à la Lettre anonyme dans l'Avant-coureur,* N°. 17, au ſujet
de la comédie des *Législatrices* de M. Moline,
adreſſée à M. M. D. A. P. R., avec cette épigraphe : *hic ego verſiculos feci, tulit alter ho-
nores.* M. Moline y prétend qu'il n'avoit jamais
lu Ariſtophane, qu'on l'accuſe d'avoir imité; il
ajoute qu'ayant à cette occaſion conſulté l'auteur grec, il n'y a rien trouvé de ſemblable à
ſon drame; qu'enfin en ſuppoſant que lui &
ſon adverſaire euſſent puiſé dans la même ſour-
ce, il ne ſeroit pas poſſible de croire qu'Ariſtophane eût ſuggeré à l'anonyme le même plan,
la même conduite, les mêmes ſituations, le
même titre & le même dénouement.

A la page 196. *Le 26 Mai.* On a donné
aujourd'hui pour la ſeconde fois au Concert ſpi-
rituel un petit motet à voix ſeule, de la compoſition de J. J. Rouſſeau. Malgré l'exécution
rendue par Mlle. Fell, il paroît qu'on n'y a pas
reconnu l'auteur de *Devin de village.* Cette
production n'a point eu de ſuccès.

A la page *idem.* Le 27 *Mai.* On lit dans l'*A-
vant-coureur* d'aujourd'hui des vers de M. Poinſinet à M. Caillot en lui renvoyant le rôle de
Weſtern corrigé. Ces vers ſont d'un ridicule rare
pour leur tournure & l'admirable modeſtie de
ſon auteur; il eſt fâcheux que leur longueur ne
permette pas de les rapporter. Quoiqu'il en ſoit,

ce prélude annonce la reprife de *Tom Jones*.

A la page 200. Le 6 *Juin* 1765. Le Sr. Ofrêne débutant aux François y a attiré beaucoup de monde : il a commencé par le rôle d'*Augufte* avec un fuccès mérité pour un talent unanimément reconnu fupérieur à tout ce que nous avons vu depuis longtems dans les débuts de ce théâtre. Il eft noble, naturel, fimple & pathétique. En un mot, il a fait la plus grande fenfation.

Les connoiffeurs ont conclu de-là que s'il y a de pareils acteurs dans les provinces, on a eu raifon dans les dernieres querelles de la comédie de penfer qu'il étoit aifé de remplacer les mutins & d'élever un nouveau théatre.

A la page *idem*. Le 9 *Juin*. Les François annoncent encore une nouveauté. C'eft une comédie en trois actes & en profe, intitulée *le Mariage par dépit*. Il paroît que ce drame des *Bourgeoifes de qualité* n'a pas encore un pere bien reconnu. Les chûtes multipliées de nos auteurs leur ont fuggeré la prudence de garder l'anonyme, & de fe ténir derriere le rideau jufqu'à ce que le fuccès leur ait permis de fe montrer. On donne celui-ci à MM. Saurin, le Bret, Paliffot, &c.

A la page 202. Le 1ɜ *Juin*. La premiere repréfentation du *Mariage par dépit*, joué aujourd'hui, nous a offert la reprife d'un fpectacle auffi tumultueux que celui de l'an paffé à la premiere repréfentation du *Jeune homme*. Un ton ignoble, ou ridiculement vain, a monté le parterre fur un ton de gaieté qui n'a pas permis de finir la piece, échouée au troifieme acte. La fcene, appelée la *Scene du gant*, a tellement

indifpofé le public, que l'indignation étant à
fon comble on n'a pu aller plus loin. On prétend que le trait eft arrivé à Marcel. C'eft un
maitre à danfer, qui, après avoir donné différentes leçons à fon écoliere fur les graces du
maintien, &c. lui jette un gant par terre, pour
lui apprendre à ramaffer d'une façon élégante.
Enfin, dans une feene où fe trouvoient en trio
Belcourt, fa femme & Brifard, les brouhaha ne
finiffant point, ces trois acteurs fe font concer-
tés entr'eux, & Belcourt s'eft avancé fur le bord
du théâtre, il a demandé humblement au parterre s'il vouloit que la piece fut interrompue,
ou continuée? A l'inftant il eft parti des oui affez foutenus, fuivis de non, non, encore plus
forts : on n'entendoit que oui, non, non,
oui. Les trois acteurs paroiffoient au fupplice,
fur-tout Brifard, qui avoit encore la mémoire
fraîche de la correction effuyée pour fon impertinence envers le public. Le tumulte a duré
ainfi quelques minutes, & les acteurs ne voyant
point jour à fe faire entendre, fe font retirés.
On veut que la piece foit de M. Baftide, fi baf-
foué pour fon *Jeune homme*.

Les comédiens jouerent enfuite *le double veu-
vage*, comédie en trois actes de Dufreni; piece
qui parût d'autant plus gaie qu'on fortoit d'une
très froide & très-ennuyeufe.

A la page 203. Le 18 *Juin* 1765. L'Académie
royale de mufique a remis aujourd'hui pour la
premiere fois *les Fêtes de l'Hymen*, ballet en trois
actes, mufique de Rameau, paroles de Cahufac.
Ce fpectacle venu après *Caftor & Pollux*, quoique fort couru autrefois, n'a pas eu le même
accueil. Le Gros, qui fait *Ofiris* dans le premier

acte, a caufé peu de plaifir ; Mlle. Arnoux dans le fecond n'a pas paru merveilleufe : enfin M. le Gros qui a reparu dans le troifieme n'a produit aucune fenfation. On a admiré dans le fecond la décoration des cataraçtes du Nil & furtout un faut affez hardi que fait le Dieu. Mais on a trouvé de très-mauvais goût & peu digne de fa majefté, qu'étant tombé du haut de la cataraçte, il fit le plongeon & reparut fur le bord du fleuve.

En général, ce qui a fait le plus de plaifir eft un pas de deux danfé dans le troifieme acte par Veftris & fa fœur, appelé *le pas de la guirlande*. Ces deux voluptueux perfonnages en s'entrelaçant de mille façons ont paru reproduire aux regards des fpectateurs toutes les figures de l'Aretin. On fent bien que Mlle Veftris ne peut briller qu'en pareil genre.

A la page 204. *Le 21 Juin 1765*. L'opéra a penfé tomber aujourd'hui vendredi & à la feconde représentation. Le Sr. Gros n'a point chanté ; Muguet l'a remplacé à faire mal au cœur ; Mlle. Arnoux a manqué fon rôle ; en un mot tout a été à la diable.

A la page *idem*. *Le 21 Juin*. La nouvelle du *Pharamond*, tragédie de M. Thomas, fe confirme : on affure que c'eft la premiere piece que les François préfenteront au public.

A la page 205. *Le 25 Juin*. Freron, toujours acharné contre M. de Voltaire, vient de faire imprimer dans fon N°. 16. un extrait d'un ouvrage périodique Anglois, intitulé *Critical Review*, dans le N°. 3 Avril 1765. Le Journalifte y traite de la Lettre de M. de Voltaire à M. d'Amilaville & la donne comme l'ouvrage d'un homme qui s'applaudit lui-même. Il ajoute qu'un écrivain, pour peu qu'il eût eu de délicatesse dans les sentimens, auroit rougi de faire ainsi parade de son humilité vis-à-vis du public. Freron se félicite de s'être rencontré avec ce critique. Il en faut conclure seulement que ce dernier n'est pas plus ami de Voltaire que l'autre.

À la page 205. Le 27 *Juin* 1765. Les Italiens ont donné aujourd'hui la premiere représentation du *faux Lord*, comédie en trois actes, précédée d'un prologue & suivie d'un divertissement, mêlé d'ariettes & de danse, intitulé *la Chasse*. L'auteur, M. Parmentier, a voulu rajeunir le tout par une forme nouvelle qui ne lui a pas réussi. Le prologue, qui contenoit des fadeurs très plattes, a eu des applaudissemens. Par cette raison la piéce a paru glaciale depuis le commencement jusqu'au troisieme acte, que le parterre n'y tenant point, a montré sa mauvaise humeur d'une façon assez marquée, pour faire juger aux comédiens qu'on ne le laisseroit pas finir. En conséquence, ils ont profité d'une scene d'Arlequin pour en sortir avec honneur : après avoir lâché beaucoup de lazis relatifs aux circonstances, avoir même pris des licences qui auroient mérité correction dans toute autre bouche, il a profité des huées qui ont redoublé pour faire une gambade & abandonner le théâtre.

Le divertissement d'une musique assez agréable dans le commencement, est dégénéré en spectacle aussi plat & aussi ennuyeux que le reste.

Le Sr. Gossec est auteur de la musique.

Il étoit de fort bonne heure & les comédiens

n'avoient annoncé rien autre chofe. Le public
ne s'eft point trouvé fatisfait, il a fermenté à
tel point que, pour le contenter, il a fallu donner une autre piece. Ils ont joué *les deux Chaf-*
feurs & la Laitiere & ont même ajouté de fur-
croît un ballet.

A la page 205. Le 28 *Juin* 1765. Dans la Gazette littéraire N°. 13 , on trouve une Lettre de
Dom Cefareo Pozzi, en réponfe à celle où l'on
fe plaint du dépériffement des Arts & des
Sciences en Italie, dont nous avons parlé.
L'auteur tente de refuter les raifons données
par l'auteur de la premiere fur ce changement.
Il fait une queftion de fait, &, pour triompher
plus fûrement, donne la lifte des grands hommes , qui honorent actuellement l'Italie, fup-
pofé qu'il en exifte.

A la page 235. Le *idem Juin*. Le nouvel acteur a continué fes débuts avec le même fuccès;
il a été reçu unanimément avec quart de part &
l'autre quart en gratification , pour ne point faire
de nouvelle planche, n'étant jamais d'ufage de
donner demi-part aux commençans.

A la page 209. Le 8 *Juillet*. Les comédiens
françois exigent de Mlle. d'Oligny, cette actrice aimable , fi chérie du public pour la candeur
de fes rôles, encore plus de fes mœurs, qu'elle
effaye fes talens dans le tragique: elle a tâché
de fe fouftraire à ce genre de travail, auquel elle
craint de n'être point propre; mais elle eft obligée de céder, elle apprend différens rôles &
elle doit débuter dans *Britannicus* & fera le
rôle de *Junie*. On fait d'avance que l'envie
élève une forte cabale contr'elle. Mlle. Hus
ameute de toutes parts fes créatures. Il eft à

craindre que l'organe de notre jeune actrice ne
puiffe fuffir à des rôles au-deffus du ton ordinaire de la comédie.

A la page 209. *Le 12 Juillet 1765.* L'opéra a
fubftitué aujourd'hui à l'acte de *Canope* celui
de la *Féerie*, tiré des *Fêtes de Polymnie*. On
eft fâché qu'ils aient retranché précifément le
meilleur. Le fond du poëme de celui-ci intéreffe & la mufique en eft variée, faillante & pittorefque ; les paroles font de M. de Cahufac,
la mufique de M. Rameau.

A la page 210. *Le 15 Juillet.* Les comédiens Italiens ont donné aujourd'hui la premiere repréfentation de *la Réconciliation villa-
geoife*, comédie en un acte & en profe, mêlée
d'ariettes. Ce drame eft très-commun, quant à
l'intrigue & aux paroles ; il n'eft pas plus fail-
lant du côté de la mufique qui n'a rien de neuf.
Il n'eft point tombé cependant & pourra fe trai-
ner pendant quelques repréfentations. On attribue ce poëme à M. Seguier, avocat général ;
il eft furprenant qu'il n'y ait pas en ce cas plus
d'efprit. M. Poinfinet eft le prête-nom.

A la page 211. *Le 19 Juillet.* Le fieur Ofréne
continue à attirer beaucoup de monde aux François. Il réuffit dans tous les rôles qu'il entreprend. Il faut que fon talent foit bien fupérieur
pour faire une auffi grande fenfation, malgré
trois grands défauts que lui reconnoiffent fes
plus chers partifans. Il a la figure peu noble,
la voix rauque & de grands bras, qui ne fe con-
cilient jamais avec les beaux geftes. Son grand
mérite eft le rare talent de poffêder fes rôles,
de les graduer, de les nuancer avec une intelligence fupérieure, de paffer du fang froid à la

paſſion & de revenir de celle-ci au flegme qu'il doit avoir, en un mot, un naturel unique : ce qui forme une diſparate étonnante avec les autres acteurs, qui feroit regretter qu'il ne hurle pas comme eux, puiſqu'ils ne peuvent acquérir ſon débit vrai & varié.

A la page 213. Le 24 *Juillet* 1765. Mlle. d'O-ligny a débuté aujourd'hui dans le tragique, elle a fait le rôle de *Junie* dans *Britannicus*. Son air timide & embarraſſé, ſa voix entrecoupée & ſortant à peine alloit aſſez bien au début de rôle qui doit être très-modeſte ; mais ſon peu d'habitude & ſon organe mal ménagé lui ont fait manquer tout le reſte. Elle a chanté ſon rôle. Malgré ce peu de ſuccès, il n'eſt point décidé qu'elle ne puiſſe réuſſir, quand elle ſera plus maîtreſſe d'elle-même & qu'elle ménagera ſon organe.

A la page 217. Le 31 *Juillet*. Le *Journal des dames*, dont madame de Maiſon-neuve a le privilege à préſent, arrêté depuis quelque tems va reprendre faveur. A la fin du mois de Mai, imprimé depuis peu, on lit cet *Avis important*, dit la femme auteur : ,, madame de Mai-
,, ſon-neuve a eu vendredi 21 Juin l'honneur
,, de préſenter au roi le volume d'Avril du
,, *Journal des dames*. On ſent aſſez que ce
,, ſuccès, le plus flatteur pour elle, va l'enga-
,, ger à de nouveaux ſoins & de nouveaux
,, efforts. Elle invite les meilleurs écrivains de
,, la nation à lui envoyer leurs ouvrages, & à
,, concourir à cette entrepriſe. Ce motif doit,
,, ſans doute, ſuffire pour animer leur zele ; la
,, récompenſe la plus glorieuſe pour des Fran-

„ çois eſt de mériter les regards de leur
„ maître. ”

A la page 218. Le 5 *Août* 1765. Depuis que le
célebre Goldoni eſt attaché à la cour, il ne travaille plus pour la comédie italienne & ce vuide
s'apperçoit ſenſiblement. Le théâtre eſt en proie
au ſieur Colalto, Pantalon : il a donné pour la
premiere fois le 23 Juillet un drame intitulé
les Perdrix. Cette comédie, dont toute l'intrigue roule ſur une ſuppoſition de ſabots en place
de perdrix, faite & refaite pluſieurs fois, manque de cet imbroglio ſi propre aux jeux de théâtre, dont le premier égayoit ſes pieces : il n'y a
pas le moindre intérêt ; auſſi le public ne s'eſt-
il pas porté en foule à cette nouveauté.

A la page 220. Le 10 *Août*. On vient d'imprimer les Oeuvres de théâtre d'un auteur peu
connu, c'eſt M. de Launay. Ses œuvres dramatiques ſont compoſées de trois pieces : *la Vérité
fabuliſte*, comédie en un acte en proſe, avec
un divertiſſement, repréſentée au théâtre italien en 1731 : *le Complaiſant*, comédie en
cinq actes en proſe, jouée pour la premiere
fois au théâtre françois. On prétend que M. de
Launay n'eſt que le prête-nom de cette piece,
attribuée à M. de la Marche, premier préſident
du parlement de Dijon, à M. de Pont de Vale,
& à madame de Tencin. Enfin *le Pareſſeux*,
comédie en vers en trois actes, repréſentée au
même théâtre en 1731. Le Recueil finit par les
fables de l'auteur, au nombre de 50. Il n'y a
dans tout ce recueil que le *Complaiſant* qui
mérite quelqu'accueil, & qui juſtifie aſſez l'a-
necdote.

A la page 221. Le 14 *Août*. Hier l'académie royale de musique a donné pour spectacle des fragmens, composés du prologue *des Fêtes de Thalie*, de *l'Acte du Bal* & du *Devin de village*. Le premier & le second sont de la Font & musique de Monet; ils n'ont pas eu le moindre succès, l'acte surtout. Le prologue du *Bal* est charmant, mais la musique ne répond point au reste. On a beaucoup critiqué une mascarade composée dans tous les genres de grotesque qu'on peut admettre en pareil cas. Le sieur L'arrivée ayant chanté faux, a été hué dans une scene où il joue avec sa femme. Celle-ci a été si sensible à cette disgrace, qu'elle s'est trouvée mal; elle n'a pu finir, & la symphonie a été obligée de suppléer à ce qu'elle devoit chanter. *Le Devin de village* a fait la plus grande sensation. Mlle. Durancy joue le role de *Colette* avec intelligence, & une naïveté qui doivent la faire mettre au rang des premieres actrices.

Le public étoit de fort mauvaise humeur ce jour-là; l'opéra ayant commencé plus tard qu'à l'ordinaire, il s'est fait une émeute dans le parterre, on a apostrophé Rebel & Francœur: ,, Rebel & Francœur, commencez", leur a-t-on crié; ,, commencez, Rebel & Francœur." Messieurs les cordons de St. Michel ont trouvé leur dignité compromise, mais il a fallu en passer par-là.

Paragraphe à rapporter à la page 223. *Suite du* 17 *Août* 1765. Une veuve encore fraîche reçoit pendant la nuit des visites d'un amant, qu'elle voudroit bien n'avoir que sur le pied d'ami: celui-ci ne se contente pas de cette qualité & voudroit l'épouser; elle lui résiste & se perd en grands sentimens sur les affections purement intellectuelles. D'autre part, le neveu de ce galant est amoureux d'une fille de *Dorimene*, (la femme philosophe) & s'introduit la nuit dans le jardin pour chercher à se découvrir à la jeune personne. Il résulte de-là différens incidens. Surprise de l'oncle & du neveu, qui se rencontrent ensemble : surprise de la fille, qui trouve la veuve & son ami en tête à tête. La premiere fait accroire à *Isabelle* que cet homme est un *Sylphe*, avec qui elle converse les nuits. Rencontre des deux amans & conversation neuve de la jeune personne, qui toute pleine des contes que lui vient de faire sa mere, le prend pour un *Sylphe*. Une certaine madame *Furet*, voisine accariâtre, médisante de *Dorimene*, sert au dénouement : elle épie ce qui se passe & ayant vu entrer des hommes chez son amie, accourt fort empressée, s'imaginant trouver matiere aux médisances du lendemain : elle rencontre en tête à tête *Dorimene* & son amant, elle est au comble de sa joie. L'adresse de ce dernier les tire d'embarras, en déclarant qu'il vient de voir sa future, qu'ils s'épousent cette nuit. Notre femme philosophe est obligée, malgré elle, d'adopter une tournure qui met son honneur à couvert : on marie aussi les jeunes gens. Le dialogue de cette piece ne répond pas en beaucoup d'endroits au tissu délicat dont elle étoit susceptible. On voit que l'abbé de Voisenon a laissé cette fois marcher seul son ami Favart ; il n'a point, pour ainsi dire, broyé son sel. La musique de *Blaise* est médiocre, monotone & sans force.

A la page 223. Le 12 *Août* 1765. Un critique en architecture vient de répandre un mémoire, où l'auteur attaque vivement l'exécution de la nouvelle églife de Sainte-Geneviève ; il trouve cet édifice reprehenfible jufqu'en tous fes points, il en confidere le périftile, la décoration, tant extérieure qu'intérieure, la difpofition des différentes parties : tout eft pour lui matiere à cenfure : il fait plus, il propofe des changemens, qui, même dans l'état actuel des chofes, remédieroient, dit-il, à tous ces défauts. Les connoiffeurs ont déjà annoncé quelques-uns de ces reproches ; mais ils font indécens dans la bouche d'un jeune homme, qui doit refpecter fes maîtres & ne pas prononcer auffi hardiment fur leurs défauts. L'ouvrage eft intitulé : *Mémoire contenant des obfervations fur la difpofition de la nouvelle églife de Sainte-Geneviève, par un des éleves de l'académie royale d'architecture.*

A la page 224. Le 19 *Août* 1765. Il paffe pour conftant que des plaintes élevées de différens endroits contre les auteurs de la *gazette littéraire* fur leur irréligion & les dangereufes conféquences de laiffer répandre un ouvrage empoifonné, en ont enfin opéré la fufpenfion ; on ne fait même s'il fera continué,

A la page 224. Le 23 *Août.* L'académie royale de mufique fe prête aujourd'hui au dégoût du public & vient de fubftituer au prologue des *Fêtes de Thalie*, de *Bachus & Erigone*, tiré des *Amours de Tempé*, paroles de Cahufac, mufique de Dauvergne. Cet acte a été reçu favorablement du public.

A la page 226. Le 27 *Août.* Le Journal encyclopédique, dans le fecond volume du mois de Juillet 1765, en rendant compte des Oeuvres de théâtre de M. de la Noue, en parlant de *Mahomet II,* tragédie de cet auteur, ajoute

l'anecdote fuivante : ,, Quoique nous foyons bien
,, éloignés de vouloir enlever la réputation à
,, qui que ce foit, nous ne pouvons nous dif-
,, penfer de dire ici qu'un homme en place, fils
,, d'un grand magiftrat, qui rend journellement
,, des fervices à l'Etat, nous a affuré que fon
,, pere étoit l'auteur de cette tragédie. "

A la page 231. Le 5 *Septembre* 1765. Nous
avons parlé de l'interdiction finguliere & inufi-
tée que le fieur Chevalier de la Morliere avoit
reçu de la police concernant la comédie françoife, où il lui avoit été défendu d'aller, à la
requifition de Mlle. Clairon. Celui-là a fait tant
de bruit & s'eft plaint fi amérement que fon droit
de citoyen lui a été rendu; on a craint qu'il ne
fit le mémoire dont on a parlé.

A la page 233. Le 11 *Septembre*. On voit
dans l'avant-coureur du 2 de ce mois une réclamation du fieur Silvy, architecte, contre le
livre de l'abbé Laugier, intitulé *Ofervations
fur l'architecture*, imprimé cette année. Il prétend que c'eft l'extrait d'un manufcrit qu'il confia
en 1758 à cet ex-jéfuite, & pouvoir fournir les
preuves de ce larcin littéraire, qu'il peut
affurer n'être pas le feul de cet auteur; il veut
que tout ce qu'il a donné en ce genre ne foit
pas de lui. M. Silvy annonce des pieces propres
à fa juftification.

A la page *idem*. Le 12 *Septembre*. Nous avons
parlé d'un mémoire contenant des obfervations
fur la difpofition de la nouvelle églife de Sainte-
Genevieve, production critique d'un nommé
Desbœufs, qui prend le titre d'éleve de l'académie royale d'architecture. Cette académie,
dans fa conférence du 19 Août, après avoir

examiné cette critique , a décidé que la brochure étoit indécente , peu réfléchie & remplie
de fauſſetés ; en conſéquence elle a arrêté que
dorénavant le nommé Desbœufs ne pourroit
plus rentrer au nombre des élèves de l'académie & jouir des avantages qui leur ſont accordés ,
& que ſon nom ſeroit rayé de ſes régiſtres.

A la page 234. Le 13 *Septembre* 1765. *Addi-
tion à l'article du 13 Septembre , du Mémoire
hiſtorique.* Ce mémoire attribué à M. de La-
verdy eſt plein de ſophiſmes , écrit avec une
modération affectée , à travers laquelle perce
de tems en tems le fauteur de l'autorité arbitraire : il y a une diſcuſſion gramaticale très-
ridicule ſur les différentes dénominations des
eſpeces de conſtitutions.

A la page 235. Le 16 *Septembre.* M. l'abbé
Laugier a fait imprimer dans l'*Avant-coureur*
d'aujourd'hui une lettre , où il ſe défend vigou-
reuſement de l'imputation de plagiat , dont le
charge le ſieur Sylvy. Il fait l'hiſtoire de cette
anecdocte , & traite très-mal ce particulier ,
tout-à-fait inconnu , dit-il , dans la littérature
& dans les arts.

A la page 238. Le 26 *Septembre.* On a donné
aujourd'hui ſur le théâtre de l'hôtel des Menus
une répétition de l'acte du *Triomphe de Flore* ,
paroles de M. Vallier , muſique de M. Dauvergne. Il a été fort accueilli par les amateurs. La
muſique en eſt également noble & agréable :
elle réunit les deux genres ; il y a des chœurs de
la plus grande beauté & des ariettes délicieuſes.
Le plan du poëme eſt ſimple & peu neuf ; l'ouverture eſt ſinguliere , elle commence par un
chœur. Il doit s'exécuter à Fontainebleau.

A la page 239. Le 30 *Septe.* 1755. Les comé-médiens françois ont fait aujourd'hui une niche au public.... ils avoient annoncé *Phedre* & tout le monde s'étant rendu au fpectacle, la toile s'eft levée & on a vu une décoration bien diffé-rente de celle de cette tragédie : le Sr. Préville s'eft avancé & a fait un compliment ; il a avoué qu'ils fe fervoient d'une petite fupercherie pour faire paffer une piece nouvelle, dont l'auteur craignoit l'iffue ; qu'il étoit inftruit d'une cabale formée contre lui, & qu'au danger déja très-grand que lui faifoit craindre la vue de fa foibleffe, il n'o-foit y joindre celle d'une ligue ennemie, &c. Le parterre vendu à l'auteur & aux comédiens, au lieu de fiffler l'acteur & l'auteur, a eu la baf-feffe d'applaudir & la piece s'eft jouée avec un fuccès médiocre. On ne peut encore affeoir au-cun jugement, vu les circonftances.

Il eft d'autant plus étonnant que les comé-diens fe foient portés à cette impertinence, qu'il leur faut l'attache de la police. M. Marin, le cenfeur, ignoroit ce projet & fe plaint amère-ment d'une pareille audace.

Les comédiens françois fentoient fi bien leur tort, qu'ils étoient habillés tout prêts à jouer *Phedre*, fi le public eut témoigné fon indigna-tion.

A la page 240. Le 1 *Octobre.* La feconde re-préfentation du *Tuteur trompé* n'a pas reçu au-jourd'hui les mêmes applaudiffemens du public impartial. C'eft un fujet tiré du fecond acte du *Soldat fanfaron*, comédie de Plaute. Soyons juftes cependant ; cette comédie dans le goût de l'ancien théatre roule fur les fourberies d'un va-let, il régne un intérêt de curiofité qui occupe pendant les cinq actes. L'auteur a l'art de mettre souvent ses personnages dans un embarras que partage le spectateur, & pour l'ordinaire il les en tire d'une maniere imprévue. On croit que la piece va se dénouer longtems avant le cinquieme acte, une ruse nouvelle remet toujours les choses dans le premier état. Une ressemblance parfaite de deux sœurs, une d'elles déguisée en Amazóne, une porte secrette qui communique à deux maisons, un valet fourbe, & un maître sot à vingt-quatre karats, forment toute l'intrigue de cette comédie, très-ressemblante aux *Fourberies de Scapin*, moins gaie, moins énergique, mais dialoguée avec aisance & se soutenant assez bien malgré la prose; peut-être eut-on fortifié cette piece en la resserrant & en la réduisant en trois actes. Préville fait le role de *Valet* supérieurement; Mlle. Doligny fait le role des deux sœurs; admirable pour le ton ingénu de la véritable *Emilie*, elle ne passe pas assez naturellement à l'étourderie, au ton sémillant & léger de sa sœur *Hortense*.

Cette piece est infiniment supérieure à celle de *la Présomption à la mode*, & l'auteur a, sans doute, beaucoup gagné depuis.

A la page 240. *Le 2 Octobre* 1765. Les comédiens François avoient annoncé aujourd'hui la tragédie d'*Adélaïde du Guesclin*, demandée par les officiers du régiment de Chamborand. Cette annonce a paru ridicule.

A la page 241. *Le 7 Octobre*. Les Italiens ont donné aujourd'hui la premiere représentation du *Petit-maître en province*, comédie en un acte & en vers, mêlée d'ariettes. Les paroles sont de M. Harni, & la musique de

M. Alexandre. Quant au drame, c'eſt un croquis foible, eſtropié du *Méchant*. Il y a pourtant quelques endroits qui méritent des louanges. La ſcene du jardinier, & la lettre du dénouement ſont des traits fort heureux. Ce dernier ſe fait par une lettre, reſſort trivial & uſé, mais dont l'auteur a tiré parti en homme de génie, en ménageant adroitement une ſuſpenſion, fondée ſur le caractere même du héros principal. La muſique n'a rien de caractériſtique, & eſt d'un genre médiocre.

A la page 244. *Le 11 Octobre* 1765. On a donné aujourd'hui à Fontainebleau *Thétis & Pélée*, opéra de M. de Fontenelle. La muſique de Colaſſe a été totalement réfondue par un amateur; on conçoit aiſément ce que cela veut dire. M. de la Borde n'a point les reins aſſez forts pour une pareille entrepriſe. Les gens de goût ont trouvé tout le fatras ſcientifique de ſon harmonie bien inférieur à la ſimple & ſublime majeſté du premier muſicien. Mlle. Arnoux a chanté le rôle de *Thétis*, M. le Gros celui de *Pélée*, & Mlle. Aveneaux, de la muſique de la Reine, a figuré dans cet opéra & fait un rôle ſubalterne. Nous n'appuyons point ſur les ballets brillans & bien caractériſés, non plus que ſur la magnificence & la richeſſe totale du ſpectacle; celui de la cour excelle ſur-tout dans ces parties.

A la page 244. *Le 12 Octobre*. M. Dandré Bardon, peintre dont nous avons déjà annoncé les ouvrages, a lu dans une aſſemblée de l'académie de peinture & de ſculpture le 7 Septembre l'*Eloge de Carle Vanloo*. Il paroît imprimé aujourd'hui: on n'y remarque aucun trait de l'éloquence des grands orateurs ; le style même auroit plus d'une chose à desirer, mais l'essentiel y est traité en maître de l'art. M. Dandré raisonne profondément sur les ouvrages de ce grand homme, & cet ouvrage contient des vues excellentes sur la peinture.

A la page 244. *Le 13 Octobre 1765.* Les comédiens Italiens ont joué hier à Fontainebleau *Renaud d'Ast*, opéra-comique nouveau en un acte & en vers, mêlé d'ariettes. Les paroles sont de M. Monnier, la musique de MM. Trial & le Vacher : cet ouvrage n'a point eu de succès.

A la page 246. *Le 18 Octobre.* On a joué hier à Fontainebleau *Sylvie*, ballet héroïque nouveau, paroles de M. Laujon, musique de MM. Trial & le Breton. Nous parlerons d'abord du poëme ; il est précédé d'un prologue & composé de trois actes.

Les principaux acteurs du prologue sont *Vulcain, Diane & l'Amour* ; le théâtre représente l'Antre de *Vulcain* ; on voit les Cyclopes occupés à leurs travaux ; *l'Amour* descend des cieux & vient demander à *Vulcain* de nouvelles armes pour soumettre une Nymphe de *Diane. Vulcain* le lui promet. Celle-ci arrive à son tour & vient demander une Egide pour garantir la Nymphe, & *Vulcain* avoue son impuissance.

Le corps du poëme est imité de l'*Amynte* du Tasse, mais l'auteur y a introduit plus de machines & d'appareil ; le style est très-lyrique & l'ouvrage est dans un genre presque neuf, qui pouvoit occasionner sur la scene des innovations très-avantageuses. Le rôle de *Sylvie*

étoit

iétoit chanté par Mlle. Arnoux, celui d'*Amyn-*
tas par M. le Gros & celui d'*Hylas* par M.
Larrivée.

Mlle. Eveneaux faifoit le rôle de *Diane* dans
le prologue, & n'a pas eu un grand fuccès. La
mufique ne répond point à la grande opinion
que le Breton avoit donnée de lui par fa *Belle*
Chaconne.

A la page 246. *Le 20 Octobre 1765. Lettre*
à M***, relative à Jean-Jacques Rouffeau,
où l'on détaille toutes les tracafieries qu'il a ef-
fuyées, & fon hiftoire de Neufchâtel. On en découvre les refforts fecrets.

A la page 249. *Le 24 Octobre.* Les nouveautés de Fontainebleau continuent; on y a donné
aujourd'hui *Palmire,* opéra en un acte, dont
les paroles font de M. le Duc de la Valliere & la
mufique de M. de Bury. Un Grand-Prêtre,
qui abufe de la crédulité d'une jeune Princeffe,
pour fe fubftituer à un jeune héros qu'elle aime,
forme le fonds de toute l'intrigue, qui donne
lieu à quelques traits hardis fur les prêtres. En
général, les paroles ne font point mauvaifes.
La mufique a eu befoin de tout le fecours de
l'art de Jeliotte pour fe foutenir : elle eft médiocre & pas neuve. A la fuite s'amene un Ballet-
pantomime héroïque, intitulé *Diane & Endi-*
mion, ou *la Vengeance de l'Amour.* On y remarque une intelligence & une exécution intéreffante, qui font beaucoup d'honneur à l'invention de l'auteur & aux danfeurs. Les décorations en font charmantes & très-bien en-
tendues : la premiere, qui repréfente les Amours
forgeant, quoique bien inférieure à la richeffe
& à l'élégance du *Temple de la Lune,* offre des

détails neufs, très-agréables & plus piquans pour les gens de goût.

On à mis fur le livre : *paroles de M. d Chamfort*, que Mlle. Arnoux appelle plaifam ment le *manteau Ducal*.

A la page 149. *Le 25 Octobre* 1765. Le dif cours de M. Caftillon, avocat-général au par lement de Provence, fait le plus grand bruit ce magiftrat eft obligé de le défavouer & e a écrit à la cour. Le premier préfident l'a ap puyé de fon témoignage. Malgré cela on fent çe que veut dire un pareil défaveu.

A la page 252. *Le 29 Octobre.* On a donné aujourd'hui à Fontainebleau une comédie de M. Vallier en intermèdes, intitulée *Eglé, ou le Sentiment*. Cette piece étant deftinée pour les François, il a voulu en donner les prémi ces à la cour. C'eft une piece allégorique. Point d'élégie plus affoupiffante ! la cour même n'a pu y tenir, & les bâillemens tenoient lieu de fifflets.

A cette comédie a fuccédé *le Triomphe de Flore*, ballet héroïque en un acte, du même auteur; mufique de d'Auvergne. Il paroît que c'eft ce qui a le mieux réuffi jufqu'aujourd'hui Fontainebleau. Quant à cette derniere partie, le Gros a déployé dans fon jeu & dans fon chant une chaleur qu'on ne lui connoiffoit pas encore.

A la page 253. *Le 31 Octobre* 1763. Le Sr. Slingfti, premier danfeur du théâtre de Drury lane à Londres, a débuté ces jours-ci aux Italiens; il a de la vigueur, mais il manque de cette précifion & de cette exactitude qui conf tituent la vraie danfe.

A la page 264. *Le* 18 *Nov.* 1765. Les comédiens François ont donné aujourd'hui *l'Avare*, & Bonneval, qui faifoit ce rôle, y a montré une préfence d'efprit dont il faut conferver l'anecdote. Acte III, fcene feptieme, après le troifieme couplet où *Cléante* infinue d'une maniere équivoque fon regret que *Marianne* devienne fa belle-mere, au lieu de fa femme, *Harpagon* ayant témoigné fa furprife du compliment, *Marianne* répond à fon tuteur. Mlle. Doligny qui faifoit ce rôle, étant reftée court, & le fouffleur n'y étant point, le Sr. Sonneval a repris fur le champ, au moment où les trois Acteurs paroiffoient ftupéfaits & fur-tout *Marianne : Elle ne répond rien, elle a raifon; à fot compliment point de réponfe.* Tout le public connoiffeur a fenti la fineffe de la reprife & l'on a fort applaudi l'intelligence de l'acteur.

A la page 264. Le 20 *Novembre. De tout un peu, ou les amufemens de la campagne par l'auteur de Rofe.* (M. Desboulmiers). L'auteur de cette brochure nous apprend qu'il étoit en province & dans un vieux château. Cette vérité paroît s'être étendue jufques fur l'ouvrage : il n'offre rien de neuf. Ce font de ces hiftoriettes répétées mille fois dans les foupers provinciaux. Au refte on y trouve contes, couplets, épigrammes, fables, impromptus, fonges, épitres, envois, & jufqu'à un alphabet philofophique. Heureufement il y a fort peu de tout cela ; on doit tenir compte à l'auteur de fa difcrétion.

A la page *idem.* Le 21 *Novembre.* Dans la Gazette littéraire du 1er. Novembre on lit une

lettre , où l'on diſſeque *la Belle-mere ambi-
tiéuſe* , une des meilleures pieces de Rowe , le
poëte tragique que les Anglois eſtiment le plus
après Shakeſpear & Otway.

Nous ſommes bien trompés , ou cet extrait
eſt de M. de Voltaire : on y reconnoît ſon
ſtyle , ſa critique fine, ſes plaiſanteries légeres,
cet art de répandre du ridicule ſur les meilleures choſes & malheureuſement auſſi l'envie qui,
telle que le vautour de Prométhée , le ronge
ſans ceſſe & le dévore implacablement.

A la page *idem.* Le 22 *Nov.* 1765. Ofrêne ,
cet acteur célebre , reçu il y a peu de tems
à la comédie françoiſe , qui ſembloit devóir y
faire une révolution & ramener la déclamation
à ſon ton naturel n'eſt plus à ce ſpectacle , la
jalouſie de ſes camarades a miné ſourdement &
l'a enfin emporté. On a fait regarder aux Gentilshommes de la chambre la prétention qu'il
avoit d'avoir part entiere comme inſoutenable ;
il a été obligé de quitter & de partir pour la
Ruſſie , où l'Impératrice l'appelle.

A la page 265. Le 25 *Novembre.* La comédie
italienne vient de perdre une actrice célebre .
déja fort agréable au public & qui pourroit le
devenir davantage. C'eſt Mlle. Collé. Sa figure ,
ſa voix, ſon naturel , ſon ingénuïté la rendôient
un pendant très-agréable de Mde. la Ruette, la
premiere coryphée de ce ſpectacle.

A la page 266. Le 27 *Novembre.* Dans la
diſette où les François ſont d'actrice principale
par la retraite toujours menaçante de Mlle.
Clairon , ils ont fait fonder Mlle. Durancy ,
cette chanteuſe de l'opéra qui a déployé les
plus grands talens dans *Hypermneſtre* & dans

le *Devin de village* ; ils lui offrent part entiere en débutant. Etrange contradiction avec leur conduite vis-à-vis Ofréne, que tous les connoisseurs éclairés regrettent journellement. On ne sait pas encore quel parti prendra Mlle. Durancy.

A la page *idem*. Le 28 *Nov.* 1765. On doit donner incessamment à l'opéra le *Thésée* de Lully, c'est-à-dire qu'il ne sera point question de celui de M. de Mondonville. Cependant, comme les accessoires & le fond du sujet sont les mêmes dans l'un & l'autre ouvrage , rien n'empêcheroit de les jouer alternativement : le public seroit en état de prononcer entre le travail des deux artistes, &, quoique l'ouvrage du dernier ne soit pas goûté généralement , il y a de grands tableaux de musique, des effets frappans & analogues au sujet, des airs de danse charmans, &c.

A la page 271. Le 9 *Décembre*. On lit dans le *Mercure* de Décembre un portrait de Préville, par un Anglois, le plus heureusement dessiné. L'auteur y a saisi toutes les nuances de son jeu dans le plus grand détail : si cet éloge a quelque défaut, c'est d'être très-fort ; il fait infiniment d'honneur au panégyriste & au comédien. Reste à savoir si ce n'est pas une charlatanerie si à la mode dans tous les genres.

A la page 275. Le 19 *Décembre*. Il s'éleve un nouvel ouvrage périodique, intitulé *Journal des Romans*. Il ne s'agit pas seulement de dessiner la notice de ces sortes de livres qui paroissent tous les jours ; les auteurs embrassent une carriere plus vaste, ils veulent remonter jusqu'aux plus anciens des romans , & descendre

M iij

succeſſivement juſqu'à nos jours. Ils diviſent leur ouvrage en trois parties. Ce projet promet beaucoup.

A la page 276. Le 21 *Déc.* 1765. On nous envoie de Berlin une tragédie bourgeoiſe en cinq actes, intitulée *Charles Drontheim, ou les dangers du vice.* Cette piece morale y a été jouée en 1764 avec le plus grand ſuccès; elle eſt d'un jeune homme, à peine âgé de 23 ans. Elle décele dans ſon auteur des talens rares & décidés, mais ſurtout une ame forte, généreuſe & vraiement philoſophe.

Dans le premier acte, *Drontheim*, le héros de la piece, revenu de ſes égaremens, rentre au ſein de ſa famille, & réſiſte aux nouvelles ſéductions de *Blackeville*, jeune ſcélérat dont il a juſques-là ſuivi les mauvais exemples.

Dans le ſecond acte *Blackeville* joue l'hypocrite, il propoſe à *Drontheim* de l'aider à délivrer une ſœur qu'il a, des perſécutions & de la tyrannie d'un tuteur infâme. Celui-ci ſe laiſſe aller à une action qu'il croit généreuſe.

Tout le troiſieme acte ſe paſſe en inquiétudes de la part de la mere ſur le départ de ſon fils; enfin elle apprend ſon retour par un valet affidé qu'elle a mis à ſa pourſuite.

Le quatrieme acte contient le détail de l'expédition de *Drontheim* & de *Blackeville*; il eſt inquiet de ne point voir cet ami: le valet de ce dernier lui apprend que ſous le voile d'une belle action il a commis le crime le plus atroce. *Drontheim* part pour ſe venger du ſcélérat. Cinquieme acte. Cette jeune perſonne que *Drontheim* avoit enlevée & dont il eſt devenu éperdument amoureux, eſt la même que lui deſti-

noit fa mere. Le vieillard qu'il a bleffé dange-
reufement en eft l'oncle , pere de Madame
Drontheïm, ainfi le grand-pere du jeune homme.
Celui-ci , après avoir enlevé la jeune perfonne
des mains du fcélérat *Blackeville* , lui donne la
vie qu'il pourroit lui ravir. L'infâme abufe de
cette générofité , au point de la ravir à celui
dont il tient la fienne : pourfuivi il fe tue lui-
même , &c.

Ce drame eft rempli de fentimens , de chaleur & d'action.

A la page 277. Le 24 *Décembre* 1765. Fréron , dans fa feuille N°. 36, met à la fin un
avertiffement , où il rend compte que des affaires
de famille l'ont obligé d'aller dans fa province
& qu'une maladie de fix femaines furvenue enfuite l'a mis hors d'état de donner à fes feuilles
toute l'attention qu'il doit au public. On fent
ce que cela veut dire , & qu'il cherche dans ce
moment à fe concilier des foufcripteurs pour
l'année fuivante. En conféquence , dès la feuille
37 il donne un morceau très-travaillé. C'eft une
critique des *nouveaux contes* de M. Marmontel , où il rappelle celle des anciens. Rien de
plus judicieux , de plus adroit , de plus méchant
& de plus vrai cependant ; tant il eft facile de
jetter du ridicule & de déprimer avec une forte
de juftefe les meilleurs ouvrages ! Ces opufcules de M. Marmontel ont plû généralement,
& l'on ne peut , malgré cela , ne pas foufcrire
au jugement du Journalifte.

A la page *idem*. Le 25 *Décembre*. M. Dorat
vient d'enrichir fon recueil d'opufcules légers ,
d'un nouveau poëme intitulé *les Tourtcrelles*.
Cette bagatelle ne vaut pas à beaucoup près le

Vert-vert, ce font des vers amoncelés avec beaucoup de facilité, mais nulle invention. La préface eft affez bien écrite, quoiqu'avec un peu trop de maniere. D'ailleurs, elle contient beaucoup d'affertions fauffes, celle entr'autres de prétendre que nous n'avons point de poëme héroïque dans notre langue.

A la page 278. Le 31 *Déce.* 1765. Les auteurs du *Mercure* ont préfenté un mémoire à M. le Lieutenant de police, dans lequel ils fe plaignent des entreprifes de *l'Avant-coureur* & du *Journal des Dames*. Ils prétendent que ces Journaliftes empietent fur leurs droits, en inférant dans leurs ouvrages quantité de pieces fugitives dont ils réclament la poffeffion ; ils difent auffi qu'en donnant des extraits prématurés des pieces ils ôtent tout le mérite des leurs, &c. Le Journal des Savans a figné ce mémoire. C'eft aujourd'hui M. de la Dixmerie qui tient *l'Avant-coureur*. Mrs. Mathon de la Cour & Sautreau font les colporteurs en chef du *Journal des Dames*. Cet ouvrage périodique, commencé il y a fept ans, & qui, par état, doit être toujours fous le nom d'une Dame, a pour prête-nom Madame de Maifon-neuve. Cette Dame a eu cent piftoles de penfion fur la caffette du Roi, pour quelques vers préfentés à S. M. à l'occafion de la cinquantieme année de fon regne. Le *Journal des Dames* étoit très-tombé & n'avoit que fept foufcripteurs, lorfqu'il a paffé entre les mains des nouveaux directeurs. Ils prétendent en avoir aujourd'hui trois cent.

A la page 281. Le 7 *Janvier* 1766. *L'avant-coureur*, dans fa premiere feuille de cette année, met un avertiffement, qui paroit annon-

cer son triomphe des persécutions du *Mercure*:
après s'être glorifié d'une existence de huit années, d'avoir survécu à quantité de Journaux
nés & morts depuis ce tems, il continue à se
donner pour la Gazette des Arts, des Sciences
& de la littérature. Il promet une notice ou
même un Précis prématuré de toutes les pieces
de théâtre. Cet article chatouilleux est ce qui
offense surtout les auteurs du *Mercure*, sur lequel ils ont, sans doute, perdu leur procès.
Il finit par promettre de l'exactitude & de l'impartialité; deux qualités auxquelles il manquera
souvent.

A la page 289. Le 19 *Janv.* 1766. Les Italiens
ont donné hier la premiere représentation du
Braconnier & du Garde-chasse, comédie en
un acte mêlée d'ariettes. Elle a été trouvée détestable, & l'on a dit plaisamment qu'on avoit
envoyé le Braconnier aux galeres.

A la page 296. Le 8 *Février*. On désespere
absolument de voir jouer le *Barnevelt*. Aux
inquiétudes du gouvernement se joignent les
instances de l'Ambassadeur de Hollande; il a
réclamé les égards dûs au Stadhouder actuel,
descendant d'un Prince d'Orange qui ne joue
pas le plus beau rôle dans cette tragédie. M. le
Mierre est presqu'aussi glorieux de ces obstacles,
que d'un succès bien complet.

A la page 297. Le 14 *Février*. On lit dans
le *Journal Encyclopédique* du 25 Janvier une
lettre de M. de la Condamine à M. Rousseau,
auteur de ce Journal, par laquelle il se dis-
culpe d'un Postscriptum inséré après sa lettre
du 6 Novembre, dont nous avons parlé, où
il est fait mention de M. Guettard, le grand

antagonifte de cet Académicien , & le confrere
qu'il regarde comme l'auteur de la défenfe qu'a
reçue celui-ci de lire fon mémoire à la derniere
affemblée. Il fe défend auffi très poliment de
l'oubli involontaire d'une M. avant le nom de
ce médecin. Cette attention fait honneur à l'ad-
verfaire , c'eft une belle leçon dans ce *fiecle des
injures* , comme l'appelle M. de Voltaire.

A la page *idem*. Le 17 *Fév*. 1766. Dans les
Affiches de Province , feuillé 6eme. du 5 Février 1766 , article 2 , à l'occafion du livre intitulé *les Penfées de J. J. Rouffeau , citoyen
de Geneve* , on lit un éloge affez détaillé de cet
ouvrage. L'auteur ajoûte : ,, l'annonce inférée
,, dans le premier volume du *Mercure* de Jan-
,, vier 1766 , met cet ouvrage fort au-deffous
,, du livre intitulé *Efprit , maximes & princi-*
,, *pes de M. Rouffeau*. Mais il eft très-aifé de
,, voir que ce n'eft point un jugement porté
,, par l'auteur du *Mercure* ; il eft trop judi-
,, cieux & trop éclairé pour décider de cette
,, maniere une pareille préférence , fans en in-
,, diquer les motifs. On fait qu'il fe fert affez
,, fouvent pour rédiger quelques annonces de
,, livres , d'un certain *Diftilateur d'efprit* ,
,, devenu fameux par fa feule fécondité. Or ,
,, comme il eft très-vraifemblable que ce com-
,, pilateur éternel , auteur de l'*Efprit de M.*
,, *Rouffeau* , eft l'homme qui précifément juge
,, ici l'ouvrage de fon concurrent '', on voit
de quel poids eft fon témoignage ; *faber fabri
invidex*. Ce diftilateur d'efprit eft l'abbé de la
Porte , & l'auteur des *Affiches* eft M. Meunier
de Querlon.

A la page 298. *Le* 20 *Février*. M. Meunier de Querlon, dans fa huitieme feuille du 19 Février, à l'article des livres nouveaux fait une nouvelle fortie contre M. l'abbé de la Porte fur les plaintes de ce dernier de n'avoir pas affez loué *le Porte-feuille d'un homme de goût*, compilation de cette efpece, du facteur littéraire : il donne à entendre que l'éloge du *Mercure* que cet éditeur met en oppofition avec celui du feuillifte provincial, eft fans doute plus fade, puifqu'il eft vraifemblablement de la fa-çon de cet abbé. M. Meunier révele à cette oc-cafion une charlatanerie trop connue, par la-quelle un auteur eft le panégyrifte de fon pro-pre ouvrage. Il étoit réfervé en effet à notre fiecle de montrer cette impudence, dont ne s'étoit pas encore avifé l'amour-propre de nos auteurs, quelque grand, quelque chatouilleux qu'il ait toujours été.

A la page 204. *Le 28 Février* 1766. Nous avons annoncé les Oeuvres Mr. Guyot de Mer-ville, mais nous revenons fur fa vie, où il fe trouve des détails trop intéreffans pour être omis.

Michel Guyot de Merville étoit né à Ver-failles, le 1 Février 1696. On fait peu de chofe de fa vie privée jufqu'au tems où il préfenta trois tragédies aux comédiens François, qui les refuferent avec leur morgue & leur infolence ordinaire : le jeune Merville en fut indigné, & c'eft la fource des querelles qu'il eut avec plu-fieurs gens de cette troupe, querelles très-vives qui le dégoûterent du théâtre & peut-être même de fa patrie ; il voyagea & vint en Suiffe vers 1750, ou 1751. Il y apporta une trifteffe, oc-cafionnée en grande partie par fa mauvaife for-

M vj

tune. Il ne recevoit plus fes petites rentes par l'interruption des fonctions des cours de juftice ; les comédiens l'avoient traverfé & lui avoient ôté fes reffources. Une gouvernante infidele avoit abufé de fa confiance ; il avoit une femme & une fille qu'il aimoit tendrement, dont l'état malheureux augmentoit fon chagrin. Elles avoient donné lieu à fa comédie du *Confentement forcé*, qu'il ne lifoit jamais fans répandre des larmes. Il fut que M. de Voltaire venoit s'établir auprès de Geneve : il s'étoit brouillé avec lui au fujet d'une piece que Rouffeau & l'abbé des Fontaines lui avoient fuggérée : il fit des démarches pour fe reconcilier & lui adreffa des vers ; ils furent fans effet. M. de Merville ne fe rebuta pas, il alla rendre vifite à M. de Voltaire, qui le reçut froidement : voyant qu'il n'y avoit aucune reffource de ce côté, il revint à Geneve, mit ordre à fes affaires, fit un bilan de fes dettes & de fes meubles, l'un compenfoit & acquittoit l'autre : il mit ce bilan fur fa table le 13 Mai 1755, n'emporta qu'une mauvaife capote, &, après quelques autres difpofitions, il fortit en difant qu'on ne l'attendît pas le lendemain. Le bruit a couru qu'il s'étoit noyé. Quelques gens ont affuré qu'il s'étoit retiré dans un couvent au pays de Gex. On a vendu fes effets, comme il l'avoit ordonné, & fes dettes ont été acquittées.

Il avoit fait une critique des Oeuvres de M. de Voltaire, un autre ouvrage qu'il appeloit les *Epîtres d'Horace* & les *Veillées de Vénus*. Ces trois morceaux ne font point dans fes Oeuvres.

TOME TROIS.

À la page 8. *Le 13 Mars 1766.* M. du Rozoy vient de faire imprimer un poëme en vers libres, intitulé *les six Sens.* Ce gros volume orné d'eſtampes, de vignettes, eſt très-bien imprimé. L'ouvrage eſt très-médiocre, dénué d'imagination, & l'on a dit plaiſamment qu'il y manquoit encore un ſens.

À la page 8. *Le 13 Mars.* Un nouvel ouvrage périodique, commencé depuis quelque tems, ſe ſoutient & remplit la deſtination de l'auteur qui eſt de gagner de l'argent ; c'eſt la *Gazette des Gazettes,* c'eſt-à-dire, un extrait de tout ce qui a paru dans les différens écrits politiques. Ce journal paroît tous les quinze jours.

À la page 9. *Le 13 Mars 1766. Mlle. de R..... à ſon fils, ouvrage philoſophique en vers.* Ce titre peu édifiant pourra ſurprendre & même ſcandaliſer les lecteurs. C'eſt une amante qui, devenue mere, ſe propoſe de racheter ſa foibleſſe par toutes les vertus & ſurtout par les ſoins qu'elle donne à l'éducation de ſon fils. Il y a de belles choſes & ſurtout beaucoup de ſentiment dans cette eſpece d'épître.

À la page 9. *Le 16 Mars.* Les ſpectacles ont fait hier leur clôture. L'opéra qui n'avoit pas joué jeudi à l'occaſion du catafalque pour Dom Philippe, s'eſt réparé aujourd'hui ſamedi par *Armide.*

Les comédiens François ont fait à l'ordinaire un compliment fade & ennuyeux; on a été scandalisé qu'il n'ait pas rappelé leur manquement au public à la rentrée de pâques; c'étoit le cas de renouveller leur amende honorable.

La comédie Italienne a mis son compliment en action & en couplets, chantés alternativement par différens acteurs; on en a remarqué deux pour leur familiarité & leur impertinence : l'un, où ces histrions se mettent de niveau avec les auteurs de la façon la plus indécente, l'autre encore plus indécent, où ils traitent de camarade à camarade avec le public & lui font une déclaration d'amitié très-ridicule. On a beaucoup applaudi tout cela suivant l'usage.

A la page 11. *Le 23 Mars 1766.* Il paroit trois nouveaux volumes de M. de Voltaire, pour servir de suite à la collection de ses Oeuvres. C'est un recueil de toutes les brochures d'especes différentes qu'il a prodiguées depuis quelques années; il y a peu de nouveau.

A la page 11. *Le 24 Mars.* Mlle. Beauvais a débuté hier au concert spirituel par l'*Us quoque*, motet à voix seule de Mouret; c'est une voix de la plus belle qualité & de la plus grande étendue.

A la page 12. *Le 25 Mars.* La paresse ou la vénalité des journalistes est poussée à tel point, qu'aujourd'hui pour peu qu'un auteur sache faire céder l'intérêt à l'amour-propre il est sûr d'être annoncé avec toute l'emphase qu'il voudra; on insere l'extrait fait par lui-même. Entre plusieurs exemples nous allons proposer celui du modefte M. d'Arnaud ; voici comme il s'exprime dans l'*Avant - coureur* N°. 12 , du lundi 24 Mars , fur un roman obfcur qu'il a compofé depuis quelque tems.

" *Sidnei & Silli, ou la bienfaifance & la*
„ *reconnoiffance, hiftoire Angloife, &c.* Cette
„ petite hiftoire eft de l'auteur célebre de *Fanni*
„ *ou l'heureux repentir.* On y trouvera le feu ,
„ le fenfible, qui caractérifent jufqu'aux moin-
„ dres productions de M. d'Arnaud. Nous ne
„ connoiffons rien de plus intéreffant & de
„ mieux écrit, nous regrettons que les bornes
„ que nous nous fommes prefcrites ne nous
„ permettent pas de rendre un compte détaillé
„ de cet ouvrage ; il eft fait pour plaire aux
„ ames honnêtes, pour faire aimer la vertu ;
„ il fait répandre de ces douces larmes qui pé-
„ netrent le cœur fans le déchirer , qui lui
„ en font admirer la caufe , le ramenent fur
„ lui-même & l'élevent aux grandes actions en
„ l'attendriffant fur leur récit. Cet ouvrage eft
„ fuivi d'une petite collection d'Odes Anacréon-
„ tiques que l'on lit avec plaifir, &c ,,.

A la page 14. *Le* 30 *Mars* 1766. M. le Mierre fe flatte que fa piece de *Barnevelt* pourra être jouée après pâques ; l'Ambaffadeur de Hollande a paru fatisfait des changemens , & notre miniftere femble peu éloigné de tolérer cette piece.

A la page 14. *Le* 31 *Mars.* M. Marin, le cenfeur de l'oraifon funebre du pere Fidele de Pau , pour répondre à toutes les plaintes qui s'élevent contre la publicité de ce difcours extravagant , a fait inférer une lettre dans l'*Avant-coureur* d'aujourd'hui, où il s'excufe

affez mal de fes torts ; il n'eft pas à préfumer
qu'on foit fatisfait de fes très-mauvaifes raifons.
La lettre eft platte, entortillée, mal écrite &
auffi mal conçue que digérée : elle ne peut que
fervir à le rendre plus coupable.

A la page 16. *Le 4 Avril* 1766. On répand une
épitre à Mlle. Clairon fur l'indécifion de fa rentrée au théâtre. Elle eft trop longue pour la
rapporter ici. Il y regne beaucoup d'aifance, de
la bonne plaifanterie, une légere teinte d'im-
piété, qui la fait goûter au grand nombre : on
l'attribue à M. Dorat.

A la page 16. *Le 5 Avril.* M. l'abbé Arnaud,
dont la plume paroiffoit devoir remonter
le *Journal Etranger* & le porter à un point de
fplendeur beaucoup plus élevé, a la douleur de
voir cet ouvrage fe perdre dans fes mains, il avoit
cru le réhabiliter en le faifant changer de forme,
en le reproduifant fous le nom de *Gazette Littéraire.* Il remplit encore plus mal ce fecond
titre ; l'année derniere n'eft pas encore finie, &
l'on ne doute pas qu'il ne ceffe. Il paroît que fa
pareffe & fon peu de foin à s'établir de bonnes
correfpondances dans les pays étrangers font caufe de cette chûte humiliante pour un pareil
Coryphée.

A la page 19. *Le 10 Avril.* Le *Mercure* a
gagné fon procès contre l'*Avant-coureur* en partie ; il eft défendu à ce dernier d'inférer aucune
piece fugitive. Quant à la partie des Spectacles,
il en eft refté en poffeffion. C'eft toujours M. de
la Dixmerie qui eft le rédacteur de cet ouvrage
périodique. MM. de Villemer & d'Aquin y ont
auffi quelqu'intérêt.

A la page *idem.* Le 11 *Avril.* L'Académie

royale de mufique a remis pour fon début *Hy-*
permneftre. Ce rôle n'a pu être exécuté par Mlle.
Durancy, c'eft Mlle. Duplant qui l'a remplacée.
On fent que le vuide d'une actrice comme Mlle.
Durancy ne doit pas contribuer au fuccès d'un
opéra déja foible de mufique, & dans un genre fi
oppofé à celui qui plait aujourd'hui.

Mlle. Duplant a un grand volume de voix ,
une figure affez théâtrale ; mais fa machine lourde ne peut figurer dans un parcil rôle.

A la page 20. Le 12 *Avril* 1766. Hier les comédiens françois ont remis l'*Important de cour* ,
comédie en cinq actes de l'abbé Bruys. Cette
piece , qui n'eut que neuf repréfentations dans
fa nouveauté, a de très bonnes chofes : le principal rôle eft agréable, quoique défectueux ; c'eft
plutôt un *Chevalier d'induftrie* qu'un *Impor-*
tant. Il paroît que ce drame n'a pas fait fortune
à la remife.

A la page *idem.* Le 14 *Avril.* On eft vivement
affecté de la perte que l'opéra peut éprouver d'un
de fes fujets les plus importans en la perfonne
de Mlle. Durancy. Son accident eft trop mémorable pour l'omettre. Mlle. Durancy , d'une figure
peu agréable, mais d'un talent rare , étoit entre-
tenue par un financier nommé Collet, frere du
fameux Collet d'Hauteville. Cet homme foup-
çonneux avoit mis un laquais dans fes intérêts ;
un jour que la Princeffe étoit couchée avec M.
de Louvois, mâle d'une groffeur énorme , qui
avoit tellement & à tant de reprifes befogné fa
douce amie, qu'elle en étoit fur les dents, &
que fes régles provoquées couloient abondam-
ment : le grifon fort & va tout conter à l'entre-
teneur ; celui-ci furieux écrit une Lettre de rup-

ture la plus énergique & la plus financiere ; elle
arrive à la Demoiselle ; encore toute émue de la
pénible nuit qu'elle avoit paffée : elle la lit.
Quelle nouvelle & quelle furprife ! La révolution eft fi grande que tout rentre ; une fievre dia-
bolique fuccede, un rhumatifme goutteux univerfel arrive ; en un mot, cette grande actrice
eft dans l'état le plus déplorable.

A la page 22. *Le 19 Avril 1766.* On continue à dire beaucoup de mal de l'opéra nouveau
& à s'y porter en foule ; il y a tant d'envieux,
de jaloux, de gens qui jugent fur parole, que
tout cela n'eft point étonnant : on ne peut convenir que cet opéra ne foit d'une maniere inférieure au genre traité jufqu'à préfent fur le théâtre lyrique. Le premier acte eft trifte & peu chantant. L'ouverture du fecond acte eft des plus
harmonieufes, des plus agréables ; elle peint
tout ce qui accompagne la naiffance du jour :
le cri du coq eft fur-tout exécuté avec une grande vérité. L'auteur n'a pas encore répandu toute la
richeffe d'images qu'il pouvoit y mettre : toute la
mufique de ce fecond acte eft charmante. Le
troifieme a de très bonnes chofes auffi : en un
mot, le genre du récitatif, quand il ne feroit pas
parfait, doit être encouragé ; il eft propre à faire
tomber malheureufement celui de tous les anciens opéra & même des modernes, qui ne fera
plus fupportable fi l'on s'habitue à trouver le
chanteur variant les modulations, & fuivant les
paffions diverfes qui l'agitent fucceffivement.

Le Gros a chanté aujourd'hui pour la premiere
fois une ariette qui termine le troifieme acte,
elle paroît avoir été faite dans le goût de celle

du *Dieu des cœurs*. On l'a trouvée bien chargée de notes & chantée on ne peut mieux.

A la page 22. *Le 20 Avril* 1766. M. Baſtide conſerve toujours un reſſentiment de la maniere peu flateuſe dont ſa comédie le *Jeune homme* a été reçue autrefois : en conſéquence il l'a fait imprimer en pays étranger où il eſt, avec des apologies, des commentaires & ſur-tout des ſatyres, des libelles contre ſes ennemis.

A la page 22. *Le 23 Avril.* Les comédiens Italiens ont donné aujourd'hui la premiere repréſentation des *Pêcheurs*, comédie en un acte mêlée d'ariettes, paroles du Marquis de la Salle, muſique de Goſſec. Cette derniere a paru bonne : quant au drame, il eſt déteſtable, tant pour la forme que pour le fond ; nulle invention & nulle ſaillie. Il y a une déclaration d'amour du Bailli en termes de pratique, miſe en muſique, qu'on a applaudie comme originale.

A la page 27. *Le 16 Mai.* On lit dans le *Journal Encyclopédique* du 15 Avril une Lettre de M. le Chevalier de S...., Meſtre de camp de cavalerie, Chevalier de l'ordre de St. Jean de Jéruſalem, bien ſinguliere par le préjugé où paroît être cet obſervateur judicieux & de bons ſens ; il prétend avoir enchanté un gros lezard, parce qu'en le fixant des yeux il l'a tenu en arrêt pendant cinq quarts-d'heure.

Les Journaliſtes lui répondent très-bien & lui donnent la ſolution de ſon problême, en attribuant à la peur l'eſpece de paralyſie où s'eſt d'abord trouvé l'animal, qui, raſſuré peu à peu & voyant qu'on ne lui faiſoit aucun mal, a recouvert l'uſage de ſes membres & en a profité, dès qu'il l'a pu, pour ſe ſouſtraire au danger.

A là page 27 Le 8 *Mai* 1766. On voit dans le
Journal Encyclopédique du 13 Avril un *Essai
de traduction libre de Lucrece*, qu'on annonce
comme n'ayant point été entreprise pour être
donnée au public. Ce font, dit-on, les études
d'une personne qui aime l'histoire naturelle, &
qui s'est vue obligée de le traduire pour l'entendre ; mais on promet, si cet essai plaît, de
revoir l'ouvrage & de le publier en entier vers
la fin de l'année. Ce que nous en lisons est fort
élégamment traduit & doit faire désirer la suite
du reste : il y a en effet beaucoup de liberté
dans le traducteur, mais on ne peut faire ce
travail sans s'affranchir de l'esclavage du copiste
servile. L'auteur doit joindre à ce poëme en
prose un discours préliminaire, dont la première partie contiendra l'extrait de la philoso-
phie de Lucrece, & la feconde une réfutation ;
en indiquant d'ailleurs ce qu'il y a de vrai & ce
qui mérite d'être conservé.

A la page *idem*. Le 9 *Mai*. Malgré les cla-
meurs de l'envie & les airs fastidieux des con-
tempteurs du nouvel opéra, il va toujours son
train. On ne peut attribuer ce succès qu'au récitatif d'un genre neuf fur le théâtre lyrique :
c'est la partie de nos opéra fur laquelle nous
avons le plus à faire, &, fans entrer dans le
degré de mérite du musicien moderne, c'en est
un très-grand d'avoir ouvert la carriere. Cet
opéra fait d'autant plus d'honneur au Sr. Mon-
signy, que le poëte n'y est pour rien du tout
dans le fuccès, qu'il fait même un tort marqué
à l'autre par fes vers durs, prosaïques & fans
harmonie. Qui le croiroit, ce drame a pourtant coûté un an de travail à M. Sedaine !

A la page 28. Le 11 *Mai* 1766. Nous avons parlé du projet de M. Paliſſot de Montenoy , qui a la *Gazette des deuils de cour* , & qui, pour rendre cette frivolité plus intéreſſante, y a joint une eſpece d'ouvrage littéraire , appelé *Ordre chronologique. des deuils de cour* , qui contient un récit des ouvrages des auteurs qui ſont morts dans le courant de l'année 1765 : ſuivi d'une obſervation ſur les deuils.

Juſqu'ici ce Nécrologe avoit peu de conſiſtance & les deux premiers volumes, faute de mémoires, étoient très-maigres & très-dénués de faits. Le troiſieme a acquis plus d'étendue. Il contient les éloges hiſtoriques de MM. Roi , poëte , par M. P. D. M. ; Deshayes , peintre , par M. Fontaine, Carle Vanloo, par le même ; Guyot de Merville , auteur comique , par M. Caſtilhon l'aîné , un des auteurs du Journal Encyclopédique ; Balechou , graveur, par M. P. D. M. ; Clairon , géomètre , par M. Fontaine; Panard , poëte, par M. Caſtilhon ; le Clair , muſicien , par M. le C. D. B. ; Slodtz , ſculpteur , par M. Caſtilhon ; & Crevier , hiſtorien, par M. P. D. M. La plupart de ces éloges ſont encore fort ſecs , ſoit que les héros n'aient pas prêté , ou que les rédacteurs aient été mal ſervis.

A la page 34. Le 25 *Mai*. Les débuts de Mlle. Sainval ont ſuivi dans *Aménaïde* , où elle continue à ſe diſtinguer : c'eſt toujours la même affluence de monde , & les ſuccès de cette actrice ſe ſoutiennent & même augmentent.

A la page 44. Le 17 *Juin*. On a remis aujourd'hui à l'opéra des fragmens, compoſés de l'acte *Turc* & celui de *l'Italie* , tirés des *Indes*

Galantes , paroles de M. de la Mothe, muſique de Campra; & de l'acte de *Zelindor* de M.
de Moncrif, muſique de Mrs. Rebel & Francœur. Ce ſpectacle gai & varié a pris favorablement ; on a renforcé la muſique des deux
premiers actes. Mlle. Durancy devoit jouer le
rôle d'*Olympe* dans l'acte du Bal : une indiſpo-
ſition lui a fait ſubſtituer Mlle. Dubreuil. Mlle.
Arnoux fait celui de *Zirphé* dans *Zelindor*. Le
Gros fait oublier *Jéliote*. Les danſes ſont remarquables. D'Auberval dans *l'acte Turc* exécute une pantomime, qu'il change d'une façon
très-agréable au public.

Les balets du premier acte ſont de M. Lani,
ceux du ſecond de M. Laval, & ceux du troiſieme de M. Laval & de M. Lani.

A la page 45. Le 9 *Juin* 1766. Madame la veuve
Ducheſne vient d'écrire une lettre circulaire aux
auteurs , où elle les invite de vouloir bien envoyer la notice de leurs ouvrages, de leur pays,
de leurs qualités , &c. pour concourir à la perfection d'une nouvelle édition de la *France littéraire* , qu'elle ſe propoſe de faire paroître au
1er. Janvier 1767. Il eſt à ſouhaiter qu'on apporte à cet ouvrage-ci plus de choix & d'examen ; rien de plus informe , de ſi peu exact,
que la premiere édition !

A la page 55. Le 21 *Juin*. Les compila-
teurs, éditeurs, contrefacteurs, tous ces hommes affamés & qui font de la littérature le métier le plus vil & le plus ſordide, ne ceſſent de
duper le public & de reproduire le même ouvrage ſous pluſieurs formes différentes. On vient
d'imprimer les *Indiſcrétions galantes , amu-
ſantes & intéreſſantes : deux parties in-12.*

Les différens contes qui forment ce recueil, font tirés des contes moreaux de Mlle. Unzi & d'autres recueils plus anciens : mais non feulement on n'a point avoué ce larcin, mais on a cherché à déguifer les titres des contes & les noms des perfonnages ; il y a entr'autres *l'Enfant abandonné pour un tems*, qui fe trouve d'abord dans le *Mercure* de Janvier 1719, pris dans le choix des mercures & autres Journaux, tome IV, page 47, fous le titre d'*Hiftoire de Mlle. Cathos*. De-là, il a paffé dans le recueil de Mlle. Unzi. Le compilateur a métamorphofé le nom de *Cathos* en celui de *Reine*, le nom de Madame *Groffe-tête* en celui de Madame *la Chapelle*, & fans faire aucun autre change-ment dans le cours de l'ouvrage, il a donné le vieux conte comme une hiftoire neuve.

A la page 46. Le 23 *Juin* 1766. Mlle. Durancy a remplacé hier à l'opéra Mlle. Dubois dans le rôle de la *Sultane Jaloufe ;* quoiqu'elle n'ait pas le timbre auffi beau à beaucoup près que la premiere, elle eft infiniment plus actrice, elle a reçu dans ce rôle des applaudiffemens univer-fels, dûs au feu, à l'ame, avec lefquels elle fait fentir tout ce que le poëte & le muficien ont prétendu mettre de pathétique dans cette fcene de ballet.

M. Caffaignade, baffe-taille, chante les paro-les franques fi connues, *Vivir, Vivir, grano Sultano*, &c. Il joue le rôle de *Grand Boftangi* avec nobleffe, & laiffe toute la pantomime au Sr. Dauberval qui s'en acquitte avec profufion.

A la page 47. Le 27 *Juin*. Nous n'avons pas encore fait mention de Mlle. Duperrei, jeune fujet qui paroît à l'opéra depuis quelque tems

& s'y diftingue finguliérement par les difpofitions les plus rares : c'eft une danfeufe qui remplacera & furpaffera peut-ètre les Guimard &
les Puvigné ; elle excelle dans le genre noble
& gracieux ; elle a des attitudes de tête les plus
féduifantes, des bras très-voluptueux & une
juftelle de précifion des pas détachés, digne de
Madame Gelin. Elle eft d'une figure très-ana-
logue au caractere de fes danfes & n'eft encore
qu'un enfant.

A la page 49. Le 2 *Juillet* 1766. M. Maillet du
Clairon, auteur de la tragédie de *Cromwel*,
s'étant mis dans la tête qu'il étoit un grand
politique pour avoir fait cette tragédie, a trouvé
le fecret de le perfuader aux autres. Il vient
d'être nommé conful de France & commiffaire
de la marine à Amfterdam. C'eft Mlle. Dange-
ville, à laquelle il fait fa cour affiduement depuis nombre d'années, qui a obtenu pour lui
cette grace de M. le Duc de Praflin ; fon amant
depuis trente ans.

Fin du feizieme Volume.